尋找張愛玲

（前世今生）

西嶺雪◎著

【推薦總序】

令人眼睛一亮：西嶺雪及她的「西望張愛玲」三書

陳曉林
著名文化評論家

很久沒有讀到過令人眼睛為之一亮的天才型作品了。所以，當我首次看到西嶺雪的小說時，那種意外驚喜的感覺，迄今難以忘懷。更何況，她已寫出了那麼多動人心弦的精采作品，足供任何有鑒賞力的閱讀者大快朵頤！

我自己的本業也與文字脫不了關係，而且閱讀範圍頗為廣泛與多元，從經典文學到通俗小說，從歐美排行榜到華文新創作，均有涉獵的興趣，在文化界一干朋友圈中，向來以廣收博覽見稱。但即使以我這樣常自命對文字、文章、文學作品已非常挑剔的人，在看到西嶺雪揮灑自如而又清麗絕俗的「展演」時，竟會放不下書來，一冊又一冊地追著瀏覽。我不得不承認：西嶺雪的作品有其特殊的魅力。

最初，我是因一個偶然機緣讀到西嶺雪所寫「前世今生」長篇小說系列中的《尋找張愛玲》，深覺以張愛玲其人其事爲題旨的作品雖已汗牛充棟，其中且不乏一流名家精意覃思的傑作，但以創作構想之奇巧、行文敘事之曲折，以及對張愛玲在感情上投入之熱切和專注而言，此書實屬超軼群倫，戛戛獨絕。後來，進而看到她上窮碧落下黃泉，全面蒐羅與張愛玲生平相關的資料而撰成傳記文學《張愛玲傳奇》，以及揣摩張愛玲家族及上海灘當年情事而寫成的長篇言情故事《那時煙花》，更爲張氏有此異代知己而慶幸不已。

一代才女張愛玲能獲後世才女如西嶺雪者這般傾心，一連爲她寫了不同文體的三部作品（即「西望張愛玲」三書），部部皆有獨立且獨到的文學價值；如此交互輝映，將來殆可傳爲華人文學史的佳話。

但我後來才知悉，西嶺雪的身世遭際、家族命運、文學興趣和淵源、寫作志業和成名，與張愛玲竟似有某種平行對映的軌跡。例如，她們都自幼嗜讀《紅樓夢》，到了熟極而流的地步，所以行文運筆，輒予人柳暗花明的意趣；她們都洞察了紅塵男女的情愛，在生死纏綿之外，亦有其世俗或虛幻的面向，故而筆下常隱含悲憫與諷喻；但一面以哲學高度透視無常的世態與人生，另一面她們自己卻仍能熱情地擁抱生活，且對時尚、華服、美景、食饌皆有非常敏感的品味和興趣。

筆名顯然取自杜甫詩「窗含西嶺千秋雪」，身爲擁有眾多粉絲的現代美女作家，並是月銷量上百萬本的女性流行雜誌主編，卻標示了如此鮮明的古典意境。事實上，古典文化的意象、掌故與境界，融入在悲歡離合、真幻莫測的戀愛傳奇中，既有悠遠而雅致的「門道」，又有後現代、多聲部的「熱鬧」——這正是西嶺雪作品的魅力所在。

「誰信京華塵裡客，獨來絕塞看明月」，我個人的寫作風格偏向雄渾與犀利，但對西嶺雪雅致而旖旎的創作成就卻時感心嚮往之。爲此專程搭機到西安向她約稿，簽下她的長篇作品廿餘部，除「西望張愛玲」三書外，包括「前世今生」系列、「清宮三部曲」、「紅樓夢三續書」等，將逐部引介給台港及海外華文讀者。我深信，西嶺雪的才華與功力，必將獲得來自廣大讀者的熱烈喜愛，以及來自文化界、媒體界的高度評價！

【推薦序】

她與我與張愛玲

南京林業大學水杉劇社總導演
柏昱

這則序言拖了很久，直到作者電話、短信加QQ地幾次三番「催逼」才一夜促就。雖說稿已交付，但現在想來還是有些惴惴張皇。

答應寫這篇序的時間是二〇一〇年深秋的一個下午，地點是在六朝古都南京明城牆邊的一家咖啡店的露台上，面對的是來自另一座古都西安的才女西嶺雪。當天，她是利用趕飛機回西安前的兩個小時，和我再次討論修改劇本「再見海上花」的提綱。討論結束，西嶺雪告訴我，台灣風雲時代出版社要出版她的文集，希望我給她的《尋找張愛玲》一書作序，我頓時一個「啊」字瞠目無語。因爲，我雖說混跡文字和藝能的江湖，但只是個默默無聞的平凡之輩。再者，連上這次，和西嶺雪也只有匆匆的三面之交。

兩年前，受朋友之邀與知名編劇楊駿先生一起，爲上海昆劇院獲獎劇目「班昭」拍攝舞台藝術片做劇本改編的策劃，而劇本改編的撰稿就是西嶺雪。劇本寫的是漢代的女傑班昭，而且昆曲的曲牌又有嚴格的規矩，以西嶺雪這般年紀就敢接活，起初委實是被驚著了。後來得知，這女子五歲識字，七歲讀詩，八歲就填詞寫詩作賦，再被驚著而後釋然。初次見面沒有多少客套，直接進入討論。由於雙方都提前做足了功課，討論非常順利。一個下午，就聽西嶺雪與我和楊駿一通抑揚頓挫，反倒冷落了把我們招呼到一起的朋友，大有一見如故，相見恨晚之意。討論中，只見她口若懸河、玉指飛舞，我最後話音落地，她已經把討論的內容落成文稿。當即與楊駿先生一起慨歎，這般功夫恐怕這輩子我等是修練不到咯。後來聽說，劇本改編完成，把有關方面的人士都震了一下。這算是我們首次合作成功吧。

去年冬天，我坐了近二十個小時的火車，去西安拜訪西嶺雪。緣由是她的《西望張愛玲》和《尋找張愛玲》。因爲也算是個準「張迷」，之前讀過西嶺雪的《西望張愛玲》，也讀過其他一些學者所著《張愛玲傳》之類的著作。比較之下，更喜歡《西望張愛玲》的感性、獨特與優美。在做昆曲《班昭》改編策劃時，和西嶺雪聊起張愛玲，並把要做個關於張愛玲題材舞台劇的想法說了出來，西嶺雪對此大感興趣。特別是我說要做一次話劇與越劇結合的舞台嘗試時，西嶺雪便用不容置疑的口吻表示，這個劇的文本一定要由她來做。我想到她寫過一本名爲《尋找張愛玲》的暢銷書，就建議以這兩本書爲素材，做一個劇本看看。事隔不久，西嶺雪就打來電話，說劇本已經有眉目了。我再次慨歎，看來這個女子不光是打字速度驚人了。於是，決定赴西安和她面聊。

在西安也只是用了一天的時間，就和西嶺雪討論出了一個全新的劇本提綱，我們都覺得基礎和雛形不錯，並定了劇名爲「再見海上花」。次日，在大雁塔下電話聯繫南京市越劇團的朋友，聽罷我們的想法，大呼「有意思」，當即表示今後願意參與投排。我就笑贊西嶺雪，你一頁提綱居然就搞定專業人士。

再次見到西嶺雪是今年十月底，她到南京來做新書《寶玉傳》、《黛玉傳》簽售。那兩日，這女子的照片和訪談佔據了本地各報文藝娛樂版的頭條。在我所就職大學的小劇場，也舉辦了一場紅學講座，定名爲「紅樓夢的前世今生」。本以爲講座安排在周末，捧場的學生不會很多，加之學生畢竟囊中羞澀，也不會有什麼人會花差不多半個月的伙食費購一套書。然而，到了晚間，情形令人大跌眼鏡。七點開始的講座，六點不到觀眾席就已經全部坐滿，後來的學生不得不席地而坐。原本計劃一個小時的講座，延長到了兩個半小時，西嶺雪簽名售書又花了一個小時。我最後告訴西嶺雪，這是本校多年以來沒有組織，學生自願前來捧場，人數最多的一次講座。由於西嶺雪要趕回西安，當晚我們約定次日下午再聊一次「再見海上花」的劇本提綱。

關於這本書，我覺得不需要說太多。只想說的一點就是，西嶺雪的文字有時尚的情勢、優雅的情調和真摯的情懷，個中韻味還是由讀者諸君自己細細品評吧。

爲一個已經有五十多部著作的知名作家的作品寫序，我以爲不是明星大腕，就是名家名人。而我這等草根之輩何以作序，一定要有個理由的話，那就是西嶺雪說的，「你是我的朋友」；和我說的，「我也喜歡張愛玲」。

希望「再見海上花」早日從這本書中呈現在舞台上。

尋找張愛玲

【目錄】

一 傾城之戀

「她的一生雖然滄桑卻曾經絢麗而多彩——生於亂世，少年時受盡折磨，忽然上帝將一個女子可以希祈得到的一切美好都堆放在她面前：才華、盛名、財富、甚至愛情，如烈火烹油，鮮花著錦，可是其後又一樣樣抽走，換來加倍的辛酸苦楚，跌宕流離，當她開至最美最豔的時候，也是她的路走到盡頭的時候，於是不得不選擇一死以避之——人生的悲劇莫過於此。」

放下剪報，我的眼淚流了下來，是那樣的委屈，不能控制。

窗外，細雨如絲，有燕子在雨中急急地飛，蒼灰的天空，蒼灰的屋脊，蒼灰的鴿子背，哦，這是張愛玲筆下的上海，可是距離張愛玲離開已經整整半個世紀了。

那是一份一九九五年九月的舊報紙，新聞欄裏說，一代才女張愛玲於八日晨被發現死於洛杉磯的一座公寓裏，警方判斷，距她去世大約已有六七天的時間……

洛杉磯？怎麼會是洛杉磯？她明明是上海的女兒，竟然一個人走在那麼遙遠的孤獨的異鄉，誰也沒有告訴，便獨自決定了要悄悄地結束生命。

噫，生又何歡，死又何懼，她是真的累了，厭倦了，是嗎？

我打開窗子，讓風吹進來，讓雨飄進來，讓張愛玲寂寞的遊魂飛進來。我想告訴她，我有多麼愛她，有多少人愛她，惋惜她，不捨得她，她怎麼忍心就這樣離開了呢？

記得小時候聽外婆說，人死後會將生前所有的路重走一遍，一一拾起前世的腳印，這樣才可以重生，轉世投胎。

上海留下了張愛玲那麼深的回憶，那麼多的腳印，她總要回來的吧？

當她飛過上海的天空，會看到我，看到這個爲了她才來到上海尋夢的姑蘇女子嗎？

——從十幾歲第一次看張愛玲的〈傾城之戀〉，到二十幾歲終於有機會把她所有作品買全，整整愛了她十年，從來沒有改變過。

這個追星的時代，每天都有FANS們爲了爭看偶像打破頭，如果說我也有偶像，那就是張愛玲。是爲了她，才癡迷於上海的風花雪月，才會對電視連續劇「上海灘」奉若聖經，才會把阮玲玉的美人照掛滿閨房，才會有心無心地開著音響一遍遍放周璇的「夜上海」，才會放棄工作分配一個人獨自來到異鄉爲異客。

可是走在上海的街頭，我卻見不到她。

連夢也沒有一個。

晚生了數十年，就有那麼遺憾。

我穿平底鞋，白襯衫，軟料長裙，梳麻花辮，手裏恆常一柄十六骨水墨山水的竹紙傘，雨天兩隻黃鸝鳴翠柳，晴時一行白鷺上青天。

上海看我是異鄉客，我看自己是檻外人。

反正已經格格不入，索性做到盡。

子俊笑我住在上海想著上海，可是心裏的上海和身邊的上海卻不是同一個。

我同意。日思夜想，怎樣才可以見張愛玲一面呢？

裴子俊是我的男友，一個酷愛旅遊不愛動腦的傢伙，正職是導遊，興趣是做登山隊員。也有人會把他的樣子形容成英俊，因爲他那一米八的個頭在上海很不易見，而且手長腿長，四肢發達，時時喜歡弓起雙臂做勇武有力狀，這個時代沒有老虎給他打是可惜了。

但是我不認爲一個男人有肌肉就可以算英俊，我心目中的英俊男生是許文強——注意，是電視劇「上海灘」裏的許文強，而非電影明星周潤發。

一個演員塑造了某個角色，並不會因此就變成這個角色；張愛玲寫了〈傾城之戀〉，但我愛的是張愛玲，不是白流蘇。這點我分得很清楚。

我對子俊說：「怎麼能見張愛玲一面呢？」

他笑：「還說你不是白日做夢？」

這一句是電影「大話西遊」裏青霞笑紫霞的對白，學幾句周星馳已經是我男朋友最高的藝術細胞，書他是絕對不讀的。不過好在他雖然不知道劉文西就是劉海粟，八大山人只是一個人的號而不是八人組合，卻也知道張愛便是張愛玲的簡稱。

我過生日的時候，他也曉得買了最新版的禮品精裝本《傳奇》送給我。可是我又忍不住要教訓他：「買書是爲了看文字的，不管它是印在花紙上還是白紙上，是裝在木盒子裏還是金盒子裏，它的價值都不會改變。」

他撓頭：「但是包裝得漂亮點不是更好看？漂亮的女博士也比醜的受歡迎。」

你不能不承認，他的話有時也未必沒道理。

但我還是要問：「怎麼才能親眼看一眼張愛玲呢？」

他笑我：「如果她來上海開簽唱會，我打破頭也替你搶一張票回來。」

我瞪著他，還是忍不住笑出來。不能怪他調侃，也許我這個想法的確是荒誕了些。

十年了，便是張愛玲在天有靈，也早已魂夢兩散，亦或者轉世投生，喝了孟婆湯，過了奈何橋，再也無復前塵記憶了。

唯有我，苦苦地挽著兩手舊上海的星痕夢影，走在五十年後的大街小巷裏，尋找五十年前的風花雪月。

每每去新華大戲院看電影，遙想數十年前這裏首演舞台劇「傾城之戀」，張愛玲必也是夾於其間，悄悄地豐收著觀眾的喜悅與讚歎的吧？然而如今匆匆來去的人流中，哪裏還可以尋到故人的萍蹤？

我歎息：「這一生中我老是錯過，念杭州美院，沒趕上林風眠當校長；來上海打工，沒趕上張愛玲簽名售書。」

「但是你恰好遇上了我，不早也不晚，也算運氣了。」子俊嘻嘻笑，又說：「過兩天我們就要出發了，你要我帶什麼禮物給你？」

這又是子俊一大罪狀，送禮物當然是要有驚喜的才好，可是他每次都要認真地先問過我，而我總是盛情難卻，只得隨口答：「什麼都好，風格特別的項鏈啦手鐲啦都行，上次你去昆明給我帶的那些竹傘呀繡荷包啦就挺好。」

於是，我的箱子裏便有了一整排的各式花傘荷包，足可以開個精品攤。

一根筋的裴子俊哦，硬是看不出其實所有的旅遊點上的工藝品都是差不多的，西安可以賣雨花石，南京也可以賣兵馬俑，真正與眾不同的禮物，根本不是隨便上街逛一逛就可以買得來的。

最可氣的，是他有一次竟然拿了十幾軸造假做舊的國畫來向我獻寶，說是傾囊購進的白石墨寶。也不想一想，真是齊白石親筆，一幅已經千金難買，還能讓你成批購進？他以爲是一九四九年呢，四百大洋可以買一百七十幅。

按說子俊足跡遍及大江南北，攀岩潛水樣樣都來，連熱氣球漂流都玩過，應當見多識廣才對，可是他的所作所爲，就好像守在一個密閉的屋子裏一夢睡到老一樣，完全不懂得思考。

他一生中做過的最大決定，就是在我已經決定與他分手、所有親友也都勸我無效轉而勸他放棄的時候，有一天他忽然福至心靈，辭去工作背著旅遊包跑來了上海，而且一言不發地，直到找到工作和住處後才突然出現在我面前。

那時我已經在上海獨自打拚了半年，錢已經用完了，朋友卻還沒交到，正是最孤獨彷徨的時候。這個排外的城市裏，我和子俊不僅同是天涯淪落人，而且是他鄉遇故知，於是重歸於好。一轉眼已經五年了，如果不出意外的話，明年春節我們會一起回家去稟報二老，把手續辦了。

可是，真的要嫁給他嗎？就像一滴墨落到宣紙上，從此決定了紙的命運？

如果是山水畫，是青山秀水還是烏雲壓城城欲摧？如果是花鳥畫，是百鳥朝鳳還是日之西矣雞棲於塒？如果是人物畫，是工筆仕女還是潑墨李逵？

——怕只怕，連李逵也做不好，直弄個李鬼出來，到那時，才叫日之西矣悔之晚矣！

「出門的東西收拾好了嗎？」我歎息，盡自己爲人女友的本份，「要不要我去幫你整理行李？」

「不用。你去了，我還要送你回來，來來去去地多麻煩。」子俊說，「除非你答應晚上待在我那裏不回來。」

我瞪他一眼，不說話。

子俊有些訕訕地，自動轉移話題：「你只要做到一點就行了……」他望著我，很認真地又是很孩子氣地許願，「你要每天在睡前說三遍：我想念裴子俊，我想立刻看到他。那樣我就會很快回來。」

我「哧」地一笑：「我想見張愛玲。說了千百遍不止，也沒見她來過。」

然後我們還是一起出門去爲子俊挑選隨行用品。

其實子俊出門是家常便飯，一概折疊旅行包迷你牙具包應有盡有，但是他每次遠行，我還是忍不住要陪他添置點什麼小物件，彷彿不如此便不能心安理得似的。

走在超市裏，子俊感慨地說：「你知道我最羨慕什麼？看那些新婚夫妻一人一手推著車子在貨架中間走來走去，挑一包速食麵也要研究半天哪個牌子最可口，買瓶醬油也比來比去哪種價格最便宜。真是人生最大樂事。哪像我們，每次來市場都像打仗似的，想好了買什麼才進來，進來了就直奔目的地，拿了便走。一點過日子的情味都沒有。」

「你這是變相罵我沒人味兒？」我斜睨他，「難道現在不是在過日子？」

「各過各的日子。」子俊抱怨，「錦盒，與其交兩份房租置兩份家當，每天跑來跑去的，爲什麼不乾脆……」

「也不過是省點走來走去的車費罷了。」我打斷他，「趁還付得起，及時付出，將來你想找個走來走去的理由還嫌矯情呢。」

子俊歎息，一聲接一聲，但是畢竟不再堅持。

其實類似的對話，這十年裏，每隔一段日子就會重複一兩次。

有時候我也會想，是不是自己的選擇太過離奇叛俗，算不算不正常？但是要我接受曖昧的同居，我寧可結婚。

我始終認爲，能夠同居，就能夠結婚。然則，又何必背上個不名譽的未婚先嫁呢？

難得子俊等我十年，一直縱容我，忍讓我。

其實私下裏不是沒有想過，不如就這樣結婚了也罷，十年都這樣子遷延過去，人生也不過是數個十年而已，一段婚姻裏有兩個人，至少一個人是心滿意足的已經成功了一半，至於那不大情願的另一半，天長日久，總也會習慣成自然，終於接受下來的吧？

路過讀書區，看到最新包裝的《華麗緣》，雖然所有的故事都已耳熟能詳，還是忍不住要取在手中翻了又翻。在一場偶然相逢的戲台下，張愛玲苦笑著感慨這一段人生的華麗緣：

「每人都是幾何學上的一個『點』——只有地位，沒有長度，寬度和厚度。整個的集會全是一點一點，虛線構成的圖畫；而我，雖然也和別人一樣地在厚棉袍外面罩著藍長衫，卻是沒有地位，只有長度，闊度與厚度的一大塊，所以我非常窘，一路跌跌衝衝，踉踉蹌蹌地走了出去。」

這便是她對於那個時代的最真切的感受了吧？文章寫於一九四七年四月，歷史的動蕩之期，在只有地位沒有實質的人群中間，在一點一點虛線構成的畫面裏，她找不到自己的位置，卻因爲沒有地位，而越發顯得突兀，於是唯有逃離，「跌跌撞撞踉踉蹌蹌地走了出去」——當年她與胡蘭成步行去美麗園，走在風聲鶴唳的延安西路上，她說：「現代的東西縱有千般不是，它到底是我們的，與我們親。」她對上海的愛，是真摯的，發自肺腑的。她曾寫過〈到底是上海人〉那樣家常清新的文字，說過對於上海，她是不等離開就要想家的，然而最終，她卻決絕地離去，走了那麼遠那麼遠，直至無聲地消逝在異鄉。這樣孤絕的遠行之後，她還會肯再回來嗎？

子俊說：「喜歡，就買好了。十幾塊錢，至於站這半天嗎？」

輪到我歎息，愛不釋手並不等於渴望擁有。就算買了，下次我在書店看到這本書還是會停下腳步的。讓我留連的不是一本書，而是一種情結。然而這裏面的區別，子俊是不會懂得的。

我再歎一聲，將書插回書架去，轉身間，碰落一本厚殼攝影集，落在地上，翻開的書頁是一幅跨頁風景照，橙黃的天空，綠色的海，海上有點點紅帆——這是一幅關於色彩的展覽，然而轉瞬即逝的瑰麗夕照改變了所有約定俗成的尋常印象，於是天是黃的，海是綠的，帆是紅的，世界，是神奇的。

畫的右端是落日渾圓，而左端已經有月初掛，淡得像一點影子，一聲歎息。而攝影的標題，就叫作「歎息」。

我翻過畫冊看了一眼作者署名：沈曹。這應該是一位有絕高智慧的攝影天才，他的天份，不僅表現在攝影的角度、技巧、色彩和構圖的掌握，更在於他通過變幻莫測的海景和日月星辰的對照所表現出來的一種對時間與空間的獨特感受。他的攝影，充滿了靈魂和思考。

店員走過來，近乎粗魯地從我手中奪過那本攝影集，檢查著：「看，這個角都摔皺了，再怎麼賣？」

「我買。」我簡單地說。

「那好，我給你開票。」店員立刻和顏悅色起來。

子俊有些不服氣：「碰掉了，就得買？這本書幾十塊呢。」

「幾十塊罷了，至於和她吵半天嗎？」我學著他剛才的口氣說，但是立刻又解釋，「不過我倒也不是怕吵架，這本書的確値得買。」

「他拍得好嗎？」子俊翻一翻，「街上風景畫，那麼大張，也不過賣三塊錢一張，還是塑膠的呢。」

我失笑。怎樣向子俊解釋攝影作品與風景畫的不同呢？

和子俊在一起，需要解釋的事情也許太多了。而且，永遠不要指望他能聽明白。

就好像我同樣也不明白，我和他，這樣完全不同的兩個人，究竟是怎樣走在一起的。

和子俊相識，遠遠不止十年，而要退回更早，早到小學三年級。

那年，我剛剛轉學，來到新班級，因爲個子高，被派到最後一排和男生同桌坐。那個男生，就是裴子俊。

當時班裏都是男生和男生坐，女生和女生坐，我們這一對，在班裏十分特殊，於是同學們在我來到當天就給我取了個綽號，叫「裴嫂」。

每天我一走進教室，就有好事的男生高喊：「裴嫂來啦！」於是別的同學便起哄地跟著叫：「裴嫂！裴嫂！裴子俊，你媳婦兒進來了，你還不快去接？」

子俊很惱火，便故意裝出一副很凶的樣子命令我：「離我遠點！」好像他所有的委屈都是因爲我。可是，難道我的委屈不是因爲他？

我堅持了一個星期，到底受不了，周末偷偷跑到外婆家去躲起來，到了星期一，爸媽來接我，我怎麼也不肯走，哭著喊「我不要上學啦」。

媽媽又哄又嚇，逼著我說出理由來，卻毫不體諒：「就爲了一個綽號？這算什麼？別人叫是別人的事兒，難道他們叫你兩聲你就真成了人家媳婦兒啦？上學去！」

最後，還是外婆心疼我，扭著一雙「解放腳」找到學校裏來，跟老師評理：「人家都是男女分開，幹嘛把我家閨女兒配給臭小子一起坐？」

老師跟外婆講不清道理，只得讓校工再多搬一套桌椅來，讓我和子俊分開坐。但是「裴嫂」的綽號，卻仍然沿用了下來，一直到我中學畢業，在巷子裏遇到老同學，還偶爾被人提起：咦，這不是裴嫂嗎？

也許綽號這事兒就是這樣，事隔多年，真名大姓未必會被記起，但是綽號，卻是終身的記號，很難忘記。

不過隔了十年八年再提起，心底裏已經沒有那麼恨，反而會激起一絲溫馨，記憶的風瞬間吹動童年的髮梢，想起若干往事。

也許是因爲這樣，裴子俊才會在十多年後的某個早晨，忽然想起了我，魯莽地闖到宿舍裏來，直統統告訴我，他一直沒有忘記過我，一直偷偷喜歡著我的吧？

那時我已在杭州讀美術學院，是出了名的才女，走在柳蔭夾道的校園裏，時時想：這便是林風眠校長當年走過的路吧？摩拳擦掌，一心要等著畢業出來做黃永玉第二，眼界高到天上去，哪裏看得上旅遊專科畢業的裴子俊？

只不好意思太傷人心，半開玩笑地瞪他一眼：「喜歡？我現在還記著當時你有多凶呢！還說要讓我離你遠點兒，你忘了？」

子俊滿面通紅，搓著兩手，發誓一樣地說：「以後都不了，再也不凶了，只要你離我近，讓我怎麼著都行。」

現在想起那副憨態，還讓我忍俊不禁。

那段日子，子俊隔三差五便坐了火車從蘇州奔杭州，幾乎每個周末，我們都會見一面。久而久之，便成了習慣。

晴西湖，雨西湖，蘇堤，白堤，二十四橋明月夜，映日荷花別樣紅……這些個良辰美景，是要同心上人一起玩味的。便不是心上人，在身邊如影隨形地待久了，也就慢慢上了心。

少女情竇初開，往往是因爲天氣才戀愛的。柳絮輕沾，隨風依依，無由故地便有幾分離情，每一次落花成陣，弱柳拂風，都彷彿在輕輕說：不捨得，不捨得。

一次遊完了西湖送他去車站，走在柳樹下，站定了，隨手替他拈開沾黏在髮角的飛絮，手便被他握住了。

他的眼睛，在迷濛的季節裏如此多情，看得人心慌。

被他吻的時候，我嚇得哭了，卻不知道閃避。

很多年後都沒有想明白，雖然看上去很純很美，可是，那是愛情嗎？

中間不是沒有試過同他分手。

吵架、冷戰、道歉、和好……這幾乎是所有戀人的必經之路吧？對我們而言，這樣的過招尤其頻繁。

我們兩個，性格差異好比天同地，我喜靜，他喜動，一個要往東的時候，一個偏要去西，幾乎沒有什麼時候是意見完全一致的。幾年的相處，都是在我遷就你，你遷就我，就像兩隻寒風中的刺蝟，若想依偎取暖，非得要先磨禿了自己的棱刺才行。

這個磨的過程，太疼了。

有時靜下心來審視我們的愛情，總覺得血淋淋的，肉刺模糊，不知道折損了多少根刺，又扎穿了多少個傷口。

鬧得最凶的一次，就是我離開蘇州來上海前夕，整理了幾年來他送我的所有小禮物，一股腦打個包兒歸還了他，清楚地說：子俊，讓我們分開，永遠做朋友吧。

他茫然後退，受傷的樣子令我心疼。

他說：「能做朋友，又爲什麼要分手？」

能做朋友，又何必分手？也許他說的是金科玉律，最簡單的真理。

我有些不忍心，但還是咬著牙說：「我們兩個，不合適。」

離開蘇州那天，下著雨，我左手拎著一個藤編的箱子，右手擎著竹紙傘，對子俊開玩笑：「看我這樣子，像不像徐志摩？」

他不以爲然：「爲什麼是徐志摩？他是男的你是女的，我看不出來哪點像。」

我歎息，子俊子俊，我們兩個，是真的真的不合適。

奈何子俊始終不肯這樣想，後來到底又追到了上海來……

二　相見歡

上班的時候，對著電腦做掃描校色，我又忍不住想：「怎樣才能見到張愛玲呢？」

液晶螢幕上，是一幅舊上海的廣生行月曆畫，手抱鮮花的姐妹倆穿著大花大朵的旗袍，故作嬌憨地巧笑嫣然，雙眼彎彎如月，很天真無辜的樣子，可是因為隔了半個多世紀的滄桑，便有了種過來人的味道，憑添幾分風塵態，反而似煙視媚行。

我用滑鼠在妹妹的臉上圈圈點點，除去斑漬，塗黑眉眼，使唇更紅，笑更豔，恨不得對著畫中人喚一聲「卿卿」，便將她拉下畫來。

那時的上海，是張愛玲一路走過，看過，寫過的。現在，它和我近在咫尺，只隔著一層電腦螢幕，但是，我走不進它，它也容不下我。

電腦內外的兩個世界，就好比夢與現實的距離，看著觸手可及，其實遙遠得令人絕望。

忽然聽到背後有人說：「網路發明以後，色彩與聲音已經把模擬再現的功用發揮到極至，以假亂真已經不是童話，如果再加上時間控制，人們豈非可以自由穿梭於世界歷史？」

我為之一震，回過頭來，看到一個星眉朗目的年輕人由老闆陪著走進來，正做指點江山狀誇誇其談。

按說他的樣子相當張揚，與我個性相去十萬八千里，可是不知為什麼，只這一眼，已經讓我耳朵發癢臉發燒，心驚肉跳地想：這是誰？這個人是什麼人？我可不可以認識他？什麼時候能夠再見到他？剛剛見面，還不待認識已經惦記下一次約會。只有花癡才會這麼想，可在那一時那一地，這的確是我心聲。

耳邊聽得來實習的小女生們一片低呼：「嘩，好帥！」可見發花癡的並不只是我一人。

老闆叫我：「錦，跟你介紹一下，這位是沈曹先生，著名攝影師和彩色平面設計師，這是顧錦盒小姐，繪圖員。」

沈曹？我一愣，心底莫名震動。著名攝影師沈曹？我昨天剛剛因緣買下他的攝影集，今天就見到了作者本人？而且，那樣有靈魂有思想有閱歷的一位天才攝影師，原來竟是這樣的年輕！

但是認識了又怎麼樣呢？他是「師」，而我是「員」，高下立見，階級分明，由不得我不有一點自卑，伸手出去時，只覺手心裏涼津津的都是汗。

偏偏空調又壞了，本來心底無塵室自涼，可是現在，風吹皺一池春水，只覺陣陣熱風拂面，幾乎睜不開眼。

「錦盒？好名字！」那個可惡的沈曹朗聲大笑，「詞典裏關於錦的成語都是最有神秘感的，錦囊妙計，錦上添花，錦繡前程，錦心繡口，錦衣夜行，但是錦盒……神秘兮兮的藏著些什麼珍珠寶貝呢？」

說得辦公室裏的人都笑了。

我也低下頭微微笑，答不上話來。我真笨，打七歲起就有這壞毛病，遇到喜歡的男孩便緊張，手心出汗，雙耳失聰，兼啞口無言。好口才是用來對付子俊那種大塊頭的，他每次看到我都滿臉局促手足無措，我反而輕鬆。可是沈曹不行，他太瀟灑自如了，於是輪到我面無人色。

但是他還有下文：「咦，為什麼我好像見過你？你有沒有印象，我們到底在哪裏見過？」

我看著他，只覺茫然。若這話由別的男人說出來，無疑是最惡劣的吊膀子慣用句式，可是沈曹，他似乎不該是那種人。但是見過面？為什麼我會毫無印象？按說這樣優秀的人物，如果我見過，不該忘記才對。

一陣香風撲面，我頂頭上司、設計部經理阿陳走進來：「這位就是沈大攝影師？久仰久仰，有失遠迎！」

這時代還有這樣老套的對白，我忍不住哧一聲笑出來，放鬆許多。

阿陳同沈某寒暄幾句，帶他一一參觀各辦公室，吩咐我：「錦，你打幾個電話，看哪個飯店有位子，通知我們。」拿我當女秘書使喚。

我忿忿不平，儘管職位低，也是技術人員，堂堂的中央美院大學生，淪落到日復一日對著電腦做些掃描校色的無聊工作不算，還要被他呼來喚去做茶水小妹看待，真也大材小用了。

可是不平又如何，拍案而起大聲對他大聲SAY UNFAIR？結果會怎麼樣，用腳趾頭也想得出，他會笑嘻嘻立刻對我點頭道歉，顧小姐對不起是我錯待了你對你不公平我們的合作至此結束請你明天另謀高就……飯碗就此砸掉。

不爲五斗米折腰？那樣做的前提是家裏有五畝田做堅強後盾。古人動不動掛冠歸農，但是現代城市人呢？哪有農田可耕？天下烏鴉一般黑，無名小卒，走到哪裏都一樣受氣，做生不如做熟，與其轉著圈兒看遍各行各業不同黑暗面，不如一條道兒走到黑，看久了視而不見也就算數。即使上司是一個不長鬍子的男人，聞久了他的香水味兒，也只有當作清涼油，反正又不是要跟他過一輩子，管他是否性別健全。

這裏是上海，專門消磨人尊嚴志氣的地方。它要的不是「才氣」，是「財氣」。「財」大而後「氣」粗，無財，最好吞聲。

我於是忍氣吞聲打了一輪電話後彙報：「海鮮坊今天基圍蝦七折，我已經訂了三號包廂。」

「很好。」老闆嘉許我，「錦盒越來越能幹了。」

典型的下人的能幹——不在你才高八斗，而在你八面玲瓏，重要的不是能力而是聽話，越聽話越多服務就越能幹，如此而已。我再一次忍下委屈。

沒想到種種細節都被沈曹看在眼內，臨出門時有意無意地問一句：「顧小姐不隨我們一起嗎？」

「阿錦？啊，當然，當然。」阿陳見風使舵的本事足夠我再學三年，他倚在前台，很親切地探頭過來，「錦，我站得腿都瘦了，還要等多久你大小姐才能化完妝呀？」那口氣就好像他原本就打算請我，倒是我裝糊塗似的。

我只得站起來，「已經好了，這就可以走了。」

其實並不情願沾這種光，可是如果不來，不是有氣節，是沒臉色，給臉不要臉。

不過是一頓飯罷了，然而那群小女生已經豔羨得眼珠子發藍，一齊盯住我豎起大拇指，我衝她們擠一擠眼，做個風情萬種狀。

象跋蚌，三文魚，龍蝦船，大閘蟹，最大盤的一道是基圍蝦鮮活兩吃，的確是盛宴，可是食客只有四個人——老闆，阿陳，沈曹，還有我。

雖然我不知道沈曹除了攝影師的身分外還有什麼特殊地位，但是看在魚翅盅的份兒上，猜也猜得出來頭不小。我這個陪客當得相當莫名其妙。但唯其如此，就更要小心應對，木訥了是小家子氣，見不得場面拿不出手；太活躍了就是小人物禁不起抬舉，雞婆飛上籬笆扮鳳凰。

我沒有告訴他自己曾經買過他一本攝影集，怕被人覺得是巴結恭維。

好在那個沈曹既擅談又思維敏捷，不住插科打諢，隨便拈起一個話題都可以高談闊論，卻又並不使人生厭，一頓飯吃得頗不寂寞。

但是討厭的阿陳老是忘不了揶揄我：「你看阿錦，平時打扮得淑女相，一看到吃的就沒出息了，掰螃蟹腿的樣子可真野蠻，要說這外鄉女孩到底是沒有咱上海小姐來得文雅。」

說得老闆一笑。沈曹向我投來同情的一瞥，打圓場說：「今天這蟹的確美味，我也食指大動，恨不得生出八隻手來和蟹子比威風呢。」

我本來打算咽了阿陳這口氣的，平日裏「外鄉人」長「外鄉人」短地被他嘲諷慣了，已經不知道憤怒。但是經不起沈曹這一體諒，反而忍不住反唇相譏：「我們蘇州人吃蟹本來是最講究的，早在晚清的時候就專門製作了一套用來吃蟹的『蟹八件』，可惜上海人貪吃不懂吃，只得一雙手來肉搏。」

「你是蘇州人？」沈曹看著我，慢吞吞地說，「當日地陷東南，這東南有個姑蘇城，城中閶門，最是紅塵中一二等富貴風流之地。這閶門外有個十里街，街內有個仁清巷……」

「你說的是錦盒家的地址？」阿陳莫名其妙，「你怎麼知道她家住哪兒？」

老闆笑起來：「他說的是葫蘆廟的地址。」明知阿陳不懂，不再理他，只追著我問，「蟹八件是什麼意思？」

我於是向他細細解說：「就是小方桌、小圓錘、小斧、小叉、小剪、還有鑷子、釺子、匙兒，這八件齊了，就可以墊、敲、劈、叉、剪、夾、剔、舀，把螃蟹庖丁解牛，細嚼慢咽，想怎麼吃就怎麼吃了。」

「這麼多講究？」老闆大感興趣，「那不是很麻煩？」

「不麻煩。家家都備著這蟹八件的，一般是銅鑄的，講究一些的就用銀打，亮晶晶的，精巧玲瓏，就像工藝品。在我們蘇州，每到了吃蟹的季節，家家擺出小方桌，把蒸熟的螃蟹熱騰騰地端上來，先剪下兩隻大螯八隻腿，再對著蟹殼四周輕輕敲打一圈，用小斧劈開背殼和肚臍，然後拿釺子鑷子夾出蟹黃蟹膏蟹肉，最後再用小匙舀進醋啊薑啊這些蘸料，用蟹殼端著吃。」我瞥一眼阿陳張口結舌的傻相，頗覺快意，更加繪聲繪色地賣弄起來，「所以呀，這敲蟹殼剔蟹肉的功夫大著呢，吃過的蟹，殼要完整，裂而不碎，肉要乾淨，顆粒無餘。所謂『螯封嫩玉雙雙滿，殼凸紅脂塊塊香』。如果蘇州人吃相野蠻，姑蘇林黛玉又怎麼會親力親嘗還賦詩贊詠呢？」

「哈哈，搬出林黛玉助威來了！好，比賽背紅樓，你們兩個可算一比一平。」老闆大笑起來，「錦盒說蟹，把我說得都饞了。明年蟹季，一定要去蘇州轉一轉，專門吃蟹去。哪，提前說好了，在座的人，一個也不許少，到時候一起去，我做東！」

「對，就去阿錦家吃。」阿陳見風使舵，立刻跟著湊趣，「錦，你家的蟹八件是銅的還是銀的呀？」

「瓷的。」我淡淡地說，不軟不硬頂了一句。

又是沈曹笑著打圓場：「瓷的？不可能吧？我聽說蘇州人嫁女兒，蟹八件是陪嫁必需品，再窮的人家，金的銀的陪不起，一套銅的蟹八件卻是最起碼的。你是不是要把蟹八件藏起來做陪嫁，怕我們搶走了不還呀？」

論調笑我卻不是對手，臉上頓時燒燙起來，眼前忽然浮現出那幅題為「歎息」的海景照。不知為什麼，這位沈設計師神采飛揚，笑容開朗，可是我卻總覺得他的不羈背後有一種隱忍，一股拂不去的憂鬱創傷。

席間已經換了話題，談起網路與平面設計的接軌來。我低著頭，專心地對付那螯八足，漸漸聽出端倪：原來沈曹是位自由職業者，以攝影與設計為生，有作品登上《國家地理》封面，更是幾次國際服裝大賽宣傳冊和網頁的設計者，年初才從國外歸來，致力於時光軟體的新專案，嘗試將影音輸入電腦，用特殊的網路軟體接通，並以聲音催眠，讓操作者神遊於任意的時間地點。換言之，就是穿越時光隧道，身臨其境地瞭解歷史和世界。

「那我不是可以見到張愛玲了？」我脫口而出，「穿越時空的旅遊，可能嗎？」

「沈先生說可能，當然會有理論根據。」阿陳不遺餘力地拍馬，「錦，如果沈先生加盟我們公司，與我們合力開發這個軟體，那公司就發大財了。先不論軟體發展成功與否，這份廣告效應已經不可估量。」

我這才明白，今天這些鮑參燕翅的真正價值原來在此。但是一時間我顧不到這些，仍然執著地問：「有了這個軟體，我是不是可以見到張愛玲？」

「你很想見張愛玲？」沈曹微笑地注視我，「從理論上說，是可以的。只要將張愛玲舊時的生活資料輸入電腦，就像拍電影那樣用畫面還原當時的背景環境，而你身臨其境，就可以上門尋訪了。」

「天哪！」我目瞪口呆，簡直無法置信，這樣說，我的夢想豈非可以變成現實，這可能嗎？

「科學家已經證明了有時空隧道這回事，而我們的發明，雖然不等於時空隧道，但是已經往前走了一大步。不過，暫時來說，它還只是一種鏡花水月的旅遊，是賈寶玉夢遊太虛境，假做真時真亦假。可是它對人類歷史到底能起到多大的作用，在真正投入使用之前仍然是個謎。」

「天哪！」我再一次感歎，「我真的可以見張愛玲了？」

「看阿錦這傻樣，除了喊天哪就不會說別的，到底是女人，頭髮長見識短，一點點事就嚇成這樣子。」阿陳最喜歡以捉弄人來賣弄自己的幽默感，哪裏會放過這個諷刺我的機會，當下做出一副西施捧心狀，拿腔作調地學著我喊：「天哪！」逗得老闆大笑起來。阿陳更加得意，越發用手托著下巴，蹙眉斂額，嬌慵地問：「我怎麼能見張愛玲呢？」

分明在取笑我。可是別說，雖然誇張，那樣子還真有幾分像。老闆更加笑不可抑，對沈曹解釋說：「我們阿錦是個超級張迷，就是因爲迷張愛玲的小說才跑到上海來的，有句口頭禪就是：我怎麼才可以見到張愛玲？」

沈曹也笑了：「也許這只是一種美好的設想，不過已經很有實現的可能。人們常說：如果時光倒流，讓我重來一次，我將如何如何。但是世上是沒有賣後悔藥的。不過，我們這個軟體如果開發成功，那麼最終結果就是：所有你期待的緣份都可以夢想成真，生命可以無數次地被重複修改，直到得出一個滿意的人生。」

「天哪！」除此之外我已經不會說別的了。套一句阿陳的話——「先不論軟體發展成功與否」——先不論軟體發展成功與否，單是沈曹可以提出這樣的大膽設想已經讓我崇拜到無以復加了。這樣的異想天開，裴子俊打破了頭也不會想出一條半條來，他最大的想像力就是如果他可以生在古代，一定去考武狀元。

咦，慢著，如果軟體發展成功，子俊豈非真的可以上景陽崗打虎了？那麼如果他打敗了，被老虎吃掉，還會回到今天來嗎？

阿陳捅捅老闆又指指我，擠眉弄眼地學我的發呆樣子，吃吃地笑，活脫脫一副白相人德性。這個阿陳，爲了討老闆高興，真是怎麼肉麻都不怕。這麼好演技，又娘娘腔，幹嘛不唱戲去？

但是我顧不得理會他們，只是盯著沈曹問：「那麼依你說，人們可以借這個軟體隨意穿梭時空，那麼她在彼時彼地發生的一切事情是真的還是假的？如果她回到從前去做了某些事情，而那些事是已經發生過的，那麼她就算改變了歷史又怎麼樣呢？就好像一個人已經死了，我跑回去阻止她死，難道她能重新活過來嗎？」

「這就屬於哲學領域的問題了。」沈曹答，「我們所處的空間是重合的，宇宙裏同時有幾個空間時間在並行，就是說，這個你在不同的時空裏有不同的形象和作爲，如果你改變了歷史，那麼雖然在這個時空裏有些事情已經發生過了，可是在另一個時空，它將沿著你改變的方向做另一種發展。」

「這個論調我好像聽過，是愛因斯坦的相對論是嗎？他認爲時間和空間一樣，都是相對的，人如果能夠超越光速，就可以去往過去未來。那麼不同的時間地點就有了不同的我。當這個我在上海吃螃蟹的時候，另一個我還在蘇州河裏摸螃蟹呢，是這樣的嗎？」

「差不多。」沈曹點頭贊許。

「不過我怎麼也想不明白。我就是我了，怎麼會有好幾個？比如我昨天看到一本書沒來得及買，今天後悔了，可是再去書店的時候發現已經賣完了。難道我能退回到昨天去再買一本？」

「不是沒有這種可能。但是事情發生的時候，已經記錄在另一個時空了，你的今天還是這樣過。但是你在另一個時空裏的今天便被改變了。」沈曹侃侃而談，「這就好像你在網上發文件，今天發了一個帖子，明天你修改後發在另一個論壇上了。那麼這個論壇裏的帖子雖然已成定局，但另外一個論壇的帖子卻以不同的面貌重新出現。發生了的固然已經發生，改變著的卻依然在改變。換言之，這個時空的歷史是能動的而不是被動的，這樣說，你明白嗎？」

「我好像明白，又好像不明白。」我甩一下頭髮，仍然執著地回到起點去，「那麼你可以幫我見到張愛玲嗎？」

這一次，連沈曹也忍不住，和老闆、阿陳一起放聲大笑起來。

三　對照記

夜已經很深了。

上海的初秋，悶而濕熱，風從窗戶裏吹進來，黏黏的，好像抓一把可以擰出水來。

五十年前的上海秋天，也是這樣的熱麼？

我在夢中對沈曹說：「你那麼神通廣大，帶我回到五十年前好不好？」

「那時的張愛玲，已經很不快樂。」沈曹建議，「不如去到六十年前。她和胡蘭成初相遇的時候，又剛剛寫出〈傾城之戀〉和〈金鎖記〉，事業愛情兩得意，那段日子，是她一生中的亮點。」

「但是如果不是胡蘭成，張愛玲的悲劇就都重寫了。」我悠然神往，「如果真的可以去到六十年前，我會去勸她不要跟他在一起。」

「如果讓我選擇回到過去，我就不要去那麼遠。我只去到十年前，要比裴子俊更早認識你，改寫你的愛情史。」

我大窘，怦然心動，愴惻感傷，竟然難過得醒了過來。原來是個夢。

可是心「嘭嘭」跳得又急又響，夢裏的一切，就好像真的一樣，沈曹的眼神深情如許，所有的對白言猶在耳，蕩氣迴腸。嘿！只不過見了一面，竟然夢見人家向自己求愛。難道，我已經愛上了他？

忽然聽得耳畔有細細歎息聲，驀然回身，竟見一個梳著愛司頭的女子端坐在自己床畔，那身上穿著的，寬袍大袖，不知是寢衣還是錦袍，只依稀看得出大鑲大滾的鮮豔的闊邊刺繡，額頭廣潔如清風朗月，雙眸冷鬱卻如暗夜寒星，略帶抑鬱，欲語還休。那派頭風度，胡蘭成讚美過的「天然妙目，正大仙容」，既熟悉又陌生，她是誰？

我的眼睛忽然就濕了：「你終於來了。」

「不要找我。」她低語，站起，款款走至窗前。風拂動她的髮絲，栩栩如生。

此刻的她，究竟是生還是死？

「爲什麼？」

「歷史不可改變，天機不可洩露。打破宇宙平衡的人，會遭天譴。」

「天譴？」我一愣，「你是說沈曹？他會有不測？」

然而她已經不再答我，顧自迎向窗子，風吹起她的長髮，有看不見的波瀾暗湧，雷聲隱隱。她的袖子揚起，可以清晰地看到織錦袖邊上雲卷雲舒的如意花紋。

「別走！」我向前一迎，驚醒過來，又是一個夢。

就在這時候，門忽然被敲響了。
門開處，赫然站著濕淋淋的沈曹。
「外面下雨了嗎？」我捏捏自己的面孔，「或者是我自己在做夢？」
「我剛才夢到了你，就想趕來看你。」沈曹身上往下滴著水，眼神淒苦而狂熱，彷彿有火在燃燒，「錦盒，我想起來了，我見過你！我想起在什麼時候見過你了！」
「是嗎？什麼時候？」
他正欲回答，一陣電話鈴響再次將我驚醒過來，發現自己仍然躺在床上，濕淋淋一身是汗。而旁邊，電話鈴仍在一聲遞一聲地尖叫。
我取過放在耳邊：「喂？」
「錦？」對方是個陌生的男聲，明明帶著笑，卻無端地有些哽咽。
我豎起寒毛：「你是哪位？」
「沈曹，今天剛和你見過面的……我想起來了，其實我們以前就見過。」
我幾乎要尖叫，又是夢?!恨不得將聽筒拋出去砸個粉碎，逼自己醒過來。但是手不聽使喚，耳邊的聽筒仍然傳遞來沈曹微啞的聲音：「我剛才做了一個夢，夢見你。我想問你，我們可不可以見個面？」
「見面？」我在夢裏問，「這個時候？」
「可以嗎？」
有什麼不可以呢？反正是夢。既然是夢，就順遂自己的心，放縱一回吧。

我迅速報出自己的住址：「我等你，你要喝什麼茶？」

唉，不論是什麼茶，也許我根本不會等到水沸茶香，夢就已經醒了。古有黃粱夢熟，今天我來煮一壺龍井等著夢醒吧。不知道夢醒時，茶涼否？

我洗過臉又換了衣裳，在屋子裏走來走去，仍然不知道自己是不是在做夢。咬一下嘴唇，是疼的。可是，夢裏我也會疼哦。剛才夢見張愛玲，她幽怨的眼神，眼神裏冷鬱的魅惑，讓我的心都揪緊了，還有沈曹的電話，和這之前的濕淋淋的他，說著一模一樣的話，如果現在是清醒的話，那麼剛才的夢豈非也是真實？可他明明沒有來，窗外也明明沒有下雨。

我呻吟起來，覺得再不做些什麼，自己就快瘋了。

水很快沸了，我關了電源，等它涼下來。

龍井是要用八十度水沖泡的，過熱就悶熟了，如果水溫冷了，而沈曹還沒有來，那麼這一切就是真的而不是夢。因爲夢裏都是順心如意的，只有生活的真實才處處與人做對。

就在這時門鈴響了。這麼說，真的是夢？

我的心還在猶豫著要不要開門要不要相信，可是我的腿已經將我帶到門前，而且手不從心地拉開了鎖。

門外站著沈曹，眼神淒苦而炙熱，彷彿有火在燃燒。可是他的身上，是乾的。

我忍不住就伸出手去在他胳膊上摸了一把：「你是真的還是假的？」

「是真的。」他居然這樣回答，「不是做夢。」

「不是夢？」

「剛才是夢，但現在這個我是真的。」他拉著我的手走進來，恍惚地一笑，「你果然備了茶。」與此同時他發現了那本攝影集：「你買了這個？」他看著我，眼睛閃亮，「你沒有告訴我，你有這個。」

「我在超市碰到它。」我說，那是真正的「碰到」，我翻看張愛玲，一轉身，碰落這本書，然後半是自願半是被迫地買下它，承認了這份緣。一切都是注定。

坐在茶案前，他熟練地將杯盞一一燙過，觀音入宮，重洗仙顏，高山流水，春風拂面，片刻將茶沖定，反客為主，斟一杯放在我面前：「請。」

「請。」我做個手勢，三龍護鼎，三口為品，將茶慢慢地飲了，一股暖流直衝肺腑，茶香嫋嫋，沁人心脾。這麼說，不是夢了？

我看定他：「剛才，我夢見你。」

「我知道。我也夢到你。所以，我想見你。」

「這是怎麼回事？」

「我說不清。不過，剛才我試驗新軟體，催眠自己，去了十年前的中央美院，看到你在校園裏走……」

「你去了杭州美院？」我驚訝，「你怎麼知道我是杭州美院的？」

「我不知道。事實上，我也是美院的。只不過，比你大了四屆，你入校的時候，我已經畢業了。那次回校是應校長邀請去拍幾張片子，在校長室的窗口看到你，覺得你的姿勢態度都不像一個現代人，遺世獨立，孑然獨行，非常有韻味，就拿出相機搶拍了一張照片。但是我追下樓的時候，你已經不見了……」

他說著從口袋裏取出一張鑲在雕花銀相框裏的照片來：「我怕你不信，特意把它找了出來。」

照片中的女孩只有一個側影，但是一眼已經看出那是我。長裙，長髮，懷裏抱著一摞書，側歪了頭在踽踽地走，身形瘦削，恍若腳不沾塵。

讀書時同學常常笑我走路的姿勢如履薄冰，又好像披枷帶鎖。

但是現在沈曹說：遺世獨立，非常有韻味。

什麼叫知己。就是擦肩而過時已經讀懂對方的眼神腳步，哪裏需要十年相處？

「送給你。」他說，「算是遲了十年的見面禮。」

「送給我？」我接過來，忍不住按在胸前，深吸一口氣，眼睛不由自主地濕了。

這一刻，他和我，都明白在我們之間發生了什麼事。

愛情。是的，在我與裴子俊近十年的馬拉松戀愛之後，我終於知道了，什麼是真正的我渴望中的愛情。

可是，來得何其遲？遲了十年。

夢中的沈曹說過：「如果讓我選擇回到過去，我只去到十年前，要比裴子俊更早認識你，改寫你的愛情史。」

卻原來，十年前他真的見過我的。可是，卻失之交臂……

淚流下來，我再也分不清什麼是現實什麼是夢。風仍然黏濕，但我已經不覺得熱，心底裏，是說不出的一種隱隱歡喜和深深淒苦……

醒來時天已經大亮了，鳥兒在窗外叫得正歡，有花香隨風送進來，是個萬里無雲的豔陽天。

我伸個懶腰，走到窗前，看到茶几上的銀相框，忽然愣住了——有小天使輕盈地飛在相框右角，彎弓巧射，一箭雙心對穿而過，造型十分趣致可愛。

記憶一點點浮上來。花非花，霧非霧。夜半來，天明去。

昨天晚上，我曾經在這裏同一個人談了很久，品茶，聊天，甚至流淚……來如春夢不多時，去似朝雲無覓處。那一切，是真的麼？

太陽穴一跳一跳地疼起來，心若憂若喜，七上八下。我問自己，到底希望昨晚的一切是夢還是真？如果是真，要不要繼續下去？如果是夢，要不要讓它成真？

可是如何對子俊交代？難道對他說：對不起，你走的這幾天，我認識了一個人，後來發現我其實十年前就見過他，所以我們……怎麼說得出口？

而且，我對沈曹又瞭解多少呢？他是一個成功的攝影師、設計師，是個天才，畢業於杭州美院，十年前曾和我有過半面之緣，以後或許會同我們公司合作——除此之外，我知道他多少？他的家庭，他的興趣愛好，他的經歷，他有沒有女朋友，談過幾次戀愛，他的愛情觀與婚姻觀，他是不是真的愛我……

這些，我瞭解嗎？

我望向鏡子。鏡子裏是紅粉緋緋的一張桃花面，眉眼盈盈，欲嗔還喜，所謂春風得意就是這個樣子吧？

理智還在趑趄不前，心卻早已飛出去，不由自己。

相框下有一張紙條，我拾起來，看到龍飛鳳舞的一行字：

——我們能有幾個十年經得起蹉跎？看著你夢中的淚痕，我決定讓往事重來，再也不可錯過。靜安寺Always Cafe等。

靜安寺？那不是張愛玲住過的地方？

沈曹，他竟如此知我心意。這樣的約會，又怎忍得住不去？

手按在咖啡館門柄上的一刹，心已經「蓬」地飛散了。

「每天下午，在陽光裏我會挑一個靠窗的位置，喝咖啡，看著外面的世界。」

這句話，分明是張愛玲文章中的句子，如今竟被拿來做店招牌廣告語了。

沈曹，他是帶我來尋夢，亦是造夢。

我再一次迷失。

是下午茶時間，但是咖啡館裏客人寥寥。沈曹占著一個靠窗的座位在朝我微笑，微微欠身，替我把椅子拉開了，待我站定，又輕輕推送幾分——不要小看了這些個細節，有時候女人的心，就在那分寸之間起了波瀾。

「當年，這個咖啡館或者應該叫做起士林。」他開口，聲音亦如夢中，有種磁性的不真實，「如果你的位子上坐著張愛玲，那麼現在我的位子上，該是胡蘭成。」

「不，應該是蘇青，或者炎櫻。」我恍惚地笑，心裏暖洋洋地，莫名地便有幾分醉意，在〈雙聲〉裏，張愛玲記錄下了她與炎櫻大量的對話，妙語如珠，妙趣橫生，那些對話，是與咖啡店密不可分的。

「每次張愛玲和炎櫻來這裏，都會叫兩份奶油蛋糕，再另外要一份奶油。」

「哦，那不是會發胖？」沈曹笑起來，「都說張愛玲是現代『小資』的祖宗，可是『小資』們卻是絕對不吃奶油的，說怕卡路里。」

一句話，又將時光拉了回來。

我終於有了幾分真實感，這才抬起頭細細打量店裏設置，無非是精雕細刻的做舊，四壁掛著仿的陳逸飛的畫，清宮后妃的黑白照片，當然也少不了上海老月曆畫兒——唯其時刻提醒著人們懷舊，我反而更清楚地記起了這是在二十一世紀，是五十年後的今天，奧維斯，畢竟不是起士林。

就算把淮海路的路牌重新恢復成霞飛路，就算重建那些白俄和猶太人開的舊式的咖啡館，一模一樣地複製那些燈光明亮的窗子，那些垂著流蘇的帷幔和鮮花，音樂和舞池，我們又真的可以回到過去嗎？咖啡的香味已經失真，法國梧桐新長的葉子不是去年落下的那一枚，不管什麼樣的餐牌，都變不成時光倒流的返鄉證。

咖啡端上來了，是牛奶，不是奶油。我又忍不住微笑一下，低下頭用小勺慢慢地攪拌著，看牛奶和糖和咖啡慢慢交融，再也混沌不清。

不相識的男女偶然相遇從陌生而結合，也是一份牛奶與一杯咖啡的因緣吧？各自爲政時黑是黑白是白，一旦同杯共融，便立刻渾然一體，再也分解不開。

誰能將牛奶從一杯調好的奶香咖啡裏重新提出？

「你什麼時候回國的？」我問，「在國外過得好嗎？」

大抵不相識的男女初次約會都是這樣開場白的吧？然而我們已經是第三次見面。也許有些話題始終不可迴避，只得把事情顛倒了來做。

他點燃一支煙，煙迷了眼睛，他隔著煙望回從前：「在國外，一直懷念祖國的女孩。明知道其實現在全世界的華人都差不多，可是總覺得記憶裏的祖國女孩是不一樣的，黃黃的可愛的扁面孔，粗黑油厚的大辮子，冬天煨個手爐，夏天執把團扇，閨房百寶盒裏，」他抬頭看我一眼，「……藏著爛銀鑲珐瑯的蟹八件。」

我的臉驀地熱起來，想不理，怕他誤會我默認；待要頂回一句，人家又沒指名道姓，豈不成了自作多情？只得顧左右而言他：「〈金鎖記〉裏的童世舫，和〈傾城之戀〉的范柳原，也都對祖國的女孩抱著不切實際的鄉愁。」

沈曹看我一眼，說：「不會比想見張愛玲更不切實際。」

我無言。昨夜，我們曾交淺言深，暢談了那麼久的理想與心情。可是，那是在夢中。至少，我們把它當作了一個夢。如今明晃晃的大太陽底下，讓我如何騙自己，告訴自己說我可以不在乎？

夢總是要醒。我們，總是要面對現實。

張愛玲愛上胡蘭成的時候，猶豫過嗎？像她那樣才華橫溢的名女子，如花歲月裏，不會只有胡蘭成一個機會，但是，她卻選擇了那樣不安定的一份愛情。

他們在什麼樣的季節相遇？

是像白流蘇和范柳原那樣相識於一場舞會？家茵和夏宗豫因為電影而結緣？還是像銀娣和三爺情悟浴佛寺？

——沒有盡頭的重門疊戶，卍字欄杆的走廊，兩旁是明黃黃的柱子。他從那柱子的深處走來。她在那柱子的深處站立著等候。有心不去看他，可是眼睛出賣了心，滿臉都是笑意，唇邊盛不住了，一點點泛向兩腮去，粉紅的，桃花飛飛，燒透了半邊天。

非關情欲，只是饑渴。生命深處的一種渴。

如果可以見到張愛玲，我不會和她討論寫作的技巧，也許更想知道的是，在她那樣的年代，於她那樣的女子，如何選擇愛情與命運？

然而，怎樣才可以見到張愛玲呢？

我低下頭，輕輕說：「夢裏，她讓我告訴你，洩露天機會有不測。」說出口，才發現沒頭沒腦，此話不通之至。

但是沈曹竟可以聽得懂：「你見到她了？」

「也許那不能叫見，只是一種感覺，我不知道和我交談的到底是一個形象，還是一組聲音。但是我記得清夢中每一個細節，包括她墨綠織錦袍子上黑緞寬鑲的刺繡花紋。」

「她如何出現？」

「沒有出場動作，是早已經在那裏的。」

「如何離開？」

「像一蓬煙花乍現，驀然分解開來，片刻間煙消雲散，十分淒迷。」

我們兩個人的話，如同打啞謎，又似參禪。不約而同，兩個人都沉默下來，卻並不覺得冷場。

他慢慢地吞雲吐霧，好像要在雲霧中找一條出路。

我的心，仍是攪混了的一杯咖啡，難辨滋味。

從窗子望出去，可以看到馬路對面淺色的常德公寓，以及義大利風格的陽台上錯落的空調排氣扇和五顏六色的衣裳，有種家居的味道。樓層並不高，可是因爲其神秘的內涵，便在我眼中變得偉岸——許多許多年前，它不叫常德公寓，而叫愛丁堡公寓的時候，張愛玲就是從那裏出出進進，和她的姑姑，那個貞靜如秋月的女子，共同守著小樓軒窗度過一個又一個清寂的日子的。

十年生死兩茫茫，不思量，自難忘。千里孤墳，何處話淒涼？

盛名之下，有的是蒼涼的手勢和無聲的歎息。每到紅時便成灰。彼時的張愛玲，紅透了半邊天，光芒早早地穿透時光一直照進今天，但是彼時，她的光卻是已經燃到了盡頭。

是天妒多才吧？她在〈傾城之戀〉，她的成名著作裏寫著：「香港的陷落成全了她。但是在這不可理喻的世界裏，誰知道什麼是因，什麼是果？誰知道呢，也許就因為要成全她，一個大都市傾覆了。成千上萬的人死去，成千上萬的人痛苦著，跟著是驚天動地的大改革……傳奇裏的傾國傾城的人大抵如此。」

也許，那時崢嶸乍露，她已經預知了自己的命運？那樣一個傾城傾國的女子，在驚天動地的大改革裏，如煙花燦然綻放，卻轉瞬即逝。「洩露天機的人，會受天譴」。昨夜，她這樣警告我，究竟是警告我，亦或感慨她自己？

如果昨夜的相見是因她穿越了時光來看我，那麼五十年前，她哀豔的眼神是否亦曾穿透表面的浮世繁華，看清了五十年後的滄桑飄零？

五十年後的我，視五十年前的她為記憶，為印象，為思念；五十年前的她，如知曉五十年後的我，亦只當是筆下一組符號，是虛構，是懸念，是影像吧？

沈曹在碟子裏撳滅煙頭：「我們走吧。」

「去哪裏？」我抬頭，卻在問話的同時已經預知了答案。

果然，沈曹誦經般輕輕吐出四個字：「常德公寓。」

除了聽從他如聽從命運的呼召，我還能做些什麼？

四　第一爐香

乘著老舊的電梯「空空」地一級級上去，彷彿一步步靠近天堂。

相對於曾經作爲舊上海十里洋場的象徵的哈同花園，從中蘇友好大廈而變爲張春橋的秘密會議室而變爲展覽中心和花園酒家，愛丁堡公寓變爲常德公寓，實在算不了什麼。

站在厚實的木門前，沈曹掏出鑰匙說：「是這裏了。」

只是一個上午，他竟把一切都安排好了，連張愛玲舊居的鑰匙也拿到了手。沈曹沈曹，如何令我不心動？

鏽漆斑駁的門「吱呀」推開，彷彿有一股清冷的風迎面撲來，人驀地就迷失了。許多爛熟於心的句子潮水般湧上來，彷彿往事被喚醒，如潮不息。腳步在房中遊走之際，神思也在文字間遊走著，分不清哪些是真實的感受，哪些是故人的回憶。

那落地的銅門，銅門上精緻的插銷和把手，那高高的鏡子，鏡子上的鏽跡與印花，那雕花的大床，是否還記得故人的夢，那淒清的壁爐，曾經烘烤過誰的心，那輕顰淺笑的竊竊私語，是來自牆壁的記憶還是歷史的回聲？

「姑姑的家對於我一直是個精緻完全的體系，無論如何不能讓它稍有毀損。前天我打碎了桌面上一塊玻璃，照樣賠一塊要六百塊，而我這兩天剛巧破產，但還是急急地把木匠找了來。」

「陽台上撐出的半截綠竹簾子，一夏天曬下來，已經和秋草一樣黃了⋯⋯我在陽台上篦頭，也像落葉似的掉頭髮。」

「上次急於到陽台上收衣裳，推玻璃門推不開，把膝蓋在門上一抵，豁朗一聲，一塊玻璃粉碎了，膝蓋上只擦破一點皮，可是流下血來，直濺到腳面上，搽上的紅藥水，紅藥水循著血痕一路流下去⋯⋯」

紅藥水合著血水，一路流下去，漫過陽台，漫過走廊，漫過客廳，一直漫到屋子外面去了，映得天邊的夕陽都有了幾分如血的味道。遠遠地彷彿聽到電車鈴聲，還有悠揚的華爾茲舞曲——是哈同花園又在舉行盛大派對了麼？

手扶在窗欞上，眼睛望出去，再看不到鱗次櫛比的高樓大廈，而一覽無遺地直見外灘：三輪車夫，拉著戴禮帽的紳士和穿蓬裙的小姐在看燈，乞兒打著蓮花落隨後追著，紳士不耐煩地將手中的司迪克敲著踏板催促，一邊向後拋去幾枚零錢，孩童們一擁而上爭搶起來，紅鼻子阿三吹著哨子跑上來驅趕，賣花女孩顫聲兒叫著：「玉蘭花兒，五毛一串，香噴噴的玉蘭花兒。」再遠處是金黃色的黃浦江，翻滾如一大鍋煮沸的巧克力汁，行駛其上的輪船是攪拌糖汁的糖棒，一聲巨響後，有黑粗的煙噴上了天……

隔牆送來幽微的清香，是玉蘭，還是栀子？

如果將一隻籃子從這裏垂下去，盛起的，不僅僅是溫熱的宵夜，還有舊日的星辰吧？

依稀聽到一個溫柔的女聲對我說：「愛玲，你媽媽來信了，說想要你的照片兒呢。」

我隨口答：「就把姑姑前兒和我照的那張合影寄過去吧。」

「你說的是哪一張呀？」

「姑姑怎麼不記得了？喏，就是站在陽台那兒照的那張。」我笑著回身，忽然一愣，耳邊幻象頓消。

哪裏有什麼姑姑，站在走廊深處遠遠望著我的人，是沈曹。

「大白天，也做夢？」他笑著走過來，瞭解地問，「把自己當成張愛玲了？」

我深深震撼，不能自已：「我聽到姑姑的聲音，她說媽媽來信了。」

「張茂淵？」沈曹沉吟，「張愛玲的母親黃逸梵曾和她小姑張茂淵一起留學海外，交情很好，後來和丈夫離了婚，和張茂淵卻一直保持良好的關係。對張愛玲來說，很大程度上，媽媽就是姑姑，姑姑就是媽媽，兩者不可分。張愛玲不堪繼母虐待離家出走，也是跑到了姑姑家，和媽媽姑姑兩人生活在一起，那段日子在張愛玲筆下是快樂的，後來黃逸梵再度離國，張愛玲就和姑姑一起生活，就在這座愛丁堡公寓的五十一室和六十五室裏先後斷斷續續住過十幾年，直到五十二年離開中國。」

愴惻的情緒抓住了我，幾乎不能呼吸。那麼，這裏便是張愛玲寫出〈傾城之戀〉和〈金鎖記〉這樣傳世名作的地方，也是她與胡蘭成相約密會，直至簽下「歲月靜好，現世安穩」的海誓山盟的新房了。當年的她與他，坐在那織錦的長沙發上，頭碰頭地同看一幅日本歌川貞秀的浮世繪，或者吟詩賭茶，笑評「倬彼雲漢，昭回於天」這樣的句子，又或者相依偎著，靜靜地聽一曲梵婀鈴。

那段時光，她的愛情和事業都達到了頂峰，佳作無數，滿心歡喜，只盼月長圓，花常豔，有情人永遠相伴。

然而，不論她是多麼地討厭政治，渴望平安，政治卻不肯放過她，動亂的時代也不肯爲她而驀然平息了干戈。是時代使她與他分開，還是她和他，從頭至尾，根本就不該在一起？

現世不得安穩，歲月無復靜好，她與他的愛情之花，從盛開至萎謝，不過三兩年，在他，只是花謝又一春，在她，卻燃燒殆盡。於是，她留言給他：「我倘使不得不離開你，亦不致尋短見，亦不能再愛別人，我將只是萎謝了。」

萎謝了的張愛玲，如一片落花，隨波逐流，漂去了海外，嘗盡人間風雨，海外滄桑，直至孤獨地死在陌生的洛杉磯公寓裏……

我回過頭，不知何時已經淚流滿面，「沈曹，請你幫助我，我想見到張愛玲。」

我想見到張愛玲，見到六十年前的張愛玲，那時的她，年方雙十，風華正茂，聰慧，清朗，腹有詩書氣自華。尚未認識胡蘭成，不知道愛情的苦，卻已經深深體味了家族的動蕩，浮世的辛酸。慧眼識風塵，以一顆敏感而易感的心，讓文字於亂世沉靜，喁喁地，如泣如訴，寫下第一爐香，第二爐香……

如果不是胡蘭成，如果不是那命中劫數一樣的愛戀與冤孽，她或許會寫得更多更久，會繼續第三爐香，第四爐香，讓香煙繚繞今世，安慰如她一般寂寞清冷的後人。

如果不是胡蘭成，張愛玲所有的悲劇都將改寫，甚或中國文學近代史也會有未知的改變，會誕生更多的如〈金鎖記〉那般偉大的作品。

如果不是胡蘭成……

但是沈曹說，他還要再搜集一些資料，做好準備，才能帶我做第一次試驗。

他猶豫地說：「我的研究，還停留在理論剛剛結合實踐的階段，相當於數學領域中新出爐的一條運算規則設想，理論得出來了，還沒有應用，尋找張愛玲，是這規則下看起來相對簡單的一道題目，等於是第一次驗算。可是驗算的結果到底是證明規則的正確性還是謬理，尚未可知。而且用到催眠術，畢竟還是有一定危險性的。錦盒，我們是不是應該再等些日子，讓我把這些實驗結果進一步完善後，再進行嘗試？」

「可是如果不嘗試，就永遠無法得出最終結論。」我自告奮勇，「總之你要尋找一個志願者試藥，我願意做這第一個吃螃蟹的人。至少，我比別人有更有利的條件，就是我的熱情和對你的信心。」

沈曹十分震撼：「錦盒，為了你，我也要將實驗早日完成。」

接下來的日子，生活忽然變得不同。我仍然朝九晚五，看阿陳的白眼和老闆的笑臉。可慶幸的是，老闆的笑臉越來越多，而阿陳的白眼則早已轉作了青眼。

我當然明白那些和顏悅色不是爲了我。

沈曹每天都派快遞公司送花給我，玫瑰雛菊康乃馨，大束大束，每次都是九十九朵。

剛開始辦公室的女孩子還大驚小怪打聽出手這麼闊綽的紳士是哪位，漸漸便不再問了，只紛紛投以嫉妒的眼神。

可悲亦或可喜？女人的尊卑往往取決於賞識她的男人的身分尊貴與否。

但是他不打一個電話給我。因爲他說過，在做好準備之前，不會再找我。

而子俊正好相反，每晚都會準時準點地有電話打進來，問我有沒有關煤氣，叮囑我記得吃早飯，不要老是服用安眠藥幫助睡眠。同樣的話，重複千遍，也仍是一份溫情。雖然沒有新意，可是有人關心的感覺是不同的。

以往接到這樣的電話，我的心裏總會覺得幾分溫暖。然而現在，更多的卻是猶疑。

看到沈曹就會想起子俊，而接到子俊的電話，我又怔忡茫然，總覺沈曹的笑容在眼前飄。這種魂牽夢縈的感覺，不是愛，是什麼呢？然而如果我對沈曹是愛，那麼對子俊又是什麼？我們談了近十年戀愛，難道都是誤會？

一顆心分成兩半，揉搓得百轉千迴，彷彿天平動蕩不寧，兩頭的重量相仿，可一邊是砂礫一邊是金。

晚上看電視，港星張國榮作品回顧展。

這個正當盛年的影歌雙棲明星，在演出靈異片「異度空間」不久跳樓自盡，而那片子的結尾，正是他站在高樓邊緣徘徊。片子裏他最終被情人挽留沒有跳下去，然而現實生活中，他卻跳了，那麼決絕地，自十四層高樓一躍而下，如生命中一道蒼涼的手勢。「異度空間」從此成爲絕響，影視圈裏，再也見不到哥哥哀豔的眼神。

然而電視虛幻的影像，卻可以令往事重來。在午夜時分驀然再見，真令人不由得不感慨浮生若夢。今晚播出的是「東邪西毒」，林青霞對著想像中的情人說：「我一直問自己，你最喜歡的女人是不是我？」

如果我問起沈曹同樣的問題，他會怎麼回答呢？

我知道沈曹一生中有過豔遇無數，即使他答了我，我也不一定會相信他的答案。我告訴自己一定不要這樣問他。

但是林青霞不肯這麼想，她自欺欺人地自問自答：「如果我有一天忍不住問起你，你一定要騙我。」

「東邪西毒」裏的女人個個都很奇怪：

張曼玉等在桃花樹下，卻至死不肯說出在等什麼。

楊采妮牽著一頭驢，執著地到處找刀手替她去殺人，代價是一籃子雞蛋。

劉嘉玲沒完沒了地待在河邊刷馬。

——我饒有興趣地想，不知道那一組充滿暗示性的畫面，究竟是導演王家衛的手筆，還是攝影師杜可風的意志。

女人撫摸著馬，而攝影師通過鏡頭撫摸著劉嘉玲。女人的腳，女人的腿，女人的手。

電影，也是一種對時空的穿越和重組吧？

看著那樣的鏡頭，可以充分體驗到什麼叫水做的骨肉。然而可以選擇，我不願意做流動的河水，而寧可是水邊不變的岸渚。如果是那樣，沈曹必定是飛揚的風帆，於水面馳騁；而子俊，則是岸邊的一棵樹。

所有的海岸，都是爲了風帆而停留，而企盼，而屹立永恒的。

那是岸的使命，也是帆的宿命。

連夢裏也不能安寧，光怪陸離的全是女人和馬，無垠的沙漠，河水潺潺。總是聽到敲門聲，似真似幻。

可我不敢開門。我怕開門看不到他。更怕開門看到他。

沈曹，你最愛的女人是不是我？

終於這天沈曹通知我準備就緒。

他的寶馬車開到公司樓下來接我，眾目睽睽下，我提起長裙一角走進電梯，如灰女孩去赴王子的舞會，乍喜還憂，擔心過了十二點會遺落夢中的水晶鞋。

心跌倒。

但凡被有錢有勢的男子選中的幸運女郎都是灰女孩，披著一身豔羨或者妒忌的眼珠子走路，時時擔

敞篷跑車即使在上海這樣的大都市裏，也仍然不多見。沈曹的駕駛技術一流，車子在街道中間穿梭自如，雖是高峰時分，亦不肯稍微減速。兩旁樹木如飛後馳，風因爲速度而有了顏色，是一大片印象派的綠，綠得讓人睜不開眼睛。我的長髮在綠色中揚起，沒頭沒腦地披向沈曹的臉，他又要笑又要開車，撈起我的長髮放在唇邊深深地吻。

我問他：「開敞篷車會不會擔心卜雨？」

他反問：「愛上你會不會受苦？」

「當然會，一定會，所以爲安全計，最好減速行駛，三思而後行。」

我笑著推開他，取一方絲巾紮起頭髮，在風中揚聲笑，前所未有地痛快。

愛一個人是這樣的快樂。雖然我不能盡情愛一次，至少可以大膽地犯一回超速行駛的錯吧。

我們來到沈曹的工作室。

這裏並沒有我想像中的雜亂無章，如一般藝術家那般畫像堆積，攝影作品隨處堆撒。而是所有的資料都一格格嚴整地排列在書櫃裏，電腦桌上井井有條，沿牆一圈乳白色真皮沙發，茶几上擺著幾樣老飾物，最醒目的是一隻舊時代的留聲機，正在唱一首老歌，白光的「等著你回來」：「我等著你回來，我要等你回來……」

牆上是莫內「日本橋」真跡的巨幅攝影，濃濃的一片蓮湖，映得滿室皆綠，好像是風把路邊的綠色吹到了這裏來——睡蓮在湖上幽嫻地開放，密樹成蔭倒映水中，而彎月形的日本橋溫柔地起伏在蓮花湖上，也橫亙於圖畫上半部最醒目的位置，被染得一片蒼翠。

很多人提到莫內，就會贊起他的「睡蓮」，但我卻一直對「日本橋」情有獨鍾，那一片濃郁欲滴的綠，那種躍然紙上的生機，令人的心在寧靜中感到隱隱的不安，好像預感好運將臨，卻又不能確知那是什麼，於是更覺渴盼，期待一個意外之喜。

站在巨幅的蓮湖橋下，只覺那濃得睜不開眼的綠色鋪天蓋地遮過來，愛的氣息再次將我籠罩，遇到沈曹，愛上沈曹，於每個細微處心心相印，相知相契，這些，都是命運，是命運！

逃不出，也不想逃。日本橋下，我束手就擒，甘做愛的俘虜。

沈曹按動機關，綠色日本橋徐徐退去，露出一座雕紋極其精緻的掛鐘，有無名暗香浮起，我忽然覺得困倦。白光仍在細細地唱，寂寂地盼：我等著你回來，我要等你回來……

歌聲將我的神思帶向很遙遠的遠方，而沈曹的聲音在另一個世界朦朧地響起：「這就是我的最新研究成果，我爲它取名『時間大神』，時鐘上順時針走，每分鐘代表一個月，每十二分鐘爲一年，每小時是五年，十二小時，也就是最多可預知六十年後的情形。逆時針轉，則每秒鐘代表一天，每分鐘是兩個月，每小時十年，最多可以回溯一百二十年歷史。更早的過去或者更久的未來，則等待儀器的進一步完善。目前這個設備尚未正式投入使用，一則資料不足，二則資料還不夠精確，所以使用時，必須有我親自監督，以防不測……」

屈。

接著我再聽不清他的聲音，取而代之的，卻是一陣陣細微的哭泣聲，幽咽，稚氣，彷彿有無盡委屈。

我站了一會兒，漸漸分辨清楚周圍的景像，是在一幢奇怪的院子裏，空曠，冷清，雖然花木扶疏，燈火掩映，看在眼裏，卻只是有種說不出的荒涼。這是哪裏呢？

院中間有個秋千架，天井旁架著青石的砧板，邊沿兒上結著厚苔，陰濕濃綠，是「日本橋」畫兒上生剝了一塊顏料下來，斑駁的，像蛾子撲飛的翅上的粉，愛沾不沾的。哭聲從廂房裏斷斷續續地傳出來，我身不由己，踏著濕冷的青草一逕地走過去。

湘簾半卷，昏黃的燈光下，角落裏坐著個六七歲的小女孩，縮在壁爐旁嚶嚶地哭，寬寬的鑲邊袖子褪下去，露出伶仃的瘦腕，不住地拭著淚。她的周圍，凌亂地堆著些洋娃娃，有飄帶的紗邊帽子，成隊的錫偶騎兵，都是稀罕精緻的舶來玩意兒。可是她在哭，哀切地，無助地，低聲地哭泣著，那樣一種無望的姿勢，不是一般小孩子受了委屈後冤枉的哭，更不是撒嬌或討饒，她的低低的哽咽著的哭聲，分明不指望有任何人會來顧惜她，安慰她，她是早已習慣了這樣不為人注意的哭泣的。

那樣富足的環境，那樣無助的孩童，物質的充裕和心靈的貧苦是毫無遮掩的淒慘。

我最見不得小孩子受苦，當下推開門來，放軟了聲音喚她：「你好啊，是誰欺負了你？」

她抬起頭，淚汪汪大眼睛裏充滿戒備，有種懷疑一切的稚嫩和孤獨——我的心忍不住又疼了一下，那麼小的孩子，那麼深的孤獨，藏也藏不住——我把態度儘量放得更友好些：「我很想幫助你……我幫得上忙嗎？」

「May I help you?」她忽然冒出一句英文來，並害羞地笑了，羞澀裏有一絲喜悅，「媽媽教過我這句英語，她說外國人常常這樣招呼人，你是外國人嗎？」

不等我回答，她又充滿期待地說：「你是黑頭髮，不是外國人，那麼，你是從外國來的麼？是留學生，和我媽媽一樣？你是不是我媽媽的朋友？是媽媽讓你來看我的嗎？」

我不知道該怎樣回答她一連串的問題，又不忍使她失望，只得含糊應著：「哦是。你叫什麼名字？爲什麼哭？」

「我叫張煐……爸爸和姨外婆打架，姨外婆摔東西，打破了爸爸的頭……我怕，我想媽媽。」她低頭說著，聲音裏有淚意，可是已經不再哭了。

我一愣，暗暗計算，不禁叫苦。沈曹扳錯了時間掣，此刻絕非四十年代，此地也不是上海，張父居然還娶著姨太太，那麼這會兒該是一九二八年前後了。

那一年，北上軍閥在少林寺火燒天王殿和大雄寶殿，鐘鼓樓一夜失音；那一年，林徽音下嫁梁思成，於加拿大歡宴賓客；那一年，香港電台成立，揭開了香港傳播業的新篇章；那一年，國民政府司法部改組爲司法行政部，國共正式分裂；那一年，張愛玲還不叫張愛玲，而叫張煐；那一年，張父辭了姨太太，帶同全家南下，橫渡墨綠靚藍的黃浦江，從天津漂去了上海，從此開始了愛玲一生的漂流……

我扶起小小的張煐，緊緊抱在懷中，忽覺無限疼惜：「你是多麼讓人愛憐。」

「愛憐？」她仰起頭，大眼睛裏藏著不屬於她這年齡的深沉的思索，「從來沒有人這樣對我說過，從來沒有人用這個詞形容我。」

小小年紀，已經知道對文字敏感。我更加喟然。她的腳邊放著一本線裝書，我拿過來翻兩頁，是老版的《石頭記》，那一頁寫著：當日地陷東南，這東南有個姑蘇城，城中閶門，最是紅塵中一二等富貴風流之地。這閶門外有個十里街，街內有個仁清巷……

我忍不住握住她的手：「別擔心，你們一家人就要去上海了，去了上海，媽媽和姑姑都會很快回來，在上海和你團聚。你知道嗎？你要好好地活著，要堅強，要快樂，因爲再過幾年，你會是中國最著名的作家之一，會寫出傳世的作品，擁有無數的崇拜者。」

「你怎麼知道？」小煐撲閃著眼睛，將小手塞進我的手中，那樣一種無由故的信任，「什麼叫崇拜？」

「我當然知道，因爲……」我看著她，很想告訴她，因爲，你是我的偶像，我是你的讀者，所謂崇拜，就像我對你這樣，千里追尋，十年渴慕，甚至不惜穿越時光來找你。然而太多的話要說，一時卻不知從何說起。最尷尬的是，我從未想過要向一個八歲的小女孩傾訴衷腸。我只得從最簡單的說起：「崇拜呢，就是一個人很佩服另一個人，視她爲偶像，喜歡她，尊重她，甚至忍不住要模仿她，希望自己成爲她那樣的人……」

不待我解釋完，小煐石破天驚地開口了：「姐姐，我明白了，我很崇拜你，長大了，我要做你這樣的人。」

她崇拜我？我哭笑不得。這麼說，我才是她的偶像？我是張愛玲的偶像，而她是我的FANS？這是一筆什麼賬？

這時候我忽然意識到另一件事來，既然早來了十幾年，那麼和八歲的張愛玲討論愛情未免爲時過早，而叮囑她到了二十三歲那年不可以招惹胡蘭成那個傢伙，不僅於事無補，更可能徒然增添了她十幾年的好奇心重，反爲不美。但是好容易見到她，難道就這樣無功而返嗎？

我眉頭皺了又皺，終於想出一條計策來：「小煐，帶我去見你的父親好不好？我想和他談談。」

「好啊，我讓何干去通報。」小煐牽著我的手，蹦蹦跳跳地出門，到底是小孩子，再深的苦難，一轉眼也就忘記了，只興奮地推開門叫著：「爸爸，爸爸，媽媽的朋友來看我們了！」

但就在這個時候，耳際忽然傳來沈曹的一聲輕呼：「咦，錯了！」

轟地一聲，彷彿天崩地裂，雙耳一陣翁隆，幾乎失聰，眼前更是金星亂冒，無數顏色傾盆注下，胸口說不出地煩悶，張開口，亦是失聲。四肢完全癱軟，不知身在何處，整個人被撕碎成千萬塊，比車裂凌遲更爲痛苦，恨不得這一分鐘就死了也罷。

我心裏說：完了，再也回不去了，子俊會急死的。

五 怨女

不知過了多久，我慢慢恢復知覺，耳邊依稀聽得人唱：「開闢鴻蒙，誰為情種？都只是風月情濃……」

莫非我已經到了離恨天外，灌愁河邊？莫非這裏是太虛幻境？

一隙陽光自雲層間悄悄探出來，一點點照亮了周圍的環境。我看到自己徘徊在一條花木掩映的深院小徑，看看陽光，好像是正午時分，可是陽光很舊，連帶丁香花的重重花瓣也是舊的，透過屋子的窗望進去，那廳裏的藍椅套配著玫瑰紅的地毯，也是微舊，而小徑的盡處，仍然有熟悉的飲泣聲傳來。

連哭聲，都有種舊舊的感覺。

小煐？我慶幸，原來我還在這個園子裏，還可以再見到小煐。這一刻，我突然想到，小煐的名字，和神瑛侍者竟是相契的。

記得張愛玲說過，人生有三大遺憾：海棠不香，鰣魚有刺，《紅樓夢》未完。

然而人如果能夠穿越時光回到從前，去他想去的地方，見他想見的人，問他想知道的事，那不是就可以得到《紅樓夢》後半部的真相？

而如果我去到清朝向曹雪芹探得紅樓真夢，再去到民國對張愛玲轉述結尾，豈不是給她的最好禮物？

身不由己，我順著小徑走向那所永遠在哭泣的屋子，我知道，那裏面的女孩子，是小煐。她在等待我的幫助。

然而伸手一推，才發現門竟是反鎖，屋裏的人已被驚動，微弱地呻吟：「是誰？救我！」

他們竟將小煐鎖在屋子裏！這一下我怒火中燒，三兩下解了鎖鏈，推門進去，急急奔至床前，詢問：「小煐，你怎樣？」

床上的人吃了一驚：「你是誰？」

而更爲吃驚的是我——床上的女孩頭髮凌亂，臉色蒼白，依稀可以看出小煐寂寞冷鬱的影子，可是她的年齡，卻至少已有十六歲。

片刻之間，我竟然已經穿過了十年！

小煐強撐身子，抬起頭來，眼中流露出一絲喜悅：「姐姐，是你。」

我大驚：「你認得我？」

「小時候，我見過你。你是我媽媽的朋友，你又來看我了。」

我忽覺辛酸，對我來說，只是倏忽之間，而對她，中間已經過了十年，萍水聚散，她卻一直銘記。只爲，她一生中的溫情，實在少之又少，因此才會記憶猶新的吧？

「你是那個姐姐嗎？」她微弱地問我，「上次你來我家，說我讓你愛憐，還說要找我爸爸談談的，可是你走出門，就不見了。我告訴爸爸說你來過，他還說我撒謊。」

「你沒有撒謊，是姐姐失約了，姐姐對不起你。」我連聲地說著，心裏惶愧得緊，我竟然對張愛玲自稱「姐姐」，豈非唐突？

可是，我的確認識她已經有十幾年了。我說過，第一次看她的〈傾城之戀〉時，我只有十歲，也就和小煐遷居上海的年齡差不多吧，只是，當時的我，遠比愛玲幸福得多。

我再次說：「小煐，對不起。」

「我現在不叫小煐，叫張愛玲了。」愛玲虛弱地說，「姐姐，記得嗎？你說過我讓你愛憐。我記著你的話，讓媽媽把我的名字改成愛玲，因爲，我希望多一點人愛我，有更多的人愛憐我，就像姐姐你這樣。姐姐，你是……我的偶像。」

我的眼淚流下來，不能自抑：「愛玲，是誰把你鎖在這裏？我能幫你什麼？」

隔了十年，我問她的問題，卻仍然和幾分鐘前一樣。

但是愛玲已經閉上眼睛，不肯回答，眼角緩緩滲出兩滴清淚。

我失措地望著窗外，一時無語，忽覺那景象依稀彷彿，在哪裏見過的：陽台上有木的欄杆，欄杆外秋冬的淡青的天上有飛機掠過的白線，對面的門樓上挑起灰石的鹿角，底下累累兩排小石菩薩……這不是一九二八年的天津，而是一九三八年的上海，張愛玲就是在這一年裏離家出走，投奔姑姑張茂淵的。

但是此刻，此刻的愛玲還沒有逃脫舊家庭的陰影，還在忍受父親和繼母的欺侮，而且在生著病。她臉色灰敗，連說話的力氣也微弱：「姐姐，如果我就這樣死了，你要告訴我媽媽，我很想和她生活在一起。我一直，都希望自己有個家，安穩的，有愛的，家……」

「你不會死，愛玲，我答應你，你一定不會死的。」我只覺心如刀絞，站起身說，「你放心，我這就去找你爸爸談判。」推門之際，不禁踟躕。上一次，就是在走出門的一剎經歷了天驚地動的痛苦的，咫尺天涯，誰知道這一步踏出去，我又會走去了哪裏，遭遇些什麼？但是身後的愛玲在受苦，她患了很重的病，危在旦夕，如果我不救她，還有誰呢？

那一步終於還是跨出去了，義無反顧。

天保佑，並沒有什麼電閃雷鳴發生，我安靜地穿過垂花門，逕奔了張宅正房去。只是午後，但是這裏的氣氛卻是黃昏，鴉片的氤氳充塞在整個屋子裏，使一切都迷濛，時間靜止於阿芙蓉的魅惑，所有的是非善惡都模糊，而煙榻上吞雲吐霧的張老爺子，便是最不理是非的神仙——原本神仙就是難得糊塗的。

看到我，他微微欠身，些許的驚愕，卻也只是無所謂——對於他，除了鴉片煙，又有什麼是有所謂的呢？

「來了客人，怎麼也不見通報？」他咳兩聲，放下煙槍，恍惚地笑著，笑容裏露出暮年的黯然，甚至有些慈祥。打量著我的長裙窄袖，他現出了然的神情，「你這樣子的打扮，是她媽媽那邊的人？替她媽媽做說客來了？」

我有些喟然，到底是父女，再恨，也還有血脈的相連，他與愛玲初見我時的問話，竟是一模一樣的。

「我爲愛玲來，她病了。」

「我知道。」他木然地說，將煙油淋在燈上，發出焦糊的香味，「這個女兒，這個女兒，唉……」尾音長長的，是刻意做出來的一種有板有眼的感歎，似乎一言難盡，其實原就不打算把話說完的。

我只覺氣氛無比怪異，面對著這樣一個半死的人，不由覺得生命是如此的漫長與無妄。

在屋裏站得久了，漸漸看得清楚，這個屋子和小煐的屋子一樣，都清晰觸目地寫著物質的豐富和情感的貧乏：那擺滿了百寶格的各款各料的鼻煙壺，插了各種鳥雀翎毛的古董花瓶，胡亂堆放的卷軸字畫不知是真蹟亦或膺品，收集來的時候必是花了一點心思的，但是現在也毫不在意地蒙塵著……

榻上的人，也早已蒙塵，無論是他的年紀，還是他的心。

我輕輕吟哦：「生命是一襲華美的袍，爬滿了蚤子。」

他一愣，睒起眼睛：「有幾分意思。」

我又道：「出名要乘早呀，來得太晚的話，快樂也不那麼痛快。」

他看著我，不明所以。

我歎息：「張先生，這些句子，都是你女兒寫的。她幼承庭訓，有極高的文學天賦。是你給了她生命和天份，難道也要由你親手來扼殺嗎？」

他深深動容，又恍惚莫名，看著我瞠目難言。良久，忽然說：「她從小就喜歡寫文章，還做過幾首古詩，做得是很好的。許多讀四書長大的少爺都做得不如她。她還想給《紅樓夢》做續呢，叫做個『摩登紅樓夢』，呵呵，讓寶玉出國留學，讓賈老爺放了外官，賈璉做了鐵道局局長，芳官藕官加入了歌舞團，元春還搞了新生活時裝表演……是我給分的章回，還擬了回目，記得有這麼一回，叫作『萍梗天涯有情成眷屬，淒涼泉路同命作鴛鴦』……現在看來，這意思竟是很不吉利的呢……」

他的聲音漸漸地低下去，每說一句話就要停下好一會兒，並不看著我，只是吸煙，吐一口煙再說一句，好像自言自語。他說這話的時候，似乎是一個慈父了，可是他的慈愛，只限於記憶。他記憶中那個乖巧聽話的女兒，和廂房裏被囚禁並且正在病中的女兒，彷彿不是同一個人。

而我是同樣地惘然。究竟他哪一分鐘是真，哪一分鐘是戲，他的心在哪裏呢？那個錦裝緞裏的腔子裏，還有人氣嗎？或者早已由石頭代替了他的心？他的心，已經被鴉片燈一點一點地燒盡了，燒成了灰，風一吹就會散去。可是灰吊子，卻還懸懸地蕩在空中，讓他有氣無力地續著這無妄的生命。

然而，為了小愛玲，我還是要對著這樣一個失了心的人苦勸：「你的這個女兒，將來會是中國文學史上舉足輕重的一個人物，她至少有七十五年好活，不能不明不白地死在今天。你救了她，不僅是救了一個女兒，還救了十幾部優秀的文學作品，救了無數喜歡看她文字的讀者後輩……」

說到一半，我自己也覺荒唐，口角好似街邊擺攤測字的張鐵嘴，瞎掰過去未來。

咦，我是從未來回到過去的，所以可預知一切；而沈曹說過，時間掣最遠可以前進六十年，如果我往未來走一回，然後再回來，不是可以像現在對張某預告命運種種安排一樣，屆時也可以對沈曹或者子俊頒佈時間大神的諸般旨意了？而如果我預見將來的種種不如意，豈非可以早做打算，提前消災彌禍於未發生？果然如是，生活中又哪裏再會有波瀾，一切都可以按照理想來計劃，來發展，來完成，生命豈非完美至毫無遺憾？

想到沈曹，剛才的那種頭眩耳鳴忽然又來了。我又一次被拋在了風起雲湧的浪尖上，彷彿站在懸崖邊上，看時間大河滔滔流過，「子在川上曰：逝者如斯夫」，大約，就是這樣的心境吧？

近七十年歲月轉瞬即逝，我看到小煐迅速成長，看到她投奔姑姑張茂淵，走進常德公寓，看到她著作揚名，由她編劇的電影博得滿堂彩，看到有個穿西裝的男人站在她家的樓下按門鈴，背影蘊藉風流，那一天，是一九四四年二月四日……

「一九四四年二月四日。」我喃喃，窒息地抓緊胸口的衣裳，雖然那只是一個背影，然而已經足以讓我感覺到危險，覺出難以言喻的肅殺之氣。

是了，那是胡蘭成。一九四四年二月四日。他第一次拜會張愛玲。我要記住這個時間。我要阻止這段姻緣。

眩暈和焦慮將我折磨得幾乎再一次失去知覺，然幸好只是眨眼間，種種不適已經消失，而我重新立在了沈曹的工作室，「日本橋」巨幅攝影正在徐徐合攏，彷彿夢貘合攏她的翅膀。

「歡迎回到二十一世紀。」沈曹微笑，對我張開雙臂。

世界之大，真也沒有什麼地方會比他的懷抱更加溫暖適意了。

「可不可以再試一次，我想看到三十年後的你和我，各在什麼地方？」

「不用問時間大神我也知道，那時候我們會在一起。」沈曹輕輕擁抱著我，關切地說，「這個時間大神還在實驗中，有很多地方沒有完善，反覆嘗試會有負作用，雖然我還不能確知是些什麼，但你還是過些日子再試吧。」

「難怪剛才我那麼難受，就是你說的負作用吧？」

「你剛才很難受？」沈曹十分緊張，「你詳細地說給我聽，慢慢說，讓我做個臨床記錄。」

「剛才，我本來是去了一九二八年的，但是忽然間，天驚地動地，又到了一九三八年，雖然只是一下下，可是那種感覺，倒好像過了幾百年似的……」

沈曹邊聽邊點頭，臉色越來越難看，我心中不忍，不肯再說下去。沈曹歎息：「這是時間大神第一次投入使用，我把你送回一九二八年後，計算出資料有誤，所以又移了幾分鐘，可是不能精確，仍然沒能到達你所要去的年代和地點。看來所有的資料和操作步驟，我還要重新計算過。而且，我也沒想到，如果將一個人在片刻間從十年前送到十年後，會對她的身體狀況產生那麼大的負作用。錦盒，你這會兒覺得怎樣？還覺不覺得暈？」

其實我真還是有點昏沉沉的，而且胃裏也隱隱作嘔，可是看到沈曹一臉的關切緊張，只得忍住一陣強過一陣的暈浪感，笑著說：「早就沒事了。別說穿越時光隧道了，就算乘飛機出國，也還要適應一陣子時差呢。看不出你平時張牙舞爪，一遇到點小事，這麼婆婆媽媽的。」

但是沈曹仍然不能釋懷，苦惱地說：「本來以爲，穿越時光的，並不是你的身體，而只是一束思想。所以應該不會給身體帶來什麼影響的。可是現在看來，事情沒有那麼簡單……」

「你是說，回到二十年代的，並不是我這個人，而只是一束電流？」我又聽不懂了，「可是我分明身臨其境，腳踏實地地走在張家花園裏，用我的手扶起張愛玲，還替她擦眼淚，難道腦電波可以完成這些動作嗎？」

沈曹解釋：「這就像看武俠電影，每個動作看上去都真切有依，可是實際上並不是真人在那裏打，而只是一組影像的投映。穿越時光，也和這個異曲同工，所有的過程，只是在意念中完成。不過，也許就像是腦力勞動同時也是一種體力付出吧，即使是意念回歸，你的身體也還是受到影響……」說到這裏，沈曹忽然停下來，望著我說，「錦盒，今晚，可不可以不走……」

「不可以。」不等他說完，我已經斷然拒絕，「沈曹，我已經有男朋友。」

「子俊？」沈曹敏感地問，「我剛才聽到你在叫這個名字。」

「是的，他叫裴子俊。」

「我不想知道這個。」他粗暴地打斷我，「你男朋友的名字，應該叫沈曹！」

「沈曹……」我低下頭，欲言又止。

他忽然歎了一口氣，放緩語氣說：「對不起，我不是那個意思。我只是擔心你的身體，想就近照顧你。你放心，在你男朋友回來之前，我不會煩你。就算我們要開始，我也會等到你和他說清楚，不會讓你爲難的。」

我看著他，他的眼光如此溫暖，像一隻繭，將我籠罩。

理智是撲翅欲飛的蛾子，在情感的繭裏苦苦掙扎，心呢？我的心是那只繭，亦或那隻蛾？情感的潮水湧上來，淹沒我，擁抱我，有種暖洋洋的慵懶，彷彿一個聲音對我說：投降吧，愛他吧，這是你最喜歡的方式，是你最渴望的愛情。

可是，子俊的名字是一道銘刻，在我的生命中打下烙印。十年，人生有幾個十年，縱然不如意也好，終究情真意切，豈可一天抹煞？子俊走的時候，說過要帶花傘給我，他那個簡單的腦袋裏，只有花傘手鐲這些個十年不變的小禮物，再想不到銀質相框，時間大神，也不懂得欣賞莫內的「日本橋」。但是也正是他的簡單，讓我不敢想像，如果告訴他短短的幾天分別裏，我已經變了心，他會怎樣。

想到他可能受到的傷害，我的心已經先代他而疼痛了，怎麼忍得下？

理智的蛾撲騰著晶瑩的翅，掙扎也好，軟弱也好，終於破繭而出——我避開沈曹的眼光，清楚地說：「對不起，我要走了。」

我們並沒有就此分開，沈曹陪我去了蘇州河。

他說：「很多書上把張愛玲出生的宅院寫成是泰興路也就是現在的麥根路三一三號，其實是錯的，正確的地址應該是康定東路八十七號。這是由於近代上海路名一再更改造成的。」

我奇怪：「你又是怎麼知道的？」

「我查過。」他淡淡地說，「向民政局要的資料。」

怎樣查？爲什麼查？他一字未提。而我已深深震動。

在這個利欲薰心，做什麼事都要有目的有結果的今天，有個人肯爲你的一句話而做盡功課，卻完全不指望你回報，那是一種怎樣的幸福？

我和沈曹並肩慢慢地走著，越接近心中的聖地，越反而有種從容的感覺，彷彿面對美食，寧可細細品嘗而不願意一口吞下。

他很自然地牽起了我的手。手心貼著手心，算不算一種心心相印？

當年張府的高牆深院，如今已經成了一所醫藥中專學校的校舍。花園和圍牆早已拆除，從張愛玲被囚的屋子裏望出去可以看到的那一排小石菩薩也被敲掉了，然而扶著樓梯的扶手一路「咯吱吱」地走上去，樓梯的每一聲呻吟卻都在告訴我：這裏的確是張愛玲出生的地方。

那雕花的樓欄杆是蒙塵的公主，隔著百年滄桑，依然不掩風華，執著地表明它曾經的輝煌。走遍上海，這樣蒼老而精緻的樓梯大概也是不多見的。

廳裏很暗，陰沉沉的，有種脂粉擱久了的老房子特有的曖昧氣息。

陰沉沉的走廊盡頭，張愛玲在遠遠地對我張望，彷彿帶路。我甚至可以看得清她腳上軟底拖鞋緞面上的繡花。

整座樓，都像是一隻放大了的古舊胭脂盒子，華麗而憂傷，散發著幽黯的芬芳。

秘密被關在時間的窗裏，不許春光外洩。淘氣的男孩子踢足球打碎了一塊玻璃，故事便從那裏流出去了——

關於張愛玲的傳記那麼多，我最鍾愛的，唯有張子靜先生的《我的姐姐張愛玲》。畢竟手足情深，感同身受，點點滴滴，喁喁道來的，都是真情真事，細緻入微，遠不是其他後人的揣想杜撰可以相比。

在子靜先生的回憶中，關於姐姐張愛玲和繼母頂撞而被毒打的整個過程，描述得非常清楚：「在這一剎那間，一切都變得非常明晰，下著百葉窗的暗沉沉的餐室，飯已經開上桌子，沒有金魚的金魚缸，白瓷缸上細細描出橙紅的魚藻。我父親趿著拖鞋，啪噠啪噠衝下樓來……」

父親聽了繼母的挑唆，把愛玲關在小屋裏不許出門，也不許探望自己的親生母親，足足有大半年時間。愛玲積鬱成疾，得了嚴重的痢疾，差點死掉。後來不知怎的，張父忽然良心發現，親自帶了針劑來到小屋裏給愛玲注射，終於救回她一條命……

舊時代的女子，即使尊貴清高如張愛玲吧，亦身如飄萍，生命中充滿了危險與磨折，時時面臨斷裂的恐懼。誰知道生命的下一個路口，有些什麼樣的際遇在等待自己呢？

那一年的冬天，張愛玲離家出走，投奔了姑姑和母親。從蘇州河往靜安寺，是逃出生天；然而從靜安寺往美麗園，卻是一條死巷。

胡蘭成，一個愛情的浪子，一個政治的掮客，一個天才的學者，字好，畫好，詩好，口才便給，頭腦清醒，幾乎除了人品無一不好。最難得的，還是他善解人意，尤其是張愛玲的意，他對愛玲文字的激賞與解說是獨具一格的——那樣的男子，是那樣的女子的毒藥，無論他的人品有多麼不堪，她也是看不見的。

不是不知道他劣跡斑斑，然而女人總是以爲壞男人會因她而改變。越是在別的方面上聰明的女子於此越癡。

記得見過一篇胡氏的隨筆，寫的是〈桃花〉，開篇第一句便是：「桃花難畫，因要畫得它靜。」即使帶著那樣深的成見，我也不能不為他讚歎。胡某是懂畫的人，卻不是惜花的人，於是，他一生桃花，難描難畫。

張愛玲，是胡蘭成的第幾枝桃花？

校工在一旁等得不耐煩，晃著一大串鑰匙催促：「先生小姐，你們進來很久了，到底是找人還是有事？學生都走光了，我要鎖門了。」

我點點頭，茫然地轉身，看到沈曹在身後沉默的陪伴，那了然的眼神令我忽然很想痛哭一場。

也是這樣地風流倜儻，青年才俊，也是這般地體貼入微，博才多藝——多麼像一場歷史的重演！

這一刻，我甚至希望，他不要這樣地懂我，這樣深地走進我的心裏去，這樣子做每一件事說每一句話都可以深深地打動我。

如果有個人，他總能夠很輕易地瞭解你，甚至比你自己更知道該為你做些什麼，你會怎麼樣？

我們仍然牽著手，緩緩地下樓，每一個轉彎都如履薄冰。

張愛玲的死巷，是胡蘭成。我呢？誰可預知，沈曹帶我走進的，可也是一條死巷？

六　紅玫瑰與白玫瑰

這個晚上注定是不眠的。一方面終於達成了約會張愛玲的夢想，令我始終有種不敢相信的忐忑和驚疑；另一面，「日本橋」的綠色沁人肺腑，想得久了，便有種暈船的感覺。也許，是穿越時空的負作用未消？

我裹著睡袍縮在床角坐了很久，猛一抬頭，看進鏡子裏，卻見自己的整個姿勢，典麗含蓄，似曾相識——那不是張愛玲相簿裏的定格？

這一刻的我，與她像到極處，彷彿附身。

張愛玲愛上胡蘭成，一遍遍地問：「你的人是真的麼？你和我這樣在一起是真的麼？」

同樣的話，我也好想問沈曹。

忽然有電話鈴聲突兀地響起，是驚魂，亦是喚人還魂。

是子俊，他說現在已經在火車上，明天早晨抵滬，然後說了聲「明天見」就匆匆掛了。我的心一下子就亂了，本來就糾纏如麻的心事，現在更是千絲萬縷扯不清。明天，明天子俊就回來了，我要告訴他沈曹的事嗎？可是我和沈曹，到底有什麼事呢？他說過他希望回到十年前，改寫我的愛情史，他毫不掩飾地表達過他對我的興趣和欣賞，可是我們之間沒有任何承諾，甚至沒有過清楚的愛的表白。讓我對子俊說些什麼呢？說我愛上了別人，決定與他分手？十年交往，就這樣輕輕一句話便可以揭過的麼？

張愛玲說每個男子都有過至少兩個女人，紅玫瑰和白玫瑰。娶了紅玫瑰，久之紅的變了牆上的一抹蚊子血，白的還是床前明月光；娶了白玫瑰，白的便是衣服上沾的一粒飯黏子，紅的卻是心中一顆朱砂痣。

女人，何嘗不如此？

每個女人的心裏，也同樣是有著兩個男人的吧？一個是她的知心，一個是她的知音。嫁給了知心，心就是空的，會覺得永遠沒有回聲；嫁給了知音，又變得失聲，永遠活在不能把握之中。

得到多少，失去多少。愛與理想，只要選擇，便注定是錯的。

所謂錯愛，無非是愛情的過錯與錯過。

天一點點地亮了。

我像往常一樣，拎了菜籃子奔市場裏買魚，好煮薑絲魚片粥等待子俊到來——他說過每次遠途歸來，總是沒有胃口，最渴望的就是一碗我親手煮的魚片粥。

如果不是沈曹，也許我會這樣心甘情願地等在屋子裏，爲子俊煮一輩子的魚片粥吧？

然而現在我更渴望的，卻是和沈曹共進一杯龍井茶。

茶性易染。聽說在茶莊工作的人，是不許吃魚的，更不能讓手上沾一點魚腥。

拎著魚籃走在嘈雜的菜場中，我忽然覺得自己是這樣地糟糕——我怎能心裏想著一個人，卻在爲另一個買魚煮粥呢？

魚片在鍋裏漸漸翻滾起來，如我七上八下的心。

子俊進門的時候，粥剛剛好。他誇張地把自己一下子拋到床上去，喊著：「累死了，累死了，香死了，香死了。」

奇怪。見到他之前，我掙扎煩惱了那麼久，可是見了面，卻絲毫沒有尷尬的感覺，一下子就恢復到舊模式中，好像從沒有分開過似的。十年的交往下來，有時根本分不清我們之間猶如咖啡與奶的情愫，究竟是愛還是習慣。

我把粥端到床前茶几上，笑他：「語無倫次的，什麼死啦？」

「我累死了。粥香死了。」子俊端起碗，呼嚕呼嚕地喝起來。

我滿足地看著他，心中漾起本能的幸福感。有時候，幸福也是一種本能反應。

一切都是模式化的。他放下粥碗，開始整理行囊，一樣樣地往外拿禮物，同時彙報著大同小異的途中見聞，並隨口講述些新蒐集的搞笑段子。「有個蜜月旅行團，分配房間的時候才發現，有一男一女是單身，男的失業，女的失戀，想出來散散心，貪圖蜜月團優惠多，就合夥報了名。可是現在怎麼辦呢？團員的房間是預訂好的，多一間也沒有了，雖然這兩個男女不是夫妻，可是也只能合住了。」

「但是報名前旅行團不要檢查結婚證件的麼？」

「別打岔。且說這一男一女住進同一個房間，房間裏只有一張床……」

「你們開旅行社的通常訂的不是標準間吧？應該有兩張床才對。」

「才不是呢。這是蜜月旅行團，所以訂的都是夫妻間，一張床的。只有一張床。於是這一男一女就說，我們猜拳定輸贏吧，贏的人睡床，輸的人睡地毯……」

「那這男的也太沒風度了。」我評價，「他應該主動要求睡地毯才對。」

「好好聽故事。這兩個人猜拳，結果是女人贏了。於是她便睡床。可是到了半夜，男的實在冷得受不了，就央求這女的，讓我上床吧，我實在太冷了，我保證規規矩矩的。這女的說，那可不行，我和你睡一間房已經很委屈了，再睡在一張床上，那不是跳進黃河洗不清？可這男的一直求一直求，女的心軟，便答應了，可是拿了一隻枕頭放在兩人中間說，這是界河，你可不能越過來。這男人答應了，一夜無事。第二天，他們一團人出去觀光，忽然一陣風來，這女人的紗巾被吹走了，掛在一棵大樹上。女人很是惋惜，直說呀我的紗巾，這紗巾對我很有意義的。於是這男人不由分說，嗖嗖爬上樹替這女人把紗巾取了下來，並且溫柔地替她圍在了脖子上，沒想到女人忽然變色，啪地打了這男人一記耳光，並且罵了一句話……」

我配合地笑著，贊著，卻覺得自己的靈魂分成了兩半，一半留在屋子裏煨著魚片粥，另一半，卻飛在空中尋找日本橋……直到子俊將我喚醒：「你猜猜看，這女的說了一句什麼話？」

「什麼？」我定一定神，隨口猜，「是嫌這男人動手動腳，不規矩吧？」

「不對。」

「那麼，是恨這男人動了她的很有意義的紗巾？」

「也不對。」

「那……我猜不著了。」

「我就知道你猜不著。這女的說啊：這麼高的樹你都爬得上去，昨晚那麼矮的枕頭你翻不過來？」

子俊得意地報出答案，自己先哈哈大笑起來。

我也只得咧開嘴角做個我在笑的表情。

子俊這才注意到我的不對勁：「喂喂，你是起得太早了沒睡好，還是有心事？」

我振作一下，忍不住問：「你說，這世界上會不會有這麼一個人，他是照著你的理想打造出來的。因爲理想中的人總是由一個一個細節，一個一個特徵組合的，而不是一個完整的具體的形象。所以這個人也就是一部分一部分的，一段一段的細節，無法把他具象，量化，落實。」

子俊莫名其妙：「你在說什麼？你是看到一個人的鼻子了還是眼睛了？還一部分一部分的。」

「我當然不是這個意思。」我苦惱於無法表達清楚自己的意思，也許這個問題根本不該同子俊討論，可是不問他，又同誰講呢？而且多年來，我已經養成了一個習慣，就是不論有什麼心事，都會對子俊講出來。有時，根本不是爲了向他要答案，而只是在傾訴中讓自己理清頭緒。

「那什麼意思呀？一段一段的，上半段還是下半段？」子俊壞壞地笑起來，「要是上半段還比較正常，有頭有臉有美感，要光剩個下半段，兩條腿頂截腰自個兒走過來，還不得把人嚇死？不過如果是個女人呢，當然還是下半段實用些。」

我哭笑不得。「算了，不同你說了，根本雞同鴨講。」

「好了好了，不鬧了，我現在洗耳恭聽，你慢慢說，到底你是什麼意思？怎麼叫一個照著理想打造的人？」

「如果有一個人，我是說如果，他就和你想像中的一模一樣，你喜歡什麼，他也喜歡什麼，他做的一切，都是你最渴望的，你剛想到一件事，他已經替你做好了，甚至比你想像得還要好。他就像上帝照著你的理想打造出來的一份禮物。可是理想畢竟是一種虛幻的東西呀，就像電影一樣，是種作品，是把真實的生活割裂開來，用一個個細節來表現的，不是完整的。所以你能接觸到的這個人，也只是由一個個的細節組合起來的，你只能看到他最完美的這一面，卻無法把握他的整體，也無法想像一個完整的他，是否可以讓人真正擁有。」

和往常一樣，在訴說中，我已經慢慢地自己得出了結論：「沒有人可以真正擁有理想，只爲，當理想成爲現實的時候，也就不再是理想了。理想從來都不是一件具體的事物，而只是一個概念，一種意象，如果能在某個瞬間擁有理想，已經是最理想的了。」

「我還是聽不懂。」子俊放棄了，十分苦惱地看著我，「阿錦，我真的很認真很認真地在聽了，可是你到底要說什麼？東一個理想西一個現實的，你到底是說你有個理想呢？還是說你幻想了一個什麼人？」

我也看著他，既無奈又歉疚，讓子俊去思考這樣的問題，實在是太難爲他了。就像我從不覺得他的笑話有什麼好笑一樣，他也從不理解我的思索有什麼意義。

於是，我笑著揉亂他的頭髮：「別想了，我隨便說說的。」

再見沈曹，無端地就覺得幾分淒苦。

想見，又怕見；終於見了，千言萬語，卻不知從何開口。眼角時時帶著他的舉手投足，卻偏偏不敢四目交投。

和子俊談了十年的戀愛，如今才知道，愛的滋味是如此酸楚。

他是來與老闆商談合作細則的，只在辦公室停留了數分鐘便匆匆離開了，可是屋子裏彷彿到處都是他的身影和氣息，讓我久久不能還神。

《張愛玲相冊》攤開在掃描器上，黑白圖片從書頁裏轉移至電腦螢幕，我挑出八歲和十八歲的兩張，按照記憶仔細地上色，還原袖邊鑲滾的花紋圖案，一邊想起那袖子褪下去後，露出的伶仃瘦腕。

下次再見張愛玲，又將誤打誤撞到哪一年哪一月呢？下次再見沈曹，他的研究可已取得進展，容我再次試用？

於我而言，沈曹與張愛玲已不可分，與我的理想意念已不可分。對他的感情，不僅僅是愛戀那樣簡單，更是一份對理想的追求。

然而當他打來電話的時候，我還是違心地說：「這段時間，我很忙，大概沒機會見面了。」

午餐時，老闆滿面春風地叫我一起下樓，席間免不了提起沈曹。阿陳眼神閃爍地暗示我，沈曹一早有同居女友，是個小有名氣的攝影模特兒，上過多家雜誌封面的，兩個人由工作拍檔發展到床上對手，已經好幾年了。

我不知阿陳的話有幾分真，理智上告訴自己，攝影師和模特兒，天經地義的一種戀愛關係，多半是逢場作戲吧，沈曹條件這樣優秀，足跡飛越歐亞兩陸，風流些也是難免的，總不能讓他青春歲月閒置十數年來等我出現。我還不是早有子俊在先？

而且，有婚姻生活的上海男子難免沾帶些廚房氣，要麼酒足飯飽舒適慵懶如老闆，要麼含酸帶怨局促委瑣如阿陳，斷不會如沈曹這般瀟灑。

然而心裏卻仍然不能不在意，沉甸甸彷彿裝了鉛。

又不能去問沈曹。

交往到這個階段是最尷尬的，初相識時打情罵俏賣弄聰明，說什麼都是情趣。一旦雙方動了真情，反而僵持起來，說話舉動都像做戲，客套得欲假還真。話來話去，總是說不到重點，直接打問人家三十年過往經歷，未免交淺言深，恃熟而驕。不問，卻終是掛心。

胡蘭成回憶錄《今生今世》裏說張愛玲自與他交往，「忽然很煩惱，而且淒涼。女子一愛了人，是有這種委屈的。她送來一張字條，叫我不要再去看她，但我不覺得世上會有什麼事沖犯，當日仍又去看她，而她見了我亦仍又歡喜。以後索性變得天天都去看她了。」

這樣的委屈，我竟然也是一樣的。莫非，是想天天見到沈曹？

胡蘭成那個人，實在太懂得女人的心，怎怨得張愛玲不爲他煩惱，爲他傾心，爲他委屈，甚至送他一張照片，在後面寫著：「見了他，她變得很低很低，低到塵埃裏，但她心裏是歡喜的，從塵埃裏開出花來。」

寫出這樣文字的女子，是尤物；辜負這樣女子的男人，是該殺！

然而胡蘭成又說：「我已有妻室，她並不在意。我有許多女友，乃至挾妓遊玩，她亦不會吃醋。她倒是願意世上的女子都歡喜我。」

我驚心於張愛玲的大方，抑或是一種無奈？然而那樣的瀟灑，我卻是不能夠，我要的，是一生一世一雙人的愛，不能攙一點兒假。

阿陳忽然停下咀嚼，盯著我看。我被盯得莫名其妙，只好也瞪著他。阿陳大驚小怪地說：「錦，你真是太貪吃了，吃西餐呢，一定要斯文優雅，你看你，湯汁淋漓的，這蛋汁灑得到處都是，真是太失禮了。要是帶你出去吃大餐也是這樣，可怎麼見人呢？」

老闆受到提醒，也好奇地抬起頭來，看看盤子又看看我，笑嘻嘻好像很有興趣的樣子。我哭笑不得，捧著一份三明治夾蛋不知吞下去好還是放下來好。在兩個大男人挑剔的注視下吃東西，真怕自己會得胃結石。

然而這還不夠，阿陳還要回過頭對著老闆更加親昵地嗔怪：「您看阿錦，年輕輕的也不知道打扮自己，天天一件白襯衫，少有女孩子這樣不懂得穿衣裳的。」

我歎息，踩吧，踩死我吧，下一步他大概要批評我的口紅顏色了。可是如果讓我順應他的品味去搽那種薰死人的香水，我寧可停止呼吸。
這頓便餐吃得辛苦之至。
回到辦公室，我沖一杯咖啡狂灌下去，狠狠吐出一口氣，才覺呼吸順暢。
正想再沖第二杯，猛地看到一個熟悉的身影，差點沒讓我把剛喝下的咖啡噴出來——沈曹來了！
怎麼也沒想到沈曹會不避嫌疑地——不，豈止是「不避嫌疑」，根本是「大張旗鼓」，「明目張膽」，「招搖過市」，「唯恐天下不亂」——闖到辦公室裏來約我。
他甚至不是在約我，而是直接下命令。他找的人，是阿陳：「我可不可以替顧小姐請半天假？」
阿陳嚇一跳，趕緊堆出一臉諂笑來說：「可以，可以。當然，當然。」那樣子，就好像舞女大班，而我是他手下隨時候命出台的紅牌阿姑。
我總不成在公司裏向沈曹耍花槍，而且也不願再看到阿陳在言不由衷地恭維我的同時害牙疼一樣地咧著嘴嘶嘶著，彷彿很爲沈曹居然會看上我這件事感到詫異和頭疼。是有這種人，巴不得將別人踩在腳底下，看不得手下有一星半點得意，看到別人中獎，就好像自己腰包被搶了一樣。最好別人天天大雨傾盆，只他一人走在陽光大道。
拎了手袋出來，心裏又是懊惱又是驚奇，藏著隱隱的歡喜與心痛。
一進電梯，沈曹立刻道歉：「對不起，我沒有別的辦法約你。」
我張了張口，卻一句話也說不出來，見到他，才知道我盼望見面，盼得有多辛苦。但是，這樣霸道的邀請，我總該有點生氣吧，不然也顯得太不矜持了。

然而還沒來得及打好腹稿興師問罪，沈曹已經轉移話題，他心儀地看著我，由衷讚賞：「自從所謂的『波西米亞』風格流行，已經很少見女孩子懂得欣賞簡單的白襯衫了。記得十年前，我在美院窗口第一次看見你的時候，你也是穿著一件白襯衣。當時我就對自己說，『這是一個仙子』。」

我差點淚盈於睫。

讚美的話誰不願意聽呢？尤其是從一個自己喜歡的人口裏說出。

我知道有許多女人的衣櫥宛如沒有日照的花園般五彩繽紛，但我打開衣櫃，終年只見幾件白襯衫，乍一看彷彿永遠不知道更衣似的，只有極細心的人才懂得欣賞每件白衣的風格各自不同。

我立刻就原諒了他的擅作主張，連同午餐時被阿陳搶白的不快也一併忘了。

被不相干的人損上十句百句有什麼關係，只要得到知己一句誠心誠意的肯定已經足夠。

車子一直開到「Always Café」，還是靠窗的座位，還是兩杯咖啡。

不同的是，沈曹替我自備了奶油。

他還記得，上次我在這裏對他說過張愛玲每次點咖啡總是要一份奶油，並且抱怨現在的咖啡店用牛奶取代奶油濫竽充數。他記得。

我的心一陣疼痛，第一次發現，咖啡的滋味，真是苦甜難辨的。

上次在這裏喝咖啡，到今天也沒有多久吧，可是中間彷彿已經過了許多年。

一日三秋，原來說的不僅僅是思念，也還有猶豫掙扎。

沈曹開門見山：「聽說你男朋友回來了？」

聽說。聽誰說？阿陳嗎？真不懂他們為什麼這麼喜歡在我和沈曹之間傳播消息。我無端地就有些惱，點點頭不說話，從手袋裏取出一串姻緣珠來，翻來覆去地擺弄，當作一種掩飾也好，暗示也好，總不成這樣乾坐著不說話吧？

這兩隻珠子是子俊帶給我的禮物，說是如果誰能把小木柄上的兩個珠珠對穿，就是三生石畔的有緣人。但是我扭了一個晚上，左右穿不過去。問他個中竅門，他笑而不答，只說給我七天時間試驗，做到了有獎。

我問他：「為什麼是七天？」

他說：「上帝用七天創造世界，人類用七天尋找姻緣。」

「這麼深奧？」我有些意外，但接著反應過來，「是賣姻緣珠的這麼說的吧？是廣告語？」子俊不好意思地笑了：「又被你猜著了。你等著，早晚有天我也說兩句超深奧的話，讓你佩服一下。」

正想著子俊的話，沈曹忽然從我手中接過姻緣珠，問：「就這個小玩意兒，要不要鼓搗這麼久？」三兩下手勢，兩個小珠兒已經乾坤大挪移，恰恰對調了位置。

我驚駭：「你怎麼會做得這麼簡單？你是怎麼做到的？是不是以前玩過？」

「這遊戲我早就聽說過了。不過沒這麼無聊，當真來試過。可是看你玩得那麼辛苦，就忍不住出手，解了你的心結。」沈曹看著我，話中有話。他分明知道關於姻緣珠的傳說。

我終於問出口：「那個女模特兒……是怎麼回事？」

「分手了。」他答得痛快。

「那麼是真的有過了？」

「我不知道你指哪個女模特兒，我有過很多女朋友，中國外國的都有。不過現在已經一個都沒有了。現在我是清白的單身貴族，專心致志追求你一個。」他望著我，眩惑地笑，「你呢？什麼時候和那個裴子俊攤牌，投向我的懷抱？」

有了答案了，我卻又後悔——爲什麼要問呢？明明我不能夠給他答案，卻偏又要向他要答案。多麼不公平！我明明已經有了子俊，卻要爲沈曹吃醋，我有什麼資格？

我低下頭，無言以對。

他忽然歎了一口氣，說：「范柳原曾經說過，白流蘇最擅長的事情是低頭。原來你也是一樣的。摧毀了一個香港才成全了傾城之戀，如果我想和你有個結果，難道也要整個上海做陪嫁？」

我震撼。沈曹沈曹，他每一句話，總能如此輕易而深刻地打動我的心，宛如我生命中的魔咒，魅力不可擋。

眼淚滴落在咖啡杯裏，如風吹皺一池春水，動蕩如我的心。

他再次歎息，站起來說：「走吧，我帶你去個地方。」

七 第二爐香

我們第二次來到常德公寓。

但是那個房間已經完全變了樣，不，也許應該說，復了樣——典麗的沙發，懷舊的陳設，照片裏豐容盛鬌的太太是她的母親，桌上壓著朵雲軒的紙，床角散著一雙龍鳳軟底繡鞋，甚至連牛酪紅茶和甜鹹西點也都擺在茶几上了。

這才是那個曾使胡蘭成覺得「兵氣縱橫」、「現代的新鮮明亮幾乎帶刺激性」、「華貴到使我不安」的房間。

最大的不同，是牆壁的正中，懸著那面時間大神。

我心裏一動，驚喜地看著沈曹：「你的實驗有進展了？」

「冰雪聰明！」沈曹贊許我，「為了讓你的這次訪問更加精確，我決定來個實地重遊。按照磁場學，這裏曾經記錄了張愛玲青春時代的生活與情感，在這裏進行實驗，磁場一定很強，效果必然會事半功倍。」

「聽明？從小到大，媽媽常常笑我傻。就像現在，沈曹，我這樣子『按圖索驥』，會不會很傻？」

「不比『因噎廢食』更傻。」沈曹凝視我，可是眼中帶著笑，削弱了一半的誠意。他說，「如果你因爲自己談了十年的戀愛就當成拒絕我的理由，那你真是太傻了。」

我看著他，欲言又止。我與子俊的感情，不是一朝一夕的事，又怎能三言兩語說清？

好在沈曹並不糾纏在這個話題上，他的表情變得嚴肅，撳動時間掣，鄭重宣佈：「我們開始。這次，我保證你會準確地回到六十年前，我已經查過資料，胡蘭成初訪張愛玲，是在一九四四年初，我把你送回到那個時代，其餘的，就要你隨機應變，看看到底能不能阻止他們的見面了。」

什麼，我今天就要見到二十四歲的張愛玲，並且和她平起平坐地討論愛情，並設法扭轉她一生的命運了嗎？我忽然覺得，自己還沒有準備好。所謂「近鄉情怯」，卻原來對人也是一樣。

沒有想到愛玲會在等我。

她已經是位風華正茂的名女子，穿收腰的小雞領半袖滾邊民初小鳳仙式改良夾襖，卻配灑花的西洋寬幅裙子，奇裝異服，雙瞳炯炯。頭髮燙過了，一雙眉毛描得又彎又細，妝容精緻大方。一個人要成名之先，光彩是寫在臉上的，她那種神情，是要飛的鳳凰，一個得到上帝眷顧的女子。

房子的佈置也遠比她原來的那個家要洋派嶄新得多，且桌上擺滿了鮮花，大概是仰慕者送的吧？

只是，不知道盛名與鮮花，是否已經撫平了她童年的傷痕？而那鮮花掩映的道路盡頭，究竟通向幸福亦或災難？

見到我，她露出欣喜的笑：「姐姐，你果然來了。」

「你知道我要來？」我有些驚訝，「你在等我？」

「是呀，我特地打扮成這樣，就是爲了招待貴客。」她言笑宴宴，落落大方，隨便一轉身，禮服的裙擺便隨之輕輕蕩漾。她說，「我們約好的，你說過今年的今天會再來看我。」

「哦？今年是哪一年？今天又是幾號？」

「一九四四年二月四日呀，你明明來赴約了，卻不知道今夕何昔？」

一九四四年二月四日？我微微錯愕，是的，這個日子我知道，在穿越時光時，我曾在時光隧道裏見過一個男子的背影，他站在她的樓下按門鈴，而那一天，是一九四四年二月四日。可是我不記得自己什麼時候跟她約過要在這一天見面，難道，在時間的長河裏，我回來找愛玲的次數，比我自己知道的還要多？也或者，是在今後的實驗裏，我去到了比今天更早的時間，約下了今天的相見，所以很多事情便是顛倒來做了。可是，如果這樣說來，今天的一切對於現實生活裏的我，都應該是昨天發生的故事，爲什麼我的記憶中又沒有這一段呢？

沈曹說過去和將來都是相對的，宇宙並行著不同的平面，那麼，又或者，同愛玲訂下今日之約的是另一個平面的另一個我？而我代替那個我來赴約？

「姐姐，你怎麼了？」張愛玲凝視著我，帶著一抹研判的神情，「你好像很恍惚。」

我有些不安，同時注意到沙發的暗花與沈曹的佈置其實不同。「怎麼這樣看著我？」

「我覺得，你好像不是我們這個世界裏的人，有種……怎麼說呢，說你不食人間煙火，可是又很親切；但是你忽隱忽現，神龍見首不見尾，很沒真實感。」她蹙眉，又有新發現，「我見你幾次，每次都間隔好多年，可是，爲什麼你好像沒什麼變化。你駐顏有術，青春不老？還是，你根本是神仙？」

我笑了：「好啊，那你叫我神仙姐姐好了，就像段譽叫王語嫣。」

「誰？」

「啊，你不知道的，小說裏的人物。」我唯恐她再問下去，趕緊反客爲主，「姑姑不在家？」

「她去電台兼職，念新聞和社論。」

「對了，我記得她說過，她每天說很多有意義的話，可是一毛錢也得不到；但是去電台裏說半個鐘頭沒意義的話，卻有好幾萬的薪水可拿。」

「是呀，姑姑是這麼說過。你怎麼知道？」

「在你的〈姑姑語錄〉裏讀到的呀。」

「姐姐也看我的文章？」她皺眉，「可是我有寫過〈姑姑語錄〉這麼一篇文章嗎？」

呀，現在是一九四四年二月四日，〈姑姑語錄〉是張愛玲哪一年的作品呢？這個我可是真的記不清。我只得含糊地說：「那大概就是聽你說的。你說過要寫一篇〈姑姑語錄〉的。你的文章，我每篇都看過，看了很多遍。你不知道我有多喜歡你的小說，喜歡到癡狂。」

喜歡到癡狂。喜歡到背井離鄉地來上海。喜歡到穿越時空來尋她。喜歡到即使現在面對面地坐在一起了，仍不能相信這一切是真實的。不過，也許這一幕本來也不是真實的，而只是我的一個美夢。

「有很多人說喜歡我的東西，但是姐姐你也這樣說，我很開心。」她眨眨眼，帶一點喜滋滋。

「崇拜你的人，比你自己想像的還要多。因爲你對讀者的影響，不僅在今世，要深遠半個多世紀，甚至更遠。」我看到桌子上堆積如小山的信件，「這些，都是崇拜者的信吧？」

「是呀，都來不及看。」愛玲又現出那種若有所思的神情，「姐姐，爲什麼你說每句話，都像預言似的。好像，你知道很多事，都是我們不知道的。如果你不是神仙，那麼你就是天才，智者。」

我一愣，忽然想，或者所有的智者都是穿越時光的人吧？是因爲預知預覺，所以才思維深廣。再平凡的未來人，比起不平凡的舊時人，也還是高明的，因爲，他已經「知道」。

傭人走來換茶，果然是奶酪紅茶。

我不禁微笑，但接著聽到稟報：「有位胡蘭成先生求見。」

「胡蘭成？」愛玲有些歡喜，「我聽說過這個人呢。」

我大急，脫口說：「推掉他。」

「爲什麼？」愛玲微微驚訝，但立刻了然地說，「也是，我好不容易才見姐姐一次，不要讓人打擾。」她回頭吩咐，「跟客人說，我不在家。」

我鬆了一口氣，但是很快又緊張起來。如果胡蘭成不放棄呢？如果他再來第二次第三次，我難道能每次都守在這裏阻擋他？

傭人下去片刻，執了一張紙片上來，說：「胡先生已經走了，他讓我給您這個。」

我偷眼看上面的字跡，秀逸清雋，才情溢然紙上。古人說「字畫同源」，從胡蘭成這隨手寫下的這幾行字裏，我清楚地看到了畫意，不禁百感交集。這的確是個不世出的才子，我有點遺憾沒有見到他的真面目。歷史的風雲和政治的滄桑給這人塗抹了一層神秘的色彩，讓我反而好奇：到底是一個怎樣的男子，會令張愛玲這樣秀外慧中的奇女子傾心愛戀呢？

雖然，在時光隧道裏旋轉時，曾見過他一個背影，但那不能算是認識吧？他站在她的樓下按門鈴，求她撥冗一見。而我，及時阻止了這一次會晤，並期望就此阻止以後所有的見面，最好，他和她，從來就不相識。

但是，愛玲反覆看著那張字條，頗有些嗒然的意味。分明在爲這次錯過覺得惋惜。

我的心一點點沉下去，他們甚至還沒有見面呢，可我分明已經感到，有什麼事情已經在他們之間悄悄地發生了。

「愛玲，我可不可以請求你一件事？」我望著她，迫切地請求，「可不可以答應我，不要見這個人。」

「我不是已經把他推了嗎？」

「我不是說今天，是說以後。以後，也永遠不要見這個人。」

「永遠？你說得這樣嚴重。」愛玲有些不安，「爲什麼會提這麼奇怪的要求？你認識胡蘭成嗎？」

「我不知道這算不算認識。但是我知道，他是一個有害的人，對於你而言，他意味著災難。你最好離他遠遠的，越遠越好。」連我自己都覺得口吻如同巫師，可是我不知道該怎麼表白，想了想，乾脆直奔主題，「他替日本人做事，替汪精衛的南京政府做事，他是一個……文化漢奸。」

「文化漢奸？可是他前不久還因為寫文章斷言日本必敗南京政府必敗，而被汪精衛關進牢裏呢。」愛玲不以為然地反駁，「他是蘇青的朋友。那次，我還和蘇青一起去過周佛海家，想有什麼法子可以救他呢。」

我又一次愣住。再度感慨自己對歷史的貧乏。說實話，我只是一個張愛玲小說的癡迷讀者，對於胡蘭成的故事卻所知甚淺，對上海孤島時期的歷史，也只有浮光掠影的瞭解。我同樣說不清胡蘭成究竟是哪一年入獄，哪一年出任汪政府的宣傳次長，又具體地做過哪些傷天害理出賣國家民族的事，對於胡蘭成的正面報導甚少，所有的傳記故事裏也都只是蜻蜓點水地提一句「文化漢奸」，歷史的真相呢？真相是什麼，我並不知道。我所知曉的，只是他和張愛玲的這一段。以如此貧乏的瞭解，我對張愛玲的說服力實在是太力不從心了。

而且，二十四歲。再聰明的女子，在二十四歲的戀愛年齡裏，也是愚蠢的。我也曾經二十四歲，清楚地瞭解那種叛逆的熱情，對於自己未知事物的狂熱的好奇，對於一個有神秘色彩的「壞男人」的身不由己的誘惑與嚮往。

關注一個人，先注意他的長處，但是真正愛上一個人，卻往往是從愛上他的缺點開始的。

對於一個聰明而敏感的二十四歲少女而言，一個壞男人的「劣跡」往往是比著英雄人物更加讓她著迷的。

命運的危機，已經隱隱在示現，彷彿蛇的信子，「咝咝」地逼近。

我有種絕望的蒼涼感。

「愛玲，」我困難地開口，「你寫了〈傾城之戀〉，寫了〈沉香屑——第一爐香〉，但是，你試過戀愛嗎？」

「戀愛？」愛玲俏皮地笑，「我們對於生活的理解往往是第二輪的，總是先看到海的圖畫，後看到海；先看到愛情小說，後知道愛情。」

我有些失落：「通常，你便是這樣回答記者問的吧？」

她太聰明，太敏捷了，二十四歲的張愛玲，已經機智活躍遠遠超過我之所能，可是因爲她還年輕，還沒來得及真正體味愛情的得失與政治的易變，還在享受榮譽與讚美的包圍，所以尚不能靜下心來沉著地回答問題，不能正視自己的心。

一個人的智慧超過了年齡，就好像靈魂超越身體一樣不能負荷，於人於己都是危險的。

我可以和八歲的張煐無話不談，卻與二十四歲的張愛玲間有著難以逾越的隔閡。而這種不和諧，張愛玲分明也是感覺到了的，她顯得不安，於是顧左右而言他，站起身走到陽台上招呼說：「姐姐，你來看，哈同花園又在舉行派對舞會呢。」

我點點頭，也站起來走向陽台，一步踏出，忽然覺得暈眩，眼前金星亂冒，彷彿電梯失控的感覺，又彷彿樓下的萬家燈火都飛起來一起纏住了我。

幸好只是一剎那，當眼前再度清明，我看到自己已經穩穩地站在陽台上，望下去，萬家燈火都已重定，遠處的霓虹招牌在滾動變換，畫面是一張周潤發的海報。我更加恍惚。發哥？他也到舊上海來了？

他上演的「上海灘」，講述的是張愛玲同時代的故事吧？難道因爲一部電視劇，把他也送到這裏來了？

「錦盒！錦盒！」是誰在呼喚我的名字？

陽台門再次推開，從房間裏走出的竟是沈曹，他緊張地招呼：「錦盒，你覺得怎樣？」

我怔忡地看著他，漸漸清醒過來，原來實驗已經結束，可是，實驗開始前我明明站在屋子中央的，怎麼現在竟跑到陽台上來了？

樓下的巷道裏不知從哪個角落依稀傳來胡琴聲，越發使一切顯得如真如幻。

沈曹十分困惑：「錦盒，這回又出了新問題。試驗做到一半，你忽然站起來往外走，就像夢遊一樣，開門走了出來。我又害怕又擔心，又不敢大聲喊你，怕有什麼後果。只得忙忙把時間掣扳回來，再出來找你。你感覺怎麼樣？」

「我……」我仍然沉在與張愛玲的談話中不能還魂，「沈曹，如果你不扳動時間掣，我是不是就會一直留在那個時代？是不是就跟著那個時代的時間來生活了？那麼我今天離開張家，明天還可以繼續上門拜訪，我可以一直和張愛玲交朋友，陪著她，看著她，不讓她和胡蘭成來往。」

「我不知道。不過如果是那樣，你在這個時空的肉體，豈非就成了植物人？」

「植物人？會不會植物人的思想，就像我剛才一樣，是走進了另一個時空，不願意回來，或者是因爲什麼原因不能夠回來，所以才變成植物人的呢？」

「這個……大概要屬於醫學範疇的問題了。植物人及夢遊，在醫學上還都是個未知數。人類大腦對於人類而言，還是個陌生的領域。」

我喟歎：「人類多麼無奈，拿自己都沒有辦法，都無所瞭解，還奢談什麼改造世界呢？」

「好高騖遠，原本是人類本性。」沈曹苦笑。

我們一時都不再說話，只並肩望向遠方。

正是夜晚與白晝的交接處，人聲與市聲都浮在黃昏中，有種浮生若夢的不真實感。夕陽餘暉給所有的一切都染上一層柔豔的光，綠的房屋，藍的江水，緋紅的行人和靚紫的車子，像童話裏的城堡。

我忽然有些想哭。這陽台，張愛玲和胡蘭成當年也一定曾經並肩站過，看過的吧？

誰念西風獨自涼？蕭蕭黃葉閉疏窗，沉思往事立殘陽。

那些往事，寫在書上，寫在風中，更寫在這殘陽餘照的黃昏裏。

張愛玲遇到胡蘭成，顧錦盒愛上沈曹，一切，都是命運吧？誰知道這一刻我們看到的上海，是實景還是夢境？五十年前的月亮和五十年後的月亮是同一個月亮，五十年前的上海和五十年後的上海是相同的麼？

沈曹說：「從黃浦江外灘起，由法大馬路到靜安寺，稱爲十里洋場。這房子，剛好是十里的邊兒，也剛好在高處，可以看清十里洋場的全貌。」他指下去，「喏，那裏是哈同花園，那裏是起士林咖啡館。」

起士林不是奧菲斯，顧錦盒不是白流蘇，而沈曹，會不會是范柳原呢？

天色一層一層地暗下去，燈光一點一點地亮起來。

從這個角度望下去，整個城市就是由一點一點的燈光和一扇一扇的窗子組合而成，屋子是不動的燈光，車子是行動的燈光，閃閃爍爍，一起從人間遊向天堂。

沈曹歎息又歎息，忽然說：「從小到大，我最怕的就是看到人家窗子裏的燈光。因爲我會覺得，那燈光背後，一定有個非常溫暖快樂的家，而那些溫暖和快樂，都不屬於我。我非常嫉妒……」

我驚訝極了，驚訝到噤聲。快樂的沈曹，優秀的沈曹，才華橫溢名氣斐然的沈曹，我一直以爲他是童話中那種含銀匙而生的天之驕子，從小到大整個的生活都是一帆風順，予取予求的。然而，他的童年，原來竟是如此的不快樂！難怪他瀟灑的外表下，時時會不經意地流露出一絲陰鬱。

少年時的傷，是內傷，沒那麼容易癒合。是那道看不見的傷痕和與生俱來的孤獨感給了他迥異於人的獨特魅力，

我沒有發問。我知道他在訴說，也是在釋放，我不想打斷他，不想追問他。如果他信任我，如果他願意說，他會把一切都說出來的。

他沉默了好久，好像在清理自己的思緒，然後才又接著說下去：「小時候，我常常在這個時間偷偷跑出來，扔石頭砸人家的窗子，有一次被人抓到了，是個大漢，抓我就像老鷹拎小雞一樣，把我拎到半空。我怕得要死。但是這時候有一個女人從那裏經過，她勸那個大漢把我放下來，並溫柔地對我說：『小朋友，這麼晚了，別在外面闖禍了，快回家吧，媽媽會找你的。』我當時哭了。你知道嗎？我小時候很能打架，有時贏有時輸，不管輸贏，都會帶一身傷，常常被打得鼻青臉腫，但是我從來沒哭過。可

是那天我哭了。我哭我自己沒有家可以回，沒有媽媽會找我……」

沈曹。哦沈曹，原來在你的風光背後，藏著的竟是這樣的辛酸苦難。我的心，柔弱地疼了起來。眼中望出去的，不再是面前這個高大的沈曹，而是那個稚齡的到處砸人家玻璃的可憐的頑童，那個滿心裏只是仇恨和不甘心的倔強的孤兒。我的淚流下來。沈曹，我多麼想疼惜你，補償你以往所有的不快樂，所有的孤單與怨恨。

沈曹抬起頭，看向深邃的夜空，用一種朝拜神明般的虔誠的語調繼續說：「那個女人，非常地美麗。雖然那時候我還小，什麼都不懂，但是我清楚地記得她的長相，真的很美，很美，她穿著一條白裙子，那款式料子，我從來都沒有見過，她的笑容，就和天上的月亮一樣，有一種柔和的光芒。她拉著我的手，問我：『你衣服上的這幅畫，是誰畫的？』那時候，我總是喜歡在所有白色的東西上亂畫，不管是白紙，白牆，還是白布。所以我自己的衣裳上，也都是畫。她看著那些畫，對我說：『你畫得真好，比很多人都好。你將來會是一個很出色的人，有許多偉大的發明。所有認識你的人都會尊敬你，佩服你。你可不能因爲打架闖禍就把自己毀了呀。』我是在孤兒院長大的。曹是孤兒院院長的姓。我不知道生母爲什麼把我遺棄，襁褓裏連一張簡單的字條都沒有。長到這麼大，所有的人都歧視我，除了曹院長。但是即使是他，也沒有對我說過這麼溫暖的話，鼓勵我的話。那個美麗的女人，她使我相信，我是個好孩子，她給了我一個希望。在我心目中，她美如天仙，她的話，就是命運的明示……」

不知爲什麼，我心中忽然有點酸酸的，聽著沈曹用這麼熱烈的詞語讚美一個女人，讓我竟然有些莫名的嫉妒。儘管我明知道，那女人比他大著十幾二十歲，可是，誰不希望自己是愛人眼中心中唯一的女神呢？

這次我忍不住打斷了他：「你後來見過她嗎？是不是她收養了你，改變了你的生活？她現在和你是什麼關係？」

沈曹被我的一連串問題逗笑了：「按照你的邏輯，大概一個長篇電視劇集的草稿都打好了吧。你是不是以為她就是我的養母？不，錯了，我和她只見過那一面，以後再也沒有見過。我仍然留在孤兒院裏，但是從此變成一個安分守己的好孩子，而且更加刻苦地學畫。隔了一年，有個華僑想到孤兒院領養一個男孩，雖然我的年齡大了一點，但是他看中了我的繪畫天賦，發誓把我培養成一個畫家。並且，他給了我一個新的姓氏……」

「沈。」我輕輕替他說出答案，低下頭，不好意思地笑了。

然而沈曹捧起我的臉，迫視我重新抬起頭來。「看你，眼淚還沒乾呢，又笑了。像個孩子。」他的話語在調笑，可是語氣卻溫柔誠懇，而他的眼神，他的眼神，如此明白清晰地表達著他的燃燒的愛意。

我燒融在他的眼神中，同情，震撼，感動，敬佩……種種情緒集聚心頭，令我迷失。

他的眼睛這樣迫切地逼近我：「錦盒，你願不願意送我一盞燈，讓你和我，永遠生活在屬於我們倆的燈光下，過著溫暖快樂的生活？」

最後一道防線也轟然倒塌，有如泄洪。

他說了！他說了！他終於明白地把所有的愛與承諾都說出口！

只有我知道像他這樣的男人，肯向一個女人剖白自己的歷史是多麼不容易，那等於他把自己的過去和將來都悉數堆在這個女人的面前，請她接納，請她收容，請她挽起他的手，一起走向白頭偕老。

兩個寂寞的靈魂終於相撞，不願再彼此躲閃。我拋開所有的顧慮，不顧一切地和他擁吻在一起……

八　半生緣

我仍然沒能對子俊將分手說出口。

從常德公寓回來的路上，已經千百遍在心中計劃好所有要說的話，我想告訴子俊，我對不起他，不能和他履行婚約，我們的過往有過快樂也有過爭吵，然而將來我只會記得他的好；我想告訴他，愛一個人需要很多條件，除了時間和習慣外，最重要的是心靈相通，彼此交流，可是這麼多年來，我同子俊雖然無話不說，卻始終不能真正說到一起，他說的我不感興趣，我說的他不能理解。但是沈曹，他和我之間，幾乎不需要過多的語言，只要一個眼神已經可以明白彼此所想。甚至，連一個眼神的暗示都不需要，因爲我們根本就是一種人，他就像我另一個自己，做每一件事說每一句話，都可以刺到我的心裏去；我要向子俊坦白，上次對他說過的那個理想，不是一件事，而是一個人，那個人就是沈曹。所以，我要請求他原諒，讓我們彼此做朋友……

然而當我回到家時，子俊已經在等我，滿面焦急，見面的第一句話就是：「蘇州來電話，你外婆病危，讓我們馬上回去！」

徹夜焦灼。第二天一早，我們趕頭班車回了蘇州。

甚至沒顧得上給沈曹打一個電話。

一路上，我只覺自己在與時間爭跑，苦苦拉住死神的衣襟乞求：「等等我，給我一點時間，讓我追上你的腳步，讓我見見外婆。」

在踏進醫院大門的一刻，恍惚聽到外婆的聲音：「是阿錦回來了嗎？」

外婆住在三〇六病室，我對這間醫院並不熟悉，可是幾乎不需要認證房號，便識途馬兒般一路奔進去，就彷彿有人在前面領著我似的。

然而手按在病房門柄上時，裏面忽然暴發出撕心裂腑的哭聲，我撞開房門，看見媽媽抱著外婆的身體哭得聲嘶力竭。我沒有走到前面去，我沒有動，沒有哭，腦子裏忽然變得空空的。從昨晚聽到外婆病危到現在，焦急和憂慮佔據了我整個的心，以至於我還沒有來得及感應憂傷，一心一意，我想的只是要馬上見到她，我親愛的外婆，我那個搗著半大腳找到學校裏替我打抱不平的親親外婆，我兒時的避難所，我承受了來自她的大量疼愛可是還沒有來得及做出半分回報的外婆，哦外婆……

當晚，我來到外婆的家，為她守靈。

子俊好不容易說服爸媽回家休息，而由他留下來陪我。

案頭的香火明明滅滅，外婆的遺像在牆上對我微笑。我跪在墊子上，默默地流著淚。子俊將手放在我的肩上：「錦盒，你也睡一會兒吧。」

「可我有許多話要和外婆說。」

「對我說吧，對我說也是一樣。」子俊安慰我，一臉憐惜，我知道他是懷疑我傷心過度發神經。

但我堅持：「外婆聽得到。」

我相信外婆聽得到。對於我可以穿越六十年光陰約會張愛玲來說，外婆超越生死與我做一夕之談，絕對不是囈語。靈魂是無拘礙的。肉體算什麼呢？

我不信外婆會不見我就離開。對相愛的人而言，生與死都是符號，愛與恨才是真諦。

子俊熬不住先睡了。我也漸漸朦朧。然而一種熟悉的氣息令我驀然清醒過來。是外婆！

她身上特有的花露水的香味，在這個時代的女人身上幾乎絕跡，只有老外婆才會堅持每天灑花露水權充香水。記得我工作後，第一次領薪水就專門買了一瓶名牌香水送給外婆，可是外婆打開蓋子聞了一下，立刻皺起眉頭說：「什麼味兒這麼怪？哪有花露水的味兒香？」當時我覺得哭笑不得，而今卻明白，就像我執著於舊上海的風花雪月，外婆對花露水的鍾愛，也是一種懷舊的執著吧？甚至，相比於我對可想不可及的舊上海的懷念而言，外婆的念舊則顯得更為切實真摯。

那個少年輕狂指責外婆聞香品味的我是多麼的淺薄無知哦！

「外婆，是您嗎？」我輕輕問，眼淚先於話語奪眶而出。

沒有回應。而隔壁傳來子俊輕輕的鼾聲。

但是我的心忽然靜下來，我知道，即使外婆不來見我，也必定知道我在想她。我們彼此「知道」。

小時候，在我「呀呀」學語的辰光，渴了餓了睏了癢了，不懂得表達，便一律用哭聲來抗議，常常搞得媽媽不勝其煩，抱怨我是個「哭夜郎」。唯有外婆，只要一聽到我哭聲長短，立刻曉得個中原由，急急把奶瓶尿布及時奉上，止我哭聲；反之，外婆偶有不開心的時候，或者腰疼病發作，幼小的我也必會安靜地伏在她膝下，大眼睛含著淚，眨巴眨巴地看著她，她便會衷心地笑出來，所有病痛煩惱蕩然消失。

自然，這一切都是我長大後由媽媽覆述給我聽的。然而我總覺得，記憶深處，我其實並沒有忘記這些個細節，再小的孩子，既然有思想有感情，就一定也會有記憶的吧？

從小到大，我和外婆幾十年心心相印，語言和生死都不能隔絕我們的往來。

花露水味凝聚不散，氤氳了整整一夜。

那是外婆和我最後的告別。

清理外婆遺物時，媽媽交給我一張照片，說：「你外婆臨走時，最掛記的就是你，口口聲聲說，她唯一的遺憾，就是沒能親眼看到你成家。」

那張照片，是在我三歲的時候拍的，外婆牽著我的手，婆孫倆齊齊對準鏡頭笑，背景是一座尖頂的建築，好像是教堂，然而整座樓連窗子都被爬山虎的藤蔓捆綁得結實，彷彿抱著什麼巨大的秘密。

我拿著照片，反覆端詳，忽然發現這場景很熟悉，這是哪裏呢？

媽媽看到我發呆，歎了一聲：「怎麼，認不出來了？這是上海呀，聖瑪利亞中學教堂。」

「聖瑪利亞中學？」我大驚，那不是張愛玲的母校？我去那裏做什麼？「我小時候去過上海？」

「你忘了？以前跟你說過的，你三歲時，外婆帶你去過一次上海。一共待了三天，你玩不夠，哭著鬧著說不想回來……唉，也是命吧，你三歲的時候就口口聲聲說喜歡上海了，還說長大後一定要到上海工作的，不想現在都成了現實。那時候你還小，在電視上看到人家在教堂舉行婚禮，你就鬧著要去看教堂，還說將來也要在教堂結婚。你外婆一時找不到教堂，就帶你去了聖瑪利亞中學，那是老式貴族學校，校園裏有座教堂，當廣播站用……前幾天，你外婆忽然讓我把你從小到大的照片都找出來，一張張地看，還說，不知道你什麼時候結婚，只怕她看不見了……當時我還以爲是老人家的習慣，沒事就喜歡說生道死的，沒想到，隔了一天，她突然就中風……」媽媽說著哭起來。

我的眼淚也止不住地流下來。外婆今年快八十了，早就過了「古來稀」的年齡，她的死，在中國習俗上稱爲「喜喪」。像她這樣的老人，在死之前，是早已先於肉體而跨越了生命的界限，勘破了宇宙的秘密。她知道自己大限已至，知道自己行將離開，她是含著笑容告別這個世界的。然而，她說她有唯一的心願未了，就是我的婚事。我的外婆，她在離去的時候，思想裏沒有她自己，只有我，我的過去，我的現在，我的將來，她曾把我從小到大的照片一張張地端詳，一張張地回憶，一張張地祝福。外婆，外婆，什麼樣的愛可以與你比擬？什麼樣的力量能夠比愛更強大？

我越發堅信，昨天的花露水香味不是我的幻覺，不是我的一廂情願，而是外婆，外婆她真的來了，她來向我道別，她來看看我過得好不好。我的外婆……

「那一次，外婆是怎麼想起要帶我去上海的？」我問媽媽，「我印象裏，外婆是不大出門的，她怎麼會想起到上海去呢？當時您和爸爸在哪兒？」

「那是因爲……」媽媽欲言又止，表情忸怩，支吾了良久，終於歎口氣說，「都已經是過去的事了，別問了。」

我心裏一動：「是爲了您？外婆不是喜歡出門走動的人，除非發生了大事，她是不可能一個人跑到上海去的。外婆的大事，不是我，就是您了。對不對？」

「阿錦，你長大了，反應快，心思細，也不知道是好事還是壞事。」媽媽看著我歎息，「都說憨人多福，你就是太聰明了，聰明人難免心重，倒不如糊裏糊塗的好。」

我著急：「您就別東拉西扯瞞著我了，既然是過去的事了，就說給我聽聽吧，就算前車之鑒也好呀。」

媽媽又想一想，終於點頭，卻仍然不肯詳說，只含糊其辭地總結性發言：「這也不是我們一家人的事，很多人都是這樣的，就是兩夫妻怎麼相處都好，一旦有了孩子，從懷孕到哺乳這段日子，難免就會忽略了夫妻感情。年輕男女忽然升格做了父母，覺得壓力不堪擔負，內心深處就有了種逃避現實的願望。這段時間裏，最容易發生婚外情……」

「爸爸有了別的女人？」媽媽這一代人就是這樣，無論說什麼事，都不喜歡當成個案來面對，而要上綱上線把它作爲一種社會現象來分析，彷彿這樣便能減輕事情的嚴重和傷害似的。從他們的口中瞭解歷史，最多只能得到三成真相，還非得直截了當地提問題不可。

「也沒有那麼嚴重。」果然，一落實到具體人物上，媽媽便含糊，三言兩語地輕描淡寫說，「只不過你爸有次去上海開會，認識了一個姓賀的女同行，兩人一直通信，言語親熱了些。有次你外婆來家做客，收拾家時翻出了那些信，第二天就不聲不響買了票，說要帶你去上海玩兩天，就去了。」

「外婆帶我去談判？」我更加驚訝，我的老外婆呀，她一天工作經驗都沒有，然而大是大非的問題上，卻比誰都拿得起放得下，做事簡潔俐落，而且出手必見奇效。我越來越佩服外婆了。「外婆見到那女人了嗎？她們怎麼談的？」

「詳情我也不清楚，你跟著一起去的，你比我清楚呀。」媽媽取笑我，顧左右而言他，「這張照片，就是那次拍的，你外婆和你玩了不少地方呢。」

「後來呢？」我不讓媽轉移話題，追著問，「後來怎麼樣？」

「哪還有後來？姓賀的見了你外婆和你，真是老老小小都出動了，她還能怎麼樣，還不就和你爸一刀兩斷了？你爸通過這件事也受了教訓，從此痛改前非，任勞任怨，就成了今天這個模範父親。」

「外婆可真厲害！」我由衷讚歎。千萬別小看了那個時代的女性，錦囊自有妙計，土雖土了點兒，可是實用。適當時候使出來，一招是一招，所向披靡。

「你和子俊到底準備什麼時候舉行婚禮呢？」媽媽反守為攻，問起我來，「你外婆最不放心的就是這件事，說你三歲的時候她就答應過你，一定會讓你在教堂裏結婚。她最遺憾的就是不能看著你進教堂。」

「她會看到的。」我說，「她在天之靈會看見。」

「你和子俊沒什麼吧？這次你們回來，我覺得你對他好像有點淡淡的。」

「我們……」我猶豫了一下，終於說，「我們沒什麼。」

不知為什麼，聽完了父母年輕時代的故事，我對自己的情感糾葛忽然有了新的想法。我和沈曹，是否就像爸爸和那個上海女人的故事一樣，只是節外生枝的片刻光芒呢？爸爸在我心目中，是一個穩重的有責任感的好男人，我相信二十多年前的他，雖然年輕，也不會是一個輕狂的人，他既然和那個上海女人曾經有過曖昧的辰光，就必然是動了真情的。可是他最終也還是選擇了母親，必然也是經過了深沉的思索。我和沈曹的感情，是否也應該沉靜地鄭重地考慮一下呢？畢竟，我和子俊相愛逾十年，而和沈曹，不過認識了數月而已。這一份狂熱，夠燃燒多久呢？

我想起阿陳提到過的那個女模特兒，沈曹也承認自己有過很多女朋友，雖然他向我保證那些人都已是昨日黃花，可誰又能肯定今天的她們不是明天的我呢？

他是那種人，可以燃燒很多次，也很容易忽然冷下來，但是永遠不可能與你溫存地相守。

如果渴望安穩幸福地過一生，是不可以選擇他來照亮的，然而多情的女子，總是飛蛾般為了撲火而捐棄一切。

當我在情感上觸礁的時候，難道我可以希冀母親像當年的外婆一樣拖著幼齡的孫兒去找那第三者攤牌求情嗎？

我忽然很想同母親討論一下關於愛情的觀點。「您當初和爸爸，是怎麼開始的呢？」

「我們？」媽媽瞇起眼睛，好像有點想不起的樣子，可是我知道其實她記得非常清楚，因為她幾乎是立刻就很準確地說出了具體的時間和地點，「是一九六九年十二月，我們下放到了同一個地方，雖然沒什麼太多接觸，可是都熟口熟面，叫得上名字說得上話。到了一九七五年，我們又是同一批回城的，就有了聯繫。沒多久，就結婚了，再過一年，就有了你……」媽媽又歎息起來，「我們那年月，戀愛就結婚，結婚就生子。哪裏像你們現在，交往十年八年的都不稀奇，又怎麼能怪婚後不有點風吹草動呢？」

「那您覺得，有過十年八年戀愛，感情就一定是穩定的了嗎？」

「唉，怎麼說呢？」媽媽微微沉思，忽然說了句文謅謅的感慨，「耳鬢廝磨易，情投意合難。婚姻，是需要經營的，如果兩個人都有把日子過好的打算，就什麼困難都不怕，總可以白頭偕老的。」

「心靈呢？心靈的溝通不重要嗎？」

「當然重要。但是對於心靈，不同的人有不同的理解，就像我和你爸爸，我們都很關心你，關心這個家，這也是一種心靈溝通，是共同語言。問題是，某一分鐘某一件事上的心靈相通容易，在任何時間任何事上都做到心心相印，就成了奢望。沒有兩個人的生活經歷是完全一樣的，即使同一個家庭出來的兩個人對生活也有著不同的感受，所以要求理解本來就是一件奢侈的事。在婚姻生活中，最應該學習的，不是理解，而是寬容。理不理解都不重要，最重要的是能夠以一顆寬容的心來接受對方。只要能做到這樣，就是美滿婚姻了。」

這是母親第一次鄭重地和我討論關於婚姻的問題，然而她的話，足夠我用一生來回味。

黃昏時，子俊來看我，帶來一籃水果。我撿了一隻芒果出來，抱在手中聞那香味。

子俊笑：「每次給你買水果，你都是拿在鼻子底下聞了又聞，好像聞一聞就吃飽了似的，成仙呀？」

「是嗎？」我一愣，倒是第一次注意到自己有這樣的習慣。「神仙才不食人間煙火呢。只有鬼，才貪圖味道。人們祭墳，不都是插根香再供點水果的嗎？鬼又吃不成，不過是聞聞味兒罷了。」

媽媽一旁聽到，搖頭歎：「說這樣的話，也不嫌忌諱。」

子俊卻認真起來，想了想點頭說：「有道理。人們形容異度空間的幽靈們是不食人間煙火，其實恰恰相反，仙與鬼們『吃』的都是『煙火』，只不過拒絕煙火下的食物實體罷了。」

再憂傷煩惱，我也忍不住微笑。

子俊又說：「我已經買好了回上海的車票，我們明天早晨出發，我來你家接你。」

「火車站見好了。」我說，「接來接去的太麻煩。」

「我應該的。」

「沒有什麼是你應該的。」我正色，「子俊，不要覺得你對我有責任，我們都是獨立的個體，誰對誰也沒有責任。」

子俊受傷起來：「錦盒，我是不是有什麼地方讓你不滿意了？你最近對我好冷淡。」

當晚，我撥電話給沈曹。

這是我第一次撥電話給沈曹。

電話接通了，對面是電話錄音：「這裏是沈曹的家……」

我於是對著空氣說：「沈曹……」

沈曹。我叫他的名字，再叫一聲「沈曹」，然後我掛斷。

說什麼呢？告訴他，我的外婆去世了，我非常傷心？那又怎麼樣？他沒有參與過我的生活，絕不會瞭解我對外婆的感情有多麼深重。雖然媽媽說過：沒有兩個人的生活經歷是完全一樣的，要求理解本來就是一件奢侈的事。可是我和沈曹的生活背景與經歷相差得也實在太遠了，他是一個孤兒，又在美國長大，除了會背《紅樓夢》並且知道些關於「蟹八件」之類的蘇州典故外，他幾乎不能算一個真正的中國人。讓我如何對他傾訴我的傷心？

當我爲外婆守靈而終宵哭泣的時候，陪伴我的，只有裴子俊。子俊才是現實生活中具體可見有血有肉的一個人，而沈曹，他只存在於我的理想，所有現世的悲哀與喜悅，於他都是虛無縹緲的，是水果的香味，聞一聞已經足夠，用來裹腹的，還是大米飯罷了。

耳鬢廝磨易，情投意合難。然而耳鬢廝磨一輩子，總會有情投意合的時刻；相反，片刻的情投意合，卻難以保證一世的耳鬢廝磨。

可以與之戀愛的男人有許多種，長得帥，談吐夠風趣，懂得挑選紅酒或荷蘭玫瑰，甚至打得一手好網球，都可以成爲點燃愛火的理由。

但是婚姻，婚姻的先決條件卻只有一個，就是忠實，有責任感。

婚姻是需要經營的。可是沈曹那樣的人，一個徹頭徹尾的藝術家，一個依靠靈感和熱情來生存的人，他會用心去經營一份平實的婚姻嗎？

媽媽說婚姻最需要的是寬容，而沈曹所要的，恰恰是理解，而非寬容。如果我們的感情生活出現意外，他是不會接受任何談判條件的，根本，他就是一個不會接受任何羈縻的人，在他的字典裏，沒有忍耐和遷就，有感覺就是有感覺，沒感覺了就分手，非此即彼，涇渭分明。我要將一生做賭注，和他開始這場感情的豪賭嗎？

我對自己的感情又一次遲疑起來。

第二天早晨，子俊還是一根筋地跑到家裏來接我。

說實話，雖然嘴裏說火車站見，但是在家裏見到他，我還是有些高興的。

一路上，他罕見地沉默。

是我先開口：「怎麼不說話？」

「我昨晚想了一夜。想我們這些年來的事，錦盒，你是不是覺得跟著我委屈了你？」

「怎麼忽然這麼說？」我有些不安。

子俊滿面愁苦：「是我媽問我，問我們什麼時候結婚？」

「我媽也問過我。」

「我沒辦法回答我媽。我不知道你怎麼想。我知道自己配不起你。我也很想好好努力，讓你更滿意些，可是，錦盒，我想我永遠達不到你想像的那麼好。」子俊無限哀傷地搖頭，哀傷地凝視我，「你是一個如此懷舊的人。懷舊意味著永遠得不到的東西。愛情也是。」

我震撼地看著子俊，從沒有想過這樣感性的話會出自單純的子俊之口。逼著一個簡單的人深刻起來，其實是一種殘忍。

我意識到自己對於子俊來說，是多麼的殘忍。

懷舊與愛情，都是一樣地遙遠而美好，可望而不可及。

然而我能夠把握的，不過是現在。

懷舊是理想化的，愛情也是。然而如果不能把握現在，懷舊，是多麼渺茫。

我本能地握住子俊的手，脫口而出：「不，子俊，你在我身邊，你已經是最好的。比我想像的還要好。因爲，你是真實的存在。」

無法解釋那一刻我對子俊的表白，或者說，承諾。

我承諾了對他的愛，對他的珍惜，對他的認同與接受。然而，沈曹呢？

九 不了情

已經回上海幾天了，可是我一直沒有回公司銷假。也沒有和沈曹聯絡。

外婆的死，使我對生命忽然起了無邊的恐懼與厭怠感，讓我對萬事都提不起興趣。工作有何意義呢？每天對著一些自己不喜歡的人，做著自己不喜歡的事，就這樣消磨了一生。是爲了一日三餐？爲了月底那點顧了吃便顧不得穿的薪水？何況便錦衣玉食又如何呢，到頭來還不是黃土壟中埋白骨，青松林裏鬼吟哦？

子俊每天安排節目，讓我沒有時間胡思亂想。可是我真心嫌他礙手礙腳，不想他在眼前。我只想關上門，靜靜待一會兒，想念外婆。

——是常德公寓張愛玲故居的門。

這還是我第一次單身探訪常德公寓。沈曹已經租下這裏做試驗，我們各自有一把這裏的鑰匙。當年爲了尋找張愛玲，我離鄉背井地來到上海，以爲是人生奇遇。卻並不知道，其實上海於我是舊地重遊。在二十多年前的某一天，我三歲的時候，外婆曾經帶我來過一次，爲了挽救母親的婚姻，向異鄉的賀姓女子勇敢宣戰。

我忽然很想知道，外婆究竟是以什麼樣的理由說服賀女退兵的呢？

時間大神在牆上靜靜地與我對視。茶几上的碟子裏有沈曹留下的煙頭。

我在沙發上獨自繾綣，默默地想著沈曹。我是這樣地想念他，卻不願意主動給他打一個電話。打了電話，又說什麼呢？

上次我們在這裏見面，他正式向我求愛，我亦答應了他要回去同子俊攤牌，很快會給他一個答案。然而只是數日間，很多事情都起了變化，而最變幻不定的，是我的心。

我竟不能明白自己的心。

窗台上的玻璃缸裏養著一缸水仙，凌波玉立。我並不是一個水性楊花的女子，可是我竟不能明瞭自己的心。

我站起來，走到時間大神前，躍躍欲試。

像小時候一樣，每當遇到過不去的難關，我就很想躲到外婆處，從她那裏獲取安慰和保護。我很好奇，也很懷念，我想知道親愛的老外婆的第一次外交事業是怎麼開展的，她如何同「那個女人」談判，也想看看父親曾經愛過的女人究竟是什麼樣子，想知道愛情與婚姻，理想與生活的一次碰撞，究竟是以怎樣的理論方式取勝。我忽然覺得，像外婆那樣的一個舊時代的女人，她所有的生活的智慧，其實是比所謂的現代白領女性有著更加實用的深刻性的。

如果沈曹知道我私自調試時間大神，大概會生氣的吧？

但是已經來不及了，在我心底裏還猶豫著的時候，手上已經自行做主地撳動了時間掣，總算倉促間還沒忘了提前預設「回來」的時間——可別把我丟在二十幾年前回不來了，那樣，這個世界的我可就真成了一個失心的人了。

倒不知，如果我果真「迷路」的話，現代的醫療儀器能不能把我的靈魂找回來。

音樂響起，神思也漸漸飄忽，彷彿整個人升在雲端，漸去漸遠……

「下凡」的地方是在一條昏暗的街道角落。

我有些彷徨，懷疑自己的操作有欠水準，未必認清楚時間地點，可別一下子把自己送到了西太平洋去。如果是說英語的國家又還好些，若是法語德語甚至葡萄牙語可怎麼得了？

然而這時我聽到轉街一聲清脆的碎玻璃響，接著傳來男人的呵斥聲和孩童的叫罵聲，聲聲入耳，說的分明是國語。不知如何，平時痛恨人家說髒話的我，此刻只覺那粗魯的謾罵聽在耳中是如此可心適意，親切無比。

我順著那聲音找過去，正看到一個彪形大漢揪住一個男孩的衣襟在斥罵，老拳高高舉起，眼看就要打下去。我顧不得害怕，本能地喊一句：「住手！」

三言兩語問清楚，原來是這孩子淘氣，擲石子砸了男人家的玻璃。我詫異，問他：「你爲什麼要這麼做？」

那孩子扭過頭，一臉倔強，沉默不語。

我便又問大漢：「你們認識？」

「誰要認識這小赤佬？」大漢怒氣未消，「這附近天天有人喊家裏窗玻璃被人砸了就跑，今天被我逮個正著，原來是這小赤佬幹的，撞在我手裏了，饒不了他！」

我心裏一動，定睛看那少年，骯髒的泥漬汗漬掩不去他本來眉目的清秀英挺，一件髒兮兮的白襯衫上塗滿墨跡，一望可知是隨手塗鴉，然而筆意行雲流水，頗有天份。

「你叫什麼名字？」

少年翻我白眼，不肯做答。

我再問：「你是不是姓沈？」

「不是。」

錯了？我愣了一下，忽然想起來：「對了，你是姓曹？」

男孩子抬起頭來：「你怎麼知道？」

世事弄人！我頓時感慨不已，淚盈於睫，許多想不通的往事驀然間澄明如鏡。是沈曹，年幼時的沈曹。我想起沈曹對我講過的那位貌若天仙的白衣女子——「那個女人，非常地美麗。雖然那時候我還小，什麼都不懂，但是我清楚地記得她的長相，真的很美，很美，她穿著一條白裙子，那款式料子，我從來都沒有見過，她的笑容，就和天上的月亮一樣，有一種柔和的光芒……那個美麗的女人，她使我相信，我是個好孩子，她給了我一個希望。在我心目中，她美如天仙，她的話，就是命運的明示……」

當時，我還曾嫉妒過他用如此熾熱的語調讚頌過的這個神秘女人，卻原來，竟是我自己！

一切都是注定的，台詞和過場早已由沈曹本人對我預演，此刻只需要照著劇本念對白：「衣服上的畫，是你畫的？你畫得真好，比很多人都好。你將來會是一個很出色的人，有許多偉大的發明。所有認識你的人都會尊敬你，佩服你。你可不能因爲打架闖禍就把自己毀了呀。」

小小的沈曹十分驚訝，抬起大眼睛望著我，眼裏漸漸蓄滿淚水。

我將他抱在懷中，緊緊地抱在懷中，百感交集。然而就在這時候，提前設定的回歸時間到了，彷彿有誰從我懷中大力將小沈搶走，懷中一空，接著，就像每天早晨被鬧鐘叫響一樣，忽然一陣耳鳴心悸，只覺得風聲如訴，暮色四合，我頭部一陣劇烈的疼痛，眼前先是一黑，既而大亮，已經安全著陸，「回到人間」……

我睜開眼睛，只覺懷中蕭索，眼角濕濕的，伸手一抹，沾了一手的淚。

沈曹，哦可憐的沈曹，可親的沈曹。原來你我的緣份，早已上天注定。注定你會發明這樣一件偉大的儀器，注定你會教我使用它，注定我會回到二十多年前爲你指點迷津，注定你我今天要再度相遇……在時間的長河裏，到底什麼是先，什麼是後，什麼是因，什麼是果？

我在常德公寓裏獨自坐到天黑。走出來時，只見萬家燈火，恍如夢境。誰又知道什麼是夢，什麼才是真實呢？

剛回到家，子俊的電話已經追過來：「錦盒，你到哪裏去了？」

「沒去哪裏，就在街上隨便走走散心。」我這樣敷衍他的時候，心中有很深的抱歉和疏離感。可是不如此，又做何回答呢？對他講「時間大神」？那是一個太大的驚異。以子俊的理解力，會視我的說法爲天方夜譚，甚至保不定還會扭送我去看精神科醫生的。

子俊說：「要不要我現在過來看你？」

「不要，人家會以爲我們同居了。」

子俊沉默了一下，然後說：「其實錦盒，我們就真是同居，也是非常正常的。現在人不都是這樣的嗎？」

「所以說我不是現代人。」我溫和地說，「子俊，你不是總說我不食人間煙火嗎？」

「我尊重你的選擇。」子俊最後這樣說。

於是我心安理得地拔掉電話插頭，開始蒙頭大睡。

每次使用過時間大神，我都會有頗長一段時間的震盪，宛如坐船。

船蕩漾在煙水蒼茫間。

是一艘小船，除了艄公外，只坐著兩個人——哦不，三個。因爲坐在船頭年紀稍長的那位懷中還抱著一個小小女童。那女孩大大的眼睛，嘴唇緊抿，神情間有種似曾相識的熟稔。

對面的女子臉容清麗，神色憂戚，彷彿有不能開解的難關。

再後面就是艄公了，有一下沒一下地搖著槳。

然而我呢？我在哪裏？

這小小的船，這船上轉側維艱的幾個人，哪裏插得下我的位置？我站在哪裏看到的這一切？那老老小小的三代女人，那悠閒的艄公，他們爲什麼似乎都沒有看見我？我又爲什麼會置身於這樣一個奇怪的場景中？

這時候那不足三歲的女童忽然回過頭來，與我眼光相撞時，詭異地一笑。宛如有一柄劍驀地刺入心中，我霍然明白，我見到了外婆。我在做夢。借助時間大神未能去到的地方，居然在自己的夢中抵達了。

我終於看到已經做了外婆卻仍然年輕、風韻猶存的外婆，抱在她懷中的那個大眼睛小囡，是我麼？一望可知，這是一艘租來的觀光小船，岸邊高樓林立，讓我清楚地判斷出這水便是黃浦江，是在外灘一帶，多少年後，那邊將豎起一座舉世聞名的建築——東方之珠。

外婆如此風雅，竟然曉得租一艘小船來做談判之所。載沉載浮間，人的心反而會沉靜下來，大概是不會開仗的；又或者，外婆做一個賭，如果那賀小姐不答應退出，外婆便將她推至水中，埋屍江底？

我在夢中笑起來，原來那憂鬱的女子，便是賀乘龍了。

本來以爲天下所有的情婦都是一般嘴臉：妖豔，邪氣，說話媚聲拿調，穿著暴露花俏，喜歡吊著眉梢用眼角看人——然而全不是那樣。賀乘龍小姐高大健美，穿一套做工考究的套裝，微笑可人，聲線低沉，她將一隻手搭在船舷上，側首望向江面，眉宇間略略露出幾分彷徨，千迴百轉，我見猶憐。

那個時代的職業女性，比今天的所謂白領更具韻味。

我暗暗喝一聲采，老爸的眼光不錯，我若是男人，我也選她。她的確比我母親更加精彩出色。夢中的我臉孔圓圓的像個洋娃娃，被抱在外婆懷中，大眼睛一眨一眨望住賀小姐，大概也是被美色所吸引吧？我更加微笑，嘿，三歲時我已經懂得鑒貌辨色。

那賀乘龍回望我的眼神哀惋而無奈，她最後說：「外婆，我答應，為了這小天使，我不會再介入你們的家庭。」

天使。沈曹回憶二十多年前對他佈道的白衣神秘女子時也曾這樣形容過我。

夢中的我，三歲；而借時間大神回到那個時代的我卻已近三十歲。兩個我，咫尺天涯。一個在我夢中，另一個，在時間大神的掌控下。三個我，到底哪個才是本尊哪個是變身？

神話裏美猴王七十二變，不知與這是否異曲同工。

三歲的我和三十歲的我一齊望著賀乘龍，滿心無奈。不是所有的女人都喜歡低頭，卻是所有的女人都擅長忍耐。

慢著，賀乘龍，為什麼我會知道她叫賀乘龍？

心裏一驚，也便醒了過來。而夢境歷歷在目。為什麼我會知道她叫賀乘龍？剛才夢到的一切，真的只是一個夢？

我按捺不住，撥一個電話回蘇州家裏，越急越出錯，按了半天鍵聽不到任何聲音，這才想起昨晚睡前特意把插頭拔掉的。定一定神，接好插頭，終於聽到彼端傳來老媽熟悉的聲音，帶著一絲慵懶，明顯是剛剛醒來。隔著長長電話線，我彷彿已經看到她睡眼的惺忪。

「阿錦，是你呀，怎麼這麼早來電話？回上海後還習慣麼？」

我顧不得寒暄，急著問：「媽，那個女人叫什麼？」

「什麼那個女人？你這丫頭，講話老是沒頭沒腦的，哪個女人呀？」

「就是和爸爸有過一腿的那個上海第三者呀。」

「什麼一腿兩腿的，你嘴裏胡說些什麼。」聽媽媽的語氣，似乎頗後悔跟我說了往事，「怎麼你還記得呀？」

「那個女人，是不是叫賀乘龍？」

「是呀，你怎麼知道？」

我呆住。我怎麼知道？我夢到的。夢中，那個女人說她叫賀乘龍。可是，那真的是做夢嗎？或者，是小時候的記憶迴光返照？或者，是外婆靈魂托夢完成我再見她的心願？又或者，是時間大神的餘作用未消？

然而還有後文——媽媽吞吞吐吐地說：「那個賀乘龍，她又出現了。」

「又出現了？什麼意思？」

「她打電話給你爸爸，說要來蘇州，想見見你爸。」

「見面？」我愣了一下，接著勸慰母親，「他們倆加起來都快一百歲了，見了面又能怎樣？也不過是想說說心裏話罷了。難道女兒都三十了他們還要鬧離婚不成？何況就算離婚，也沒什麼大不了，你已經和爸過了大半輩子了，趁機可以換個活法兒。」

「你這孩子，胡說八道。」媽媽就是這點可愛，經了半個世紀的滄桑，偶爾還會做小兒女狀撒嬌發嗔。

我繼續巧舌如簧：「要來的躲不過，躲過的不是禍。媽，他們也忍了好多年了，想見面，你就讓他們見一下吧。既然爸爸能把這話告訴你，就是心底坦蕩，不想瞞著你。依我說，你不如乾脆請那位賀女士到家裏來，把她當成一位家庭的朋友好好接待，反而沒什麼事會發生。越是藏著躲著如臨大敵的，越反而會生出事來。這種時候，爸爸心裏肯定是有些動蕩的，你可要自己拿準主意，小心處理了。」

「也只得這樣了。」媽媽無奈地說，聲音裏滿是悽惶無助。這一生，真正令她緊張的，也就是這個家吧？爸爸一次又一次讓她倉惶緊張，算不算一種辜負呢？

掛斷電話，我半天都不能還神。這件事越來越不對，時間大神遠遠沒有我們想像的那樣簡單。那是一種可怕的發明，它可以將過去未來、真實和虛假完全顛倒過來，讓人迷失在時間的叢林裏，不能自已。而且，冥冥之中，它似乎在左右我們的情感，改變生活的軌跡，雖然它是由人類發明，可是它對於人類所起到潛移默化的能力，竟是我們無可逆料不能阻擋的……

我終於重新抓起電話，撥給沈曹……

十 色戒

電話鈴聲響了一次又一次，回應我的卻始終是冷漠的電話留言：「這裏是沈曹的家……」

我第一次發覺，自己和沈曹其實是這樣的陌生，一旦他關掉手機，我便再也沒有辦法找到他。

所有的疑慮都壓在了心底。我不敢再去招惹時間大神，也刻意地迴避與子俊見面。我不想在沈曹失蹤的情況下和子俊修復舊好，那樣對他們兩個人以及對我自己都相當地不公平。

我不能在這種情緒下做出任何判斷。

一次又一次地獨自探訪常德公寓，打掃房間，給水仙花換水，坐在沙發上聽一會兒音樂，甚至學會了抽煙——是照著沈曹留下來的煙蒂的牌子買的。

雖然沒有見沈曹，可是他的痕跡無處不在。

我也終於回公司上班。

在蘇州待了幾天，已經生了厭工情緒，再回到工作崗位上，只覺漫漫長日苦不堪捱。上頭交下來的工作，直做到午飯時間還不能交差。

阿陳於是有話說：「做人要知足，每天在冷氣房裏坐八小時就有薪水可算，還要唉聲歎氣的話，只怕天老爺也嫌你囉嗦。」他說話的口吻就好像他就是天老爺了，至少也是在替天行道，一副聖人智者的腔調，只差沒在額頭上鑿四個字：永遠正確。

不過話說回來，工作管工作，情緒管情緒，我是不應該把八小時以外的喜怒哀樂帶到上班時間來暈染的。

因此我低下頭說：「對不起，我馬上做好。」

阿陳對我的柔順很滿意，或者說是對他自己的訓誡如此奏效很滿意，於是越發用告誡的口吻滔滔不絕地說教起來，並且老調重彈地又批評起我的白襯衫來，似乎我從頭到腳一無是處，簡直就不配做一個女人。

我終於忍不住：「陳經理，如果你再一直這樣說下去的話，我只怕做到下班時間也做不好了。」

阿陳的臉瞬間充血，變成豬肝色。

我覺得快意，早就應該叫他住嘴的。

但是阿陳不是一個可以輕易言敗的人，他的臉由紅轉白，由白轉青，忽然一扭脖子，咬牙切齒地說：「顧錦盒，別以爲你攀了高枝，搭上沈曹，就可以狗仗人勢，三分顏色開染坊了，姓沈的早就另結新歡了，未必還肯罩你！」

這已經幾近污辱了，我忍無可忍，暴喝：「我不需要任何人罩！」

整個辦公室的人都抬起頭來，他們習慣了我的逆來順受，大概沒有料到兔子急了真會有咬人的時候，臉上紛紛露出吃驚和好奇的神色。

我受夠了，忽然間，我覺得這一切是這樣的無聊，阿陳的見風使舵，同事的幸災樂禍，我自己的隱忍含糊，都讓我覺得再一分鐘也不能忍下去。我摔出手中的檔案，一字一句地宣佈：「我辭職。凡是沈曹勢力範圍，我絕不涉足。我和他，井水不犯河水！」

眾目睽睽下，我拂袖而出——這樣的任性，一生能有幾次呢？

坐在電梯裏的時候我恨恨地想，如果借助時間大神去到三十多年前，阿陳初出生的時辰，我扮個護士進去嬰兒室，掐住他的脖子猛一用力，或者這個人便從此消失。

忽然覺得這情形似曾相識——豈非有點雷同美國大片「魔鬼終結者」中的橋段？

我獨自在電梯裏「嘿嘿」冷笑起來。

但是一來到常德公寓，我的眼淚便垂下來。

沈曹另結新歡？難怪辦公室裏每個人見到我都是那麼一副怪怪的表情。開始還以爲是我多疑，然而連實習小女生們也滿臉好奇，對著我不住打量並竊竊私語，原來在她們心目中，我已成了沈曹昨日黃花的舊愛。

在我最需要安慰的時候，沈曹，他並沒有在我身邊，反而雪上加霜地使我更立於無援之地。

我撫摸著時間大神的指標，猶豫著要不要再借用一次——不不，當然不是三十年前的醫院嬰兒科，想一想還可以，真要殺人害命我還沒那膽子，況且阿陳那種人，並不能傷我那麼深，也就自然不會讓我恨得那麼切——我想見的，仍然是張愛玲。

張愛玲愛上的胡蘭成，曾是一個聲名狼藉卻偏偏才俊風流的多情種子。他追求她，卻又背叛她，終於使她寫下了那封哀豔淒絕的斷交信：

「我已經不喜歡你了。你是早已不喜歡我了的，這次的決心，我是經過一年半的長時間考慮的。彼時唯以『小吉』故，不欲增加你的困難。你不要來尋我，即或寫信來，我亦是不看的了。」

那封信，寫於一九四七年。

一九四七年，那便是我想去的年份了。

彼時的張愛玲，在明明白白地面對了胡蘭成的負心之後，卻還是要忍辱負重，「經過一年半的長時間考慮」，才終於痛下決心寫了這封絕交信。當時的她，是如何思慮清楚的呢？

信中的「小吉」，指的是時局動蕩，日本戰敗，國民政府全城搜捕漢奸，胡蘭成當時四處逃亡，十分狼狽。那時的張愛玲雖然實際上早已與胡蘭成分開，卻不願意在這種時候絕情分手，故一再延俄，寧可受池魚之災被時人誤會遷責，也要等到胡蘭成安全後才致信正式離異。這樣的一個女子，在政治上也許糊塗，然而在情義上，卻不能不令人贊佩。

後來她去了美國，後來她再婚，後來她孤獨地死在異鄉。其間，一直拒絕再與胡蘭成相見。她說她把他忘記了。

她把他忘記了。就像我多年後也會忘記沈曹一樣。

曾經的傷害，彷彿皮膚被刀子尖銳地劃開，塞進一枚硬幣，然後慢慢地發炎，化膿，經歷種種痛苦折磨，終於結痂，脫痂，癒合，長出新的皮肉，並經過日曬雨淋，使那一寸皮膚完全恢復如初，再不見一絲傷痕。

所有的痕跡都被抹煞了，皮膚假裝忘記了一切，可是肉體記錄了一切，血脈深處，埋藏著那枚硬幣，每一次血液循環，都從它的身側經過，都將它重新復習，然後帶著它的氣味流遍全身，滲透每一寸肌膚每一縷神經末梢。直至呼吸也帶著記憶的味道，帶著難言的痛楚，就好像早晨刷完牙後，會呼出牙膏的味道一樣。

我想見張愛玲，我想面對一九四七年的她，問一聲：你後悔過麼？

是這樣麼？是這樣麼？

再見沈曹時，恍如隔世。

他去南美拍片，剛剛回來，說：「我聽說你辭職，立刻就趕來了。是阿陳那小子得罪你？我把他的頭擰下來做成足球送你可好？」

但是這笑話並不好笑。而且即使他真能做到那樣，我也不會覺得開心，因爲那樣的話，阿陳的話就得到了驗證：我是由沈曹罩著的。

我搖搖頭，說：「和他無關，是我自己情緒不好。」

沈曹體諒地問：「發生了什麼事？」

「我外婆去世了。」我說，聲音忽然哽咽。

「原來是這樣。」他恍然大悟，「上次在常德公寓和你分手，第二天你便告失蹤。接著有天回家，我聽到了你給我的電話留言，可是光叫我的名字，卻不說話。你知道我有多著急！第二天我就去辦了來電顯示。可是你又不再打來了。偏偏我又有新工作，趕著上飛機。在南美，隔著千山萬水，錦盒，我真怕再也見不到你。」

聽到這樣的話，怎能不心動呢？我淚眼朦朧地望著他，淚珠兒還留在腮邊，卻已經微笑了：「沈曹，還記得你跟我說起過的那個白衣女人嗎？」

「她是我生命的天使。」

我笑起來，一提到那位神秘的「白衣女郎」，沈曹就拿出這副唱讚美詩的腔調，卻不知道，他的「天使」，此刻就坐在他對面。我故意再問：「那個女人，長得漂亮嗎？比我怎麼樣？」

沈曹細細打量我，微笑：「錦盒，你堪稱美女，在我心目中，沒有人可以與你相比。不過那位天使，她清麗端莊，言談中有種高貴的氣度，如悲天憫人的仙子，她是不能與凡人相提並論的。」

我又好氣又好笑，繼續問：「那麼，到底是她比較漂亮，還是我稍勝一籌呢？」

沈曹煩惱：「錦盒，你平時不是這麼小氣的。她在我心目中，是無與倫比的，請你不要再問我這樣的問題好嗎？」

哼，他居然以爲我是個小氣計較的淺薄女子，是爲了吃醋才和他無理取鬧呢。我決定說出真相，讓他大吃一驚：「可是那個人就是我呀。我就是你小時候見過的所謂天使，她怎麼可能比我更漂亮呢？」

沈曹吃驚：「錦盒，你在說什麼呀？你是不是很在意我心中有別的女人？不過，我已經說過了，她不是什麼別的女人，她是一個天使。你根本沒必要和她比的。」

我氣急：「我不是要比。我是跟你說真的，那個人，就是我。」

看到沈曹滿臉的不以爲然，我只好再多一點提示，問他：「她當時是不是穿著一件白襯衫？」

「是呀。」

「是不是就和我現在身上穿的這件一樣？」

他打量我，滿面狐疑：「怎麼可能一樣呢？二十多年前的款式。」

「那她是不是對你說：你將來會很有成就，有很多人會崇拜你，要你好好的上進。」

「是呀。」

「你看，我都知道，因爲我就是她。」

「可這些都是我對你說過的呀。」

我爲之氣結。

沈曹還在設法安慰我：「你放心，錦盒，對她的崇敬和尊重不會影響我們的感情的，這是兩回事。」

我沒轍了，這傢伙油鹽不進，早已將記憶中的我神化，抵死不肯承認童年時相遇的顧錦盒就是面前這個顧錦盒，她在他心目中，早已長了光環與翅膀，成爲一個神。他拒絕將她人化，甚至拒絕面對真實的她。我真是哭笑不得。

「錦盒，你生氣了？」沈曹更加不安。

我苦笑，沒好氣地答：「我在吃醋。」吃我自己的醋。

說到吃醋，我倒又想起另一件事來。「對了，阿陳說你另結新歡，這是什麼意思？」

沈曹的臉一沉：「錦盒，你不相信我？」

「我當然願意相信你，可是你覺不覺得，你欠我一個解釋？」

「但是如果你相信我，根本不會向我要求解釋。」沈曹的臉色變得難看，「錦盒，我從沒有說過自己歷史清白守身如玉，不過我答應過你，從今往後只對你一個人好。這你總該滿意了吧？」

聽他的口氣，倒彷彿是我在空穴來風無理取鬧了。我也不悅起來，低下頭不說話。

沈曹緩和了一下口吻，轉移話題：「我剛才去過常德公寓，看到水仙花開得很好。你常過去？」

我點頭。本想告訴他自己借助時間大神回過他的童年，但是轉念一想，他既然不肯相信我就是那個神秘的白衣女郎，自然也就不會相信我的所說。何況，告訴他我擅自開動時間大神，只會引起他的驚惶，那又何必？

最終，我只是說：「沈曹，我很想再見一次張愛玲，一九四七年的張愛玲。這次，我會和她討論愛情的抉擇。」

沈曹何其聰明，立刻讀出了我的弦外音，敏感地問：「你仍在抉擇不定？也就是說，你仍然沒有接受我？」

「我外婆剛去世。我的心非常亂。沈曹，不要逼我回答這麼嚴肅的問題好不好？」

沈曹沉默，在盤子裏撚滅煙頭，站起身說：「我還有事，先走了，過幾日安排好了會通知你。」

他被得罪了。他在生氣。

我也沉默地起身相送，沒有挽留。我還未傷癒，自救已經不暇，沒有餘力去安慰別人脆弱的心。

時窮節乃現。這時我看出沈曹性格上的先天性缺陷了，他是一個孤兒，一個倔強敏感的孤兒，比常人需要更多的愛與關注。他又是一個藝術家，一個自我為中心的藝術家，情緒的冷熱喜怒完全不由控制。他所需要的伴侶，除了能夠隨時激發他的靈感，還要隨時可以關注他的情緒。

而我，我自己已經是一個需要別人照顧的人，我已經沒有氣力去照顧別人了。如果真的非常深愛一個人，愛到可以為他犧牲一切自尊與自我，或許可以做到；然而我又不是一個那樣的女子，我的偉大，僅止於夢遊上海時救下砸石頭的頑童沈曹，對他說一兩句先知先覺的大道理，卻不能夠天長日久，巨細靡遺地隨時隨處唯他馬首是瞻。

我的世界裏，最重要的一個人，仍然是我自己。

我甚至不能夠答應他，立時三刻放棄一切隨他海角天涯。如果是十七歲或許我會的，但現在我已經二十七歲，在以往二十七年間的辛苦掙扎中，他並沒有出過半分力，又有什麼理由要求我為他捐棄未來？我還至少在他七歲的時候把闖禍砸玻璃的他自彪形大漢手中解救下來，並向他宣講過一番大道理，他又爲我做過什麼呢？

僅僅租下常德公寓讓我發思古之幽情或者請我喝咖啡時自備奶油是不夠的。我要的比這更多。然而究竟是什麼呢？我卻又不能知道。

樓下大門輕輕響了一聲，沈曹從門裏走出去。

我站在露台上看著他離開。

他的背影挺直，寂寞而驕傲。

很少有男人連背影看起來也是這樣英俊。那一刻我有衝動要奔下去對他說我們不要再吵架了，我現在就同你走，隨便去什麼地方。

但是電話在這個時候響起來，是子俊：「錦盒，我今天才知道你辭職了，爲什麼瞞著我？」

「瞞著你是因爲沒想過要告訴你。」我有點沒好氣，「誰規定我辭職還要向你申請？」

「你知道我不是這個意思……」子俊發急，「今天有新片上映，我請你看電影好吧？中午打算去哪裏吃飯？要不，我陪你去城隍廟逛逛？」

難爲了老實頭褎子俊，居然一分鐘裏憋出三種選擇來。

我又不忍心起來，於是同他掉花槍：「子俊，我不想再工作了，要你養我一輩子，天天看電影逛廟過日子。」

「天天可不行。每周一次怎麼樣？」

「兩次吧。一次看電影，一次逛廟。」我調侃著，真真假假，跟子俊是什麼樣過份的話也敢隨口講出的，反正講了也不一定要負責任。

同沈曹則不行。一諾千鈞。每一言每一行都要斟酌再三才敢出口。兩秒鐘前和兩秒鐘後的想法是不一定的，只這眨眼的功夫，攤手闖天涯的衝動已經過去，風平浪靜，春夢了無痕。

正在挑選出門的衣裳，電話鈴又響起來，這次是媽媽，大驚小怪地問：「女兒，你辭職了？為什麼呀？你以後怎麼打算？」

「您怎麼知道？」

「子俊來電話的時候說的。」

子俊這個大嘴巴。我暗暗著惱，也有些驚奇，沒想到他和媽媽通話倒比我還頻。

「我覺得累，想休息段日子，另找份比較有前途的工作。」

「那樣也好。有方向嗎？」

「有幾家公司在同我談，我還沒有決定。」

不是我想吹牛，但是讓母親安心是做子女的起碼義務。

「阿錦，」媽媽的語氣明顯躑躅，似乎猶豫著不知道到底要不要說，但是最終還是說了，「我見到賀乘龍了。」

「哦，你們談得怎麼樣？」我握緊電話，心裏忽然覺得緊張。

媽媽的聲音明顯困惑：「她很斯文，彬彬有禮，可是氣勢十足，和她在一起，我根本沒有插話餘地。」

可憐的媽媽。我只有無力地安慰：「她來蘇州只是路過，不會待很久的。她走了，你的生活就會回復正常，很快就會把這件事忘掉的。」

「可是你爸爸會忘嗎？」媽媽反問。

我一呆，無言以答。

媽媽忽然歎息：「要是你外婆在就好了。」

一句話，說得我連眼淚都出來了。

接著「嗒」一聲，媽媽掛了電話。而那一聲歎息猶在耳邊。外婆去了，爸爸的舊情人重新找上門來。二十多年前，賀乘龍第一次出現的時候，是外婆帶著我築起家庭長城；二十多年後的今天，賀乘龍又來了，這回替媽媽抵禦外敵的，應該是身爲女兒的我了吧？

可是爸爸呢?作爲媽媽的丈夫，他才最應該是那個保護媽媽不受傷害的人呀。

我坐下來，開始給爸爸寫一封長信，寫他在我心目中的形象，寫他與媽媽的數十年恩愛，寫外婆對我們一家人常相守的願望，寫作爲女兒的我對父母的祝福……

也許他和母親數十年相守所累積的瞭解，加起來都不如與賀乘龍的一夕之談，但是這幾十年已經過了，實實在在地經歷了，他不能抹煞。

任何人都不能否認已經發生的故事。

媽媽是愛他的，我是愛他的，他，當然也是愛我們的。

我不相信爸爸會爲了賀乘龍離開我們。

信寫完，我認認真真地署下「您的女兒錦盒叩頭」的字樣，正打算找個信封裝起來，電話鈴又響了。嘿，辭了職，倒比上班還熱鬧。

這一次，是我的前老闆：「阿錦啊，你怎麼說辭職就辭職了，你知道我是非常重視你的，你辭職，可是我們公司的損失呀。是不是對待遇有什麼不滿意呀？有意見可以提出來，大家商量嘛。不要說走就走好不好？同事們都很想念你，捨不得你……」

這一通電話足足講了有半個小時，我並沒有受寵若驚，如果我對公司真的有那麼一點利用價值，也不值得老闆親自打電話來挽留。過分的抬舉恰恰讓我明白了，這一切只是因爲沈曹的面子，而不是爲了我。這使我越發慶幸自己及時脫離是非之地。

顧錦盒雖然沒有什麼過人才幹，可是養活自己的本領足夠，何勞別人遮護？又不是混黑社會，難道還要找個靠山老大罩著不成？

我對著電話，清楚明白地說：「我打算結婚，所以不會再出來工作了。」一句話堵住他所有的說辭，可以想像彼端老闆張成O型的嘴。

顧錦盒要結婚了，對象當然不會是沈曹，那麼，我靠沈曹罩著的說法也就不攻自破。

明知這樣做多少有些任性甚至幼稚，可是我受夠了，再不想被人當成附屬品看待。齊大非偶，裴子俊才是最適合我的平頭百姓。

十一　情場如戰場

這一天好戲連台，還在城隍廟淘到一張老片翻錄的光碟片「太太萬歲」，可是心口時時似有一隻重錘般鬱悶。

不，不是為了老闆或者阿陳，也不是為沈曹，而是為母親。

我總是有點擔心，並且猶豫是不是該回家去一趟，反正辭了職，左右無事，不如陪陪母親，替她撐腰也好。

可是一個失業的女兒，又有何腰可撐呢？

因而遲疑不決。

晚餐挑了豫園，照著柯林頓訪華的菜譜點了四冷盤四熱盤棗泥餅和小甜包，一心將煩惱溺斃在食物中。

正猶豫著要不要與子俊商量一下回蘇州的事，卻聽他說：「明天我又要走了。這次是一個月。帶什麼禮物給你？」

「你會有什麼好禮物？不過是花紙傘玻璃珠子。」我搶白他，話剛出口又後悔，趕緊找補，假裝關心，「你不是說過最近會有一段假期嗎？怎麼又要走？」

但是子俊已經受傷了，悶悶地說：「這次不是帶團，是自駕車旅遊。我報名參加了一個越野隊，翻越神山。」

「神山？在哪裏？」我假裝很感興趣地說，「自駕車旅遊是怎麼一回事？」

「是很過癮的，要經過資格認證才能報名參加的。」子俊立刻又來了情緒，滔滔不絕地介紹，「我們各隊員先飛到西安集合，租乘或自備越野吉普從絲綢之路起點出發，經歷西夏王陵，內蒙額濟納旗的紅柳胡楊沙漠黑水，再從敦煌經樓蘭，過吐魯番，天山天池，喜馬拉雅山的希夏幫馬峰和卓奧友峰，就到了神山崗仁波齊了，最高處海拔六千七百多米呢，然後從拉薩到青海，西寧，天水，最後回到西安。一路行程經過藏維回蒙哈薩克裕固族土族珞巴族等好多少數民族地區，保證可以替你搜羅到各種特色禮物。說說看，你最喜歡哪個少數民族的風格？」

「給我帶些別致點的藏飾回來吧。」我強笑，不感興趣地說，「其實只要變成商品，哪個民族的東西也都差不多。」

「錦盒，其實你從沒喜歡過我送你的那些小玩意兒是嗎？」子俊沮喪地說，「我總是不會買禮物討好你的心。」

我又後悔起來，唉，子俊的情緒太容易被鼓舞起來，也太容易被打擊下去。明知道他是很敏感的，我又何必這樣挑剔難以討好呢？於是笨拙地遮掩：「誰說的，你不知道我有多喜歡接禮物的感覺。只要是禮物就好了，說到底，銀質相框和玻璃珠鏈有什麼區別？」

眼看子俊臉色大變，我懊悔得真想把自己的舌頭咬下來。嘿，真是不打自招，怎麼竟把銀相框的事也說出來了？這才叫越描越黑呢。

然而大凡年輕女子不都是這樣的麼——忙不迭地為了一些人痛苦，同時沒心肝地讓另一些人為了自己而痛苦。

我雖然沒心肝，卻也覺得歉意，忙替子俊搛一筷子菜：「吃飯，吃飯。」

不知這頓飯吃得有多累。

真不曉得那些花蝴蝶般周旋在半打男友間每天約會內容不同的女子是怎麼應付得來的。真是人之蜜糖，我之砒霜。

子俊還在囉囉嗦嗦嘮嘮叨叨：「我知道我是個粗人，老是弄不明白你，白認識了那麼多年，可是你每次不高興，我還是不懂得逗你開心……」

我說：「這不是你的錯。」

「可是我是你男朋友，讓你開心是我的責任……」

「我不是你的責任。」我再次溫和地打斷他，「子俊，別把我看成一個責任，這個詞有時候和包袱做同樣解釋。」

「包袱？什麼意思？」子俊茫然，「可是錦盒，我從來沒有把你當成一個包袱，你這麼獨立，有主見，連吃飯都要堅持我請你一次你便請我一次，我怎麼會把你看成包袱呢？」

「我指的並不是經濟上，是指……」我頹然，決定用簡單點的方式與子俊對話，「我們是兩個不同的個體，你先要顧著你自己，然後再顧到我。」

「我是粗人……」子俊有些負氣地說，喘著粗氣。

我苦笑起來：「是，喉嚨粗，胳膊也粗。」

這到底算是怎麼一回事呢？本來子俊和沈曹都是對我很好的，可是現在他們兩個人都在對我生氣，反而要我低聲下氣地去勸撫。這算是怎麼一回事呢？

我又開始羨慕起那些可以隨心所欲地指使男人爲了她們拋頭顱灑熱血的天生尤物來，她們隨便一句話就可以讓男人笑，也可以一句話讓男人哭，才不會像我這樣動輒得咎。

喏，眼前就有一位這樣的女子，坐在窗邊台子上那位小姐，多麼高挑美麗，她該是個幸運兒吧？

子俊也注意到了，他說：「你認識那個女孩子麼？她在看你。」

「是看你吧？」我取笑他，「美女看的當然是帥哥，她看我做什麼？」

但是那小姐已經下定決心似地站起，並且朝著我們走過來。我反而有些緊張，不明所以地看著她。

她穿著一件低胸墜滿珠片的晚禮服，披著真絲鏤花披肩，好像剛參加舞會回來，走路時款款搖擺，只幾步路，也蕩漾出無限風情。臉上的化妝很嚴謹，走冷豔的路子，長眉高高飛起插入兩鬢，眼影亮晶晶五顏六色——也許是我老土，其實只是一種顏色，但是因爲閃，便幻成七彩。

我有些看得呆住。

她停在我身前，說：「打擾一下，你就是顧錦盒吧？我可不可以和您談幾句？」

「當然，請坐。」我如夢初醒，其實是跌入雲中。

子俊滿眼驚奇地看著我們，興致勃勃。這個好事的傢伙，才不管要發生什麼事，反正只要有事發生，他便莫名興奮。

這世上有兩種人，有故事的人，和看故事的人。而凡是不大容易有故事的人都喜歡看別人的故事。

這位黑衣裳的小姐顯見是個有故事的人。

她驕傲華貴地笑著：「我是DAISY。」

我點頭，注意到她介紹自己時用的是「我是DAISY」而非「我叫DAISY」。通常這樣講話的人多半應該是名人，理所當然地認爲對方應該知道DAISY是誰。

可是偏偏我孤陋寡聞，並不知道有哪位明星叫作DAISY，並且喜歡擺這樣一副埃及豔后的排場。

子俊這個沒骨氣的傢伙已經忙不迭地遞出名片去：「我叫裴子俊，掛牌導遊。」

「導遊，一個永遠在路上的職業，多麼浪漫。」DAISY小姐風情萬種地笑，向子俊拋去一道眼風。

他立刻暈眩，眉毛眼睛都錯位。

我暗暗有氣，並且對這位喜歡氣勢凌人的DAISY小姐毫無好感，故意冷淡地回應：「我是顧錦盒，這你已經知道了。」

別說我小氣，爭一時口頭之利。誰叫我不知道這位可能是名人的DAISY的大名，而偏偏她知道不是名人的我的名字呢。敵暗我明，這種感覺實在讓人不舒服。

這時候鄰座有小小的騷動，接著一個中年男人走過來，大驚小怪地天真著：「哎呀，原來您就是DAISY小姐，難怪一進門我就覺得眼熟呢！您本人比電視上還漂亮！我能和DAISY同一個飯店進餐，這可真是，真是……」他在口袋中掏來掏去，大概是想掏出個簽名本子，但是這年代又有誰會把紙筆隨身帶著的呢？

DAISY顯然經慣了這種陣仗，居高臨下地笑著，像啓發小學生一樣提示：「簽名不一定非要寫在紙上的。」

「啊，對，就是，就是。」於是那男人又開始解西裝扣子，大概是想把裏面的白襯衫脫下來。

我失笑，這可真有些惡俗了，這位FANS看上去總也有四十出頭了，竟然還想模仿狗仔隊瘋狂追星？這可是在公共場所呀。

DAISY大概也覺得了，再度提醒：「這領帶好別致，是今年最新的款式呢。」

那老FANS受寵若驚：「DAISY小姐這麼高品味，也覺得這領帶好？對，對，要不就簽在領帶上吧。」他呼嚕一下子把領帶生扯下來，整張臉脹成通紅。

我看著DAISY不知道從哪裏變出一支派克簽字筆來，龍飛鳳舞地將名字簽在那條領帶的內側，然後巧笑嫣然地奉還，整個過程猶如一場戲。

這時候倒又不覺得子俊有多麼沒出息了，他的表現至少還是一個正常男人的驚豔，不會像那老

FANS般失態失儀。但是也許是因爲他不知道DAISY名頭有多大的緣故。

DAISY，我苦苦地在腦海中搜索著這個名字，卻仍然沒有印象。

擾攘一回，那老FANS心滿意足地歸了座，DAISY坐下來，淡淡一笑，並沒有發出諸如「沒辦法，到處遇到這種事」的感慨，由此反而可以看出她的確是經慣歷慣。

我不由對她多了幾分敬意。

DAISY這才開始正式自我介紹：「我是個MODEL，不常回國，平時到處飛，有空時多半耽在倫敦，我喜歡那裏的霧。」

我心裏有了分數，卻仍然不說破。但是臉上已經不能控制地掛下來，我看到自己放在桌子下的手，竟然在輕微地發抖。

阿陳說沈曹另結新歡，這便是真相了吧？

子俊卻全然不知，只由衷地欣喜著：「原來你是國際模特兒，可惜我不常看服裝表演，而且就算看，也分不清台上的人誰是誰。說不定我看見過你表演的。」

DAISY有些失望於自己引起的轟動效應不夠明顯，進一步說：「我和沈曹是多年的拍檔，聽他說起你……們。」

多年拍檔？這麼說，我才是新歡，人家反而是舊愛？

子俊更加莫名其妙：「沈曹？這又是誰？」

我苦笑，努力控制著使自己的口角平淡：「沈先生是我們公司的客戶。」

輸就是輸，已經不必在名頭上與她一競高低。

DAISY對我的不戰而敗似乎頗爲意外，態度明顯鬆懈下來，笑笑說：「我看過你的照片，認出來，就過來聊兩句。不打擾二位用餐了。認識你很高興。」

「別客氣。」我與她握手，她的手細膩溫軟，力度恰到好處，以至鬆開許久，還有一種溫度依戀在手心。

根本她的一言一動，容貌身材，無不是照著完美標準刻劃出來的。有些人，天生是上帝的寵兒，她便是了。

看著她完全消失在門外，子俊還震盪不已，不能置信地說：「我竟然和國際名模握手，嘿這可真是飛來豔遇。」然後他回過頭來審我，「沈曹是誰？你的朋友？」

這小子總算不是太蠢，不會被美色衝昏頭腦，居然這種時候還有分析能力用來吃醋。

我含糊地說：「你覺得我有本事給國際名模做情敵麼？」

「那可說不定。」子俊一腔愚忠地說，「除了名氣外，我也不覺得她哪點比你強。你的氣質比她好多了，她的高貴是裝出來的，你自然得多。」

我感動起來，面對男友這樣的讚美，不知恩圖報簡直說不過去。於是學著剛才DAISY的樣子做一個嬌媚的笑：「走吧，我去幫你收拾行李。」

在子俊的住處，我鮮見地仔細，把他出門的衣裳疊了又疊，一直念著別落下什麼別落下什麼，弄得他不好意思起來：「我又不是第一次出門，只要身分證在身上，就落下什麼，也沒什麼大不了。」

「可是這次不一樣，這次不是旅遊，是冒險。」我擔心地說，「你要去得那麼遠。要自己開車。還要翻山。神山海拔很高的，有心臟病的人說不定會在半山休克……」

「我沒有心臟病。」子俊奇怪地說，「錦盒，你怎麼了？我並不是第一次報名參加越野隊，比這危險度更高的活動我也參加過，而且西藏也並不遠，還沒有巴黎遠呢。人家DAISY小姐天天飛來飛去，不是比我危險得多。」

果然他也沒有忘記剛才的會面，他也在心中記掛著DAISY和……沈曹。

想起沈曹我覺得刺心，拋下手中的衣裳站起來，將頭靠在子俊肩上說：「可是我不想讓你總是這樣跑來跑去，每天不是火車就是飛機，踏不到實地總是讓人擔心的。我不喜歡你做導遊這個工作。」

子俊抱著我說：「等我攢夠了錢，就不再做導遊了。」

「你不做導遊做什麼？」

「做老闆，開旅行社，雇幾個年輕力壯的小夥子來，讓他們做導遊。」

我笑起來。武大郎如果不用自己上街賣炊餅，就會想著開麵粉廠，再大一點理想是弄個食品集團公司，再大就壟斷麵粉出品業……可愛的子俊，他永遠是這麼一根腸子不打彎的人。他永遠不會想到要去發明一台時間大神穿越過去未來。

子俊在我耳邊輕輕說：「如果捨不得我，今晚別走了好不好？」

「好。」我痛快地答應。

子俊反而愣住，停了一下說：「天晚了，我送你回去吧。」
我指著他笑：「過這村可就沒這店，你可別後悔。」
子俊看著我，滿眼憂傷：「錦盒，我現在就已經後悔了。可是我寧可自己後悔，不願讓你後悔。」
我的淚忽然流下來。
原來DAISY給我的傷害比我自己想像的深，原來子俊比我更清楚看到這一點，原來我是這樣地愛著沈曹，愛到恐懼的地步，甚至不惜以委身子俊來幫助自己逃離愛他的念頭。
媽媽比不過賀乘龍，我比不過DAISY，媽媽，我們母女兩個，都失敗了。
「十年。」子俊喃喃地說，「我等了你十年，每天都在想著你什麼時候會答應我。現在我才知道，原來我一直沒有等到你的心。但是錦盒，我不介意，我會繼續等下去，等到你笑著，而不是哭著，給我。」
他的話，使我的淚流得更加洶湧。
「錦盒，我知道自己配不起你。但是我要你知道，在這個世界上，會有很多人比我好，或者比我更適合你，但是沒有人會比我，更加愛你。」
「給我一點時間，子俊。」我終於說，「給我們彼此一點時間。我知道我對不起你，讓你等了這麼多年。但是我答應你，等你從神山上下來，我一定會告訴你最後的答案。」

十二　惘然記

鬧鐘沒有響，但是到了早晨六點鐘，我還是自動醒了。本能地一躍而起，卻又立刻想起自己已經辭職，不需要再趕公車按時打卡。

做慣了朝九晚五的母牛一隻，不上班的日子，可做些什麼呢？我賴在床上不願起來，起來又做什麼呢？臨摹一幅張大千的仕女？把買來的舊畫裝裱？或者好好打掃一下房間，然後自給自足做個早點？又或者學那些不需上班的太太去髮廊做個新髮型？多麼自由愜意！可是爲什麼我殊無快樂？

這個時候真有些責備自己的自閉性格，來上海這麼久，居然連女伴也沒有一個。都是太挑剔的緣故。

或者可以挑個花開的時節嫁給子俊，然後的日子，晴幾天，雨幾天，就這樣過掉一輩子。

只要年年有春天，結婚也不是那麼難的。

這次子俊遠行和往常不同，往常他帶團出遊，所走的路線都是固定的，到武夷山看三棵半大紅袍，去九寨溝總要再跑一趟黃龍，到了桂林就是三山兩洞，不用問，我也算得出他哪一天該出現在哪一地。可是這次不行，雖然有時間表，但是旅途幾乎每天都有許多出人意料的事情發生，比如車子壞了，某個隊員出現了高山反應，甚至和當地人起了衝突等等。所以我要他每天都打個電話回來報平安，而我也就好像跟隨他的車隊一起經歷了絲綢之路，感觸了樓蘭古國，到達了崗仁波齊……子俊說，明天，就是他們翻越神山的壯舉付諸實施的最關鍵的一天了。

當我正在冥想中隨他一起攀登神山的時候，電話鈴響起來，我幾乎要歡呼，管他是誰，只要有人說話就好。

難怪那麼多人每天睜開雙耳就到處尋找另一雙耳朵交換新聞或緋聞，大抵和我一樣，都是閒人。

電話是沈曹打來，他說：「我已經佈置好了。」

「什麼？」我一時沒會過意來。

他說：「你不是要見一九四七年的張愛玲嗎？我已經調試好了，你什麼時候過來？」

「馬上來。」

我跳下床快手快腳地梳洗，一顆心怦怦跳，雙重的興奮和憂懼——既想見沈曹又怕見沈曹，既想見張愛玲又怕見張愛玲。

見到沈曹我說什麼好呢？要對他問起DAISY的事麼？對於我的愛情去向，可要向他要一個答案？

見到張愛玲我說什麼好呢？開誠佈公地同她討論愛情的抉擇，告訴她其實我來自二十一世紀的上海，見她好比是一場夢遊？

沈曹見到我，立刻道歉：「昨天向你發脾氣，是我不好。」

我反而羞愧：「不能怪你，是我自己心情壞。」

沈曹歎息：「或許這便叫相敬如賓？」他拉住我的手，將我拉向他身邊，凝視我，「錦盒，你對我疏遠了。自從你外婆去世，你的心便遠離了我。」

我的心？我自己可知道我的心到底傾向哪邊？

沈曹說：「和我在一起，你不再開心。除了放不下你的男朋友，還有對我不放心的緣故吧？」

我抬起頭來，沈曹，哦沈曹，他總是這樣能替我說出我最想說的話。在他面前，我好比透明，再糾纏的心事也可由他揮手拂開。而子俊卻對我說，認識十年，始終不懂得我在想什麼。

「昨天我遇到DAISY……」我終於說，「我給子俊送行，在飯店遇到DAISY，她說她是你的拍檔。」

「也是舊情人，」沈曹坦白，「但是已經分手了。前不久我們在歐洲相遇，再度合作，接著她回國來配合我拍一組片子，不過只是工作，不涉及其他。錦盒，我最不喜歡的事就是向別人解說歷史，但是你不同，如果你對我懷疑，我們兩個都會很痛苦。所以你問吧，不論你想知道什麼，我都會言無不盡。只要你肯相信，我說的一切都是真的。」

「那麼，我就什麼都不必問了。」我輕輕說，心忽然變得輕鬆。沈曹哦沈曹，他可以一句話便將我送上天堂，也可以一句話便將我打入地獄。

這樣熱烈的感情讓我自己也覺得驚懼。從小到大，我雖然敏感，卻不是個衝動的女孩子，我倔強，但冷靜，多情，但內向，處事低調，三思而後行。可是這段日子裏，我的情緒卻大起大落，一時拂袖辭職，一時痛哭流涕，一時突發奇想地要對子俊獻身，一時又對著沈曹眉飛色舞。這一切，究竟是因爲沈曹，還是因爲時間大神？

曾經，我的生活多麼簡單，隱忍，一如每個寫字樓裏朝九晚五的小白領，仰人鼻息，得過且過。唯一的不同只是多夢，喜歡在稍有空閒的時候冥想，卻從不敢奢望將理想付諸現實。

然而那一天，他走進了我的辦公室，對我談起時間大神，許諾我可以讓我見到張愛玲。

從此，他便成了我的神，我的信仰，我的理想。

子俊說過，這世上不會有人比他更愛我。然而我卻明白，我不會愛任何人超過愛沈曹。

與沈曹耍了太久的花槍，然而就像他說的，我們兩個都會痛苦。在這一刻，在這裏，在張愛玲曾經生活過的地方，在時間大神的印證下，我清楚地看到自己的心，我不能再拖延逃避，我寧願欺騙自己，都不願欺騙心中的偶像。

我誠懇地向沈曹表白：「沈曹，即使我不明白自己，可是你那麼聰明，一定比我更清楚我自己。你甚至可以發明時間大神這樣的奇蹟來挑戰宇宙歷史，又怎麼會不明白我這樣一顆平凡的心。我不必問你什麼，因爲我相信你。同樣地，你也不必問我要答案，因爲你一定會預知。只是，我和子俊十年，不是一朝一夕就可以分開的。如果把他從我的生活中剔除，我怕自己會變得不完整。」

「哪怕你千瘡百孔，我會細心地填平所有傷口，重新讓你更加完整，美好。」他鮮見地嚴肅，一手拉著我，一手握著時間掣，鄭重地說：「我以時間大神起誓，今生今世，會誠心誠意地待你。天地間最能鑒別真心的，無過於時間。錦盒，對我有點信心，好嗎？」

我眩惑地看著他，看著自己心目中理想的化身，心情激盪至不能自已。

沈曹意氣風發，豪邁地許諾：「錦盒，你說過你和裴子俊交往十年，但是我可以向你證實，哪怕再過十個十年，我對你的感情，依然會和今天一樣。不信的話，要不要讓我送你去六十年後看一看？」

還有什麼可猶豫的呢？即使我們都不能看到將來，或者說，即使將來的結局未能如我們所願，但是至少這一刻，他待我是真心的，不攙一點兒假，沒有半分猶疑。是以，他才敢於以時間大神來鑒定我們的愛情。難道，我還要懷疑他，驗證他嗎？

愛情不是做驗算題，預算一下結果是對的才去開始，如果飛越時間看到了不好的結局便及時未雨綢繆，停止於未然。那樣的計較，不是愛情。

我搖頭，眼淚隨著搖頭的動作跌落下來。「不要濫用時間大神。沈曹，我相信你。」

「錦盒，你還是在害怕？」他擁抱我，「你流淚，發抖，你擔心時間大神讓你看到的將來和我們想像的不一樣？你害怕會看到我們分開，看到我傷害你，離開你，或者，六十年後，我已經灰飛煙滅？」

我用手去堵住他的嘴，在他的懷中哭得如風中落葉：「沈曹，不要詛咒自己，不要拿生死開玩笑。」

不要拿生死開玩笑。外婆的死，使我明白世上的一切恩怨，沒有什麼可以高過生命的。我愛沈曹，我對自己這樣坦白著，和子俊的十年感情並非虛假，但是即使十年相戀，也沒有任何一刻會像現在這一刻，使我清楚地意識到我自己在愛著，而我愛著的人，是沈曹。

如果我從來沒有認識過沈曹，也許我會嫁給子俊，婚後的生活，不會比現在更不相愛。如果我不認識沈曹。

然而第一眼看到他時我便面紅耳赤，那樣的情緒即使是我十六七歲情竇初開最渴望愛情的時候都沒有嘗試過。當時我嘲笑自己發花癡，爲此心情激盪良久，且在當晚夢見他向自己求愛，接著他忽然按門鈴出現，所說對白與我夢中所聞一模一樣……是命運吧？

一個人愛上另一個人，不會沒有預示。人是萬物之靈，遇到自己一生中最愛的那個人的時候，怎麼會毫無知覺。

張愛玲初見胡蘭成的時候，也是有過震動的吧？

我和沈曹雙手互握，四目交投，深深沉浸在這種震盪中，心神俱醉。

這一日，我並沒有去見張愛玲。

沉浸在愛河中的我和沈曹，不願意有任何事情來打擾我們的相聚，哪怕是虛擬世界裏的故人。

但是我們的生活，卻在不知不覺中重演了張愛玲和胡蘭成的故事——被沈曹拿來做道具的日本歌川世家的浮世繪畫冊，現在被我和沈曹把玩評賞著，當我們興致勃勃地對那些歌舞妓的裙袂飛揚品頭論足時，誰又知道到底有哪一句話是張愛玲對胡蘭成說過的，又有哪一幅畫是胡蘭成對張愛玲指點過的呢？茶案上紫砂白釉的品茗杯，盛著曾被用作小說題目的茉莉香片；香爐裏嫋嫋燃著的沉香屑，是張愛玲的第幾爐香？胡與張初相愛的時候，每天「男的廢了耕，女的廢了織」，只是說不完的喁喁情話，道不盡的感激歡喜。他把他的經歷向她坦白，她把她的委屈對他訴說，他形容她的離家出走，把她比做哪吒：「哪吒是個小小孩童，翻江攪海闖了大禍，他父親怕連累，挾生身之恩要責罰他，哪吒一怒，剜肉還母，剔骨還父，後來是觀世音菩薩用荷葉與藕做成他的肢體。張愛玲便亦是這樣的蓮花身。」

怎樣的相知？何等的讚歎？難怪她會感慨：「因爲懂得，所以慈悲。」

有些人因愛而強大，有些人因愛而軟弱。張愛玲，是哪一種？

夜已經很深了，我和沈曹卻仍然手挽著手，沿著外灘久久地散著步，也有說不完的話，又覺得其實語言純屬多餘，我們彷彿同時把自己分成了兩個，一個自己在與對方用語言交流著，另一個自己卻只用靈魂望著對方的靈魂，但是即使把我自己分成千萬個吧，那千萬個我，仍然只愛著一個他。

我對沈曹說：「即使有一天，我們分開了，但我仍然會記得今天，此刻，我們曾經深深地愛過。」

「但我們是不會分開的。」沈曹對我保證，「雖然說天有不測風雲，不過我有時間大神，如果我在某個人生的路口錯過了你，我一定會不惜代價，回到同一個路口，重新把你尋回。哪怕千百次重複自己的人生，我都不會厭倦，直到完整地和你同行一路，直到終點。」

沒有一種諾言比此更加珍貴，沒有一個人的保證可以比他更有份量。因爲，他是神。

一個連時間都可以支配的人早已不再是個平凡的人，他是神！

「但你喜歡我什麼呢？連我自己都覺不出自己的優點，我不是特別漂亮，也不是特別聰明，甚至不是特別溫柔或者活潑，真不知道自己有什麼地方可以被你看上。」

「就是這一點，你一點都不覺得自己好，這才是中國女性最可貴的謙虛美德呀。」沈曹笑，接著動情地說，「在你的身上，有一種很特別的古典風情，是語言難言形容的。這是真正的與眾不同，獨一無二。我怎麼捨得放過？」

但是爲什麼感動之餘，我仍然覺得深深的憂慮？

「情不用極，剛強易折。沈曹，有時候，我覺得自己愛你愛到讓自己害怕的地步。」我看著月光起誓，「沈曹，我沒有你那麼大的能量，沒有你那麼強的自信，我只敢對你承諾這一時這一刻，我深深愛你，心無雜念！」

一片雲遊過來遮住了月光，但是東方之珠的璀燦光芒仍然將夜幕照得雪亮。上海是個不夜城，既然人們可以用燈光挽住白晝的腳步，那麼時間大神隨心所欲地譜寫歷史也是有可能的吧？

「沈曹，陪我回一次蘇州好嗎？」我下定決心地說，「我想回家看看媽媽。」

「好，看看我能不能過關。」沈曹笑了，立刻明白了我的真正用意，「可惜不在吃蟹的季節。」我們同時想起初次見面時那場關於蟹八件的談話，不禁相視而笑。

他說：「明天上午九點鐘，你準時到常德公寓來，見完張愛玲就走。我買好車票等你。」

一夜無夢。第二天我準時敲響了常德公寓的門。

門推開來，雖然是白天，然而室內的光線暗得有些離譜。一個穿旗袍的女子背對著我站在窗口，陽光透過窗櫺在她身周鍍了一道依稀彷彿的光環。氣氛裏有一種難以言喻的憂傷。

「沈曹？」我呼喚，有些不安。這女子是誰？爲什麼會在這裏？沈曹呢？他約了我來，爲什麼他卻不在？他說過要買好車票等我的，難道忘了我們的蘇州之約？

那女子聽到聲音，緩緩回過身來，看著我：「你來了？」

我呆住，是張愛玲！

一九四七年，上海，常德公寓。我竟然直接推開門就走進了一九四七年。顯然，沈曹已經對時間大神又做了些調整，用空間上身臨其境的方法避開了穿越時間所引起的身體不適感。

「是，是我。」我有些失措。每次都是這樣，盼望得越強烈，見面反而越沒有準備好似的張口結舌。

但是張愛玲顯然知道我爲何而來，不等我問已經淡然地說：「我們分開了。」

我們分開了。她說的當然是胡蘭成，愛侶分手原是人間至痛，然而她的口吻宛如說昨天下雨了。

「我不知道你到底是誰，又是用什麼方法一而再再而三地來到這裏的。不過，我想以後我們不要再見面了。」

仍是這間屋子，仍是那個人，但是臉上的神采已經全然不見，她立在窗前，身形蕭索，臉容落寞。

「你不願意再見到我？」我尷尬地問，「我知道一個人不可以介入另一個人的生活太深，那樣的交往只會使朋友隔閡。可是我總是不能夠讓自己袖手旁觀，明知你前面有難卻不出言提醒。」

「但是在這不可理喻的世界裏，誰知道什麼是因？什麼是果？」她說，「你曾經警告過我不要見他，我沒有聽你的話。現在，我們到底還是分開了。你看，提前知道自己的命運並不是什麼有益的事，該發生的一切還是會發生。這根本是命運，是天意，是劫數。我們沒有辦法逆天行事，反而不如無知無覺的好。」

我問她：「你會後悔麼？」

「對已經發生的事說後悔？」她反問我。接著自問自答：「我沒有那麼愚蠢。」

我震動，莫名地有一絲驚悚。

她的堅持裏，有種一意孤行的決絕，有死亡的意味，是一個極度孤傲的人不肯對現實低頭的執著，是宿命的悲哀，是壯烈，也是叛逆。

這樣的女子，注定是悲劇。

對於注定要發生的悲劇，先知先覺，是雙重的慘事。

所以她說：「我們不要再見面了。」

她拒絕了我。八歲時曾充滿信賴地對我說「姐姐我崇拜你」的小愛玲長大了，今天，她拒絕了我。

她的眼光遠遠地越過我，投向不可見的時空裏，除了先知，我已經無以教她。

正如她所說：「在這不可理喻的世界裏，誰知道什麼是因？什麼是果？」

什麼是因？什麼是果？

「如果你可以重新來過，你會不會改寫自己的歷史？」我不甘心地追問，宛如一個問題多多的小學生。

「不會。」她斷然地說，「事實是唯一的真理，事實就是已經發生了的事。即使是錯吧，也不是每個人都會經歷同樣的錯誤。錯過了，以後便不再錯。修改歷史，等於是重新面對自己曾經的錯誤，也就等於是重複錯誤。如果那樣，爲什麼不乾脆忘記，選擇往前走呢？」

與其重新開始，不如從此開始。我愧然，這才是立地成佛的大智慧，大感悟。

然而這樣的智慧通明，也並不能幫助她從此過上幸福的生活。我本來還想告訴她將來數十年間的命運，讓她知道將要經歷的溝溝坎坎，好預先躲過。但是現在這些話都不必說了。

畢竟，我所以會知道，是因爲那些已經發生。而發生了的便是事實，無可改變。這是命運，是劫數。

「不要再來看我。」她再次說，「不要希望改變歷史，一切違背常理破壞宇宙秩序的做法都是有害的，會受天譴。」

「天譴？」

「你們中會有人受傷害。」

此刻的張愛玲對於我，倒更像一個先知。沒有任何好奇心，沒有恐懼和僥倖心理，有的，只是從容，淡泊，安之若素。她甚至不想知道我到底是什麼人，通過什麼方式來見她。也絲毫不關心她將來還會經歷些什麼。她只是平靜地告誡我：「盡力而爲，聽天由命。」

盡力而爲，聽天由命。我深深震撼，這究竟是一份消極的爭取還是一種積極的承擔？

她的話裏有大智慧，卻不是我這個枉比她多出五十年歷史知識的人所可以輕易領略的。

「可是以後，我們真的就不再見面了麼？」我低下頭，深深不捨：「或者，你可以入我的夢？」說出口，忽然覺得無稽。面前的張愛玲，是一個與我同齡的活生生的人，可是我說話的口吻，卻分明把她當成了一個靈魂。

靈魂。對於張愛玲而言，此刻的我，才真正是一具飄遊的靈魂吧？

塵歸塵，土歸土，靈魂，歸於何處？

我回到沈曹身邊，抑鬱不樂。同一間屋子，極其相似的擺設，然而光線亮了許多，我站在張愛玲「方才」站過的地方，承受著同一個太陽給予的不同光環，沉思。

「見到她了嗎？」沈曹問，「莫非她不見你？」

我歎息，他真是聰明，聰明太過，至於窺破天機。世人管這樣的人叫作天才，然而又有個詞叫作「天妒多才」。

所以張愛玲告誡我適可而止。

「我見到她了，但是她同我說，天機不可洩露，讓我停止尋找她。」

「她這樣說？」沈曹一呆，「記得那次你夢到她時，也說過這樣的話。」

「是的。」我猶豫一下，還是實話實說，「沈曹，時間大神似乎不祥。」

「什麼？」

「有件事，我一直沒有告訴你……」

我於是將自己曾經私往常德公寓求助時間大神未遂，卻在夢中相遇賀乘龍的事說給他。

沈曹的神情越來越嚴肅，他站起來，背剪雙手，沿著方寸之地打起磨來。「你動過時間大神，卻在夢裏抵達了要去的時間，而夢見的卻是事情的真相。這怎麼可能？難道時間大神可以脫離儀器自行發揮作用，左右你的思想？那豈不是太可怕了？又或者他可以控制你的思維，激發你的意識潛能，使你可以自行穿越時光？」

不愧是時間大神的創造者，他立刻想到了事情的關鍵。

足足轉了三五十圈，他驀地停住：「你幾次拜訪張愛玲，有沒有對她說過時間大神的事？」

「沒有。」我答，「過去是我不知該怎麼解釋，怕嚇壞了她。但是今天，是她自己根本不想知道。她已經猜到了。」

「她猜到了，於是借你來警告我。」他又重新踱起步來，沉思地說，「一項試驗的具體效果，至少要有參加試驗的雙方面都做出結論。現在她的結論出來了，你怎麼說呢？」

「逆天行事的人會遇到不幸。沈曹，不如我們停止這項研究，放棄時間大神吧。」

「你要我終止自己的研究？」沈曹幾乎跳起來，「可是你自己說過，時間大神是這個世界上最偉大的發明之一。」

「我現在也會這麼說。可是，偉大不代表安全，爲了你，爲了我們的將來，沈曹……」

「不要勸我！」沈曹彷彿在片刻間變成另外一個人，冷漠地拒絕，「我從來都不指望平靜安全的生活。寧可轟轟烈烈地活著，燃燒一次又一次，我都不會選擇平平安安地老去，一生沒有故事。」

我說過：這世界上有兩種人，有故事的和看故事的。而沈曹，是前者。

十三　多少恨

「我和你媽，決定離婚。」

沒有想到老爸會用這句話歡迎我的回家。

我看著他，彷彿不認識，眼淚滔滔地流下來，卻沒有一句話。

沈曹緊緊地握著我的手，也是一句話不說。

媽媽從我進門起就一直在張羅茶水，用一份近乎誇張的熱情對沈曹說些歡迎的話，但是一旦寒暄完了就立刻藉口開飯迴避開來，以方便爸爸同我攤牌。

於是，爸爸就這樣老著臉皮說出那殘忍的兩個字：離婚。

真沒有想到，我會在向他們宣佈和子俊分手而選擇沈曹做男朋友的消息前，先聽到他們向我宣告離婚。

我和父親，竟然同時移情別戀。

自從接到媽媽告訴我賀乘龍重新出現的電話後，不是沒想過可能發生的各種後果，但是總以爲經歷了那麼多風雨的我的父母不會輕言放棄。同甘共苦，同舟共濟，同床共枕，並且一同孕育了他們的女兒，我。總覺得這樣的關係該是人世間最穩定的人際關係，最經得起世事考驗的。

然而，他們到底還是要分開。

外婆用盡了心機，我寫了那麼長的信，可是他們到底還是要分開。

既然有今天，何必又當初？

三十年都過去了，三十年都忍了，爲什麼不可以再忍幾十年，一生就平安大吉？

我看著爸爸，這叫不叫作晚節不保呢？

「你怎麼對得起媽媽？」我哆嗦著嘴唇，努力了半天，也不過說出這一句老土的話來。也許，全天下的兒女在面對這樣的消息時，也只會這一句對白。

「對我公平點好嗎？」爸爸說，「錦盒，你已經是個大人，就快有自己的家庭，你應該已經很明白什麼是愛。我這一輩子最愛的人，是賀乘龍，我們已經荒廢了那麼多年，現在老了，不能過幾天自己想過的日子嗎？」

「可是這樣做，對媽媽公平嗎？」我悲憤地控訴，「這三十年不是你一個人打造的，時間對所有人都是公平的，媽媽一樣爲這個家，爲你，付出了青春歲月裏最寶貴的三十年，你一句公平分手就把這三十年抹煞了？」

「但是你媽媽已經同意了。」爸爸板起臉來，「錦盒，我其實根本無需徵求你的同意，告訴你這件事，只是通知，不是商討。我們已經決定了。」

媽媽同意了？我更加愕然。只是幾個月，怎麼什麼都變了？媽媽變得這樣面對現實，爸爸變得這樣翻臉無情。這一切究竟是怎麼回事？他說他真正愛的人是賀乘龍，可是如果一份愛情是以傷害家人為代價，那麼這愛，是值得祝福的麼？

「媽媽！媽！」我尖聲叫起來，像迷路的小女孩，尋求媽媽的幫助。

我的心在提醒自己，要堅強，要鎮靜，現在最需要幫助的人，是媽媽呀。可是我不能控制自己，身體劇烈地發著抖。

沈曹扶起我：「阿錦，我們出去走走吧。」

「不，我要找媽媽，媽媽呢？媽媽呢？」我哭起來，無比委屈，不能相信自己看到聽到的一切。這不是我的家，不是我的爸爸，我是懷著滿腔的歡喜帶沈曹回來見父母的，不是來聽他們向我宣告家庭破裂的。

「阿錦，你還是出去走走吧。」媽媽走進來，手裏兀自還拿著一隻鍋鏟，腰間圍著圍裙，仍是那個在廚房裏操勞了三十年的慈愛的媽媽，她說，「你出去走一走，飯就該好了。你從回來還沒吃東西呢，餓了吧？」

媽媽哦，可憐的媽媽，當你用全部身心維繫了三十年的家庭瀕臨破裂的時候，難道女兒還在乎一頓飯嗎？也許，剛才她一直都躲在門外，聽到了我們所有的對話。當她親耳聽到爸爸說他最愛的女人是賀乘龍時，媽媽哦，她該有多麼心碎？

然而在媽媽的心中，放在第一位的，永遠是女兒餓不餓，冷不冷，吃飯，是比離婚更重要的大事。

我握著媽媽的手：「媽，爸爸說你同意了，這怎麼可能。」

「我的確同意了。」媽媽微笑，可是有淚光在眼中閃爍，「阿錦，我嫁進顧家幾十年，已經累了。我的身體，我的靈魂，都已經疲倦了，現在我什麼都不想，只想安安靜靜地度過餘下的日子，再不想爭什麼了。」

靈魂。這是我第一次聽到媽媽這個安分守己的女人提到靈魂。她說她的靈魂疲倦了。那是怎樣的一種絕望和無奈？

然而爸爸呢？他的靈魂去了哪裏？當他爲了身體和欲望驅使拋家棄女的時候，他的靈魂會覺得安然嗎？

「爸爸，你會快樂嗎？」我問他，「如果你明知道在你笑著的時候，媽媽在哭，你曾經愛過的並且一直深愛你的妻子在哭，你會快樂嗎？」

爸爸崩潰下來。剛才的堅強決斷都是僞裝吧？他是要說服我還是說服他自己？

「但是任何選擇，都總會有人受傷，有人痛苦。賀乘龍已經痛苦了三十年……」

「所以現在你要媽媽接過痛苦的接力棒，痛苦後三十年？」我的口氣越來越諷刺，在媽媽的眼淚面前，我不能平靜，也忘記了尊卑和分寸，「爸爸，你真是公平，你何其偉大，讓兩個女人愛上你，爲你平分秋色，哦不，是平分痛苦。」

「放肆！」父親大怒，猝不及防地，他揚起手，猛地給了我一掌。

我呆住了。媽媽尖叫一聲撲過來，痛哭失聲。沈曹護在我面前，敵意地望著父親，本能地攥緊了拳。而父親，同樣呆住了。

我們久久地對峙。

媽媽哭了，我沒有。我看著父親，重重點頭：「好！很好！這就是愛的代價是嗎？因爲你愛賀乘龍，所以你就可以令媽媽傷心，令女兒蒙羞。如果我不祝福你，你就會動用武力。從小到大，你從沒有打過我，今天是第一次。父親打女兒，天經地義。可是父親爲了一個外來的女人打女兒，你不覺得羞恥嗎？如果你覺得這樣做是爲了捍衛你所謂的愛情，做得很漂亮很偉大，那麼，你就去慶祝吧！帶著你的女人，就著你妻子和女兒的眼淚開香檳去吧！如果你連父性都沒有了，你還奢談什麼愛情?!」

「阿錦，別說了。」媽媽哭著，「別再說了，你們吃過飯就回上海吧。我和你爸爸已經決定了，這幾天就要辦手續。你不要再管了。」

「好，我走，我現在就走！」我仇恨地看著爸爸，「既然我不能阻止，但是也不會祝福。如果你離開媽媽，請恕我以後再也不會承認你這個爸爸！」

我沒有吃那頓媽媽含淚整治的家宴，那樣的飯吃進肚子裏，一定會得胃病的。

我和沈曹在月亮升起前趕回了上海。

沈曹在路上買了些速食食品，陪我回到住處：「本來想請你好好吃一頓的，但是估計你反正吃不下。不過，好歹隨便吃幾口吧，傷心填不飽肚子。」

我點點頭，拿起一隻漢堡，食不知味。

沈曹苦勸：「上一代的事，讓他們自己去做決定吧，做兒女的，原本不該太干涉父母的恩怨。」

「可是那不是普通的恩怨，是要離婚呀。」我有些不耐煩，「你沒聽到嗎？我爸爸說他愛上了別的女人，我怎麼能置之不理呢？」

「爲什麼不能置之不理？」沈曹不以爲然，「我不明白你爲什麼要反對你父親同賀乘龍在一起？即使是父親，他也沒有責任要爲你負責一輩子。他有權力選擇自己的愛情和生活。你沒有理由要求他終生只愛你們一家人。」

我看著他。這一刻比任何一刻，我都清楚地意識到他其實是一個外國人，不錯，他是生著黑頭髮黃皮膚，並且說一口標準的普通話，可他仍然是一個外國人，不僅是國籍，還有意識。

也許這不是他的錯，或者說這並不是錯，但是無奈我不能認同他的意見，我是一個中國的女兒，是我媽媽的女兒，我不能冷靜地看著媽媽的眼淚，說爸爸有權追求他自己的愛情。

我沉下臉，反感地說：「你先回去吧。我想自己待一會兒。」

沈曹也不高興起來：「錦盒，理智點，不要爲了你父母的事影響我們的感情。」

「但是我身體裏流著他們的血，這是無法改變的。你根本不會明白這種血緣至親的感情！」

「我當然不明白！我是個棄兒！」沈曹怒起來，「你不必提醒我這一點，我是沒人要也沒人味的孤兒，沒有親生父母，不懂血緣感情，你不必諷刺我！」

我的心沉下去。完了，我又碰觸到了他最不可碰觸的隱痛，激起他莫名其妙的自尊和自卑感了。但是這種時候，我自己已經傷痕累累，難道還有餘力幫他舔傷口不成？沈曹沈曹，我知道我自己是愛著他的，也知道他愛我至真，可是爲什麼，我們總是要在對方最需要安慰的時候不能相濡以沫，反而要在傷口上撒鹽？

我煩惱地說：「我們不要吵架好不好？讓我一個人靜一靜好不好？」

「對不起，是我打擾了你。」沈曹站起來便走，沒忘了輕輕關門。

他是一個紳士。一個孤兒出身的外國紳士。我們的背景與教育相差十萬八千里。雖然在藝術領域和精神交流上我們可以達到驚人的一致，可是一回到生活中的點滴感受，柴米油鹽的人間煩惱上來，我們就完全成了兩種人。

現在我明白自己爲什麼會長久地徘徊於他和子俊之間了，他們兩個一個是天一個是地，而我，我在天地之間，是個貪婪的小女人。子俊前天來電話說已經到了崗仁波齊，就要翻越神山了，並說下了神山會給我打電話，可是到現在都還沒有跟我聯絡。他到底翻過神山了沒有呢？

這十年來，他和我的家人廝混熟慣，早以半子身分出入自如。對於家庭破裂所帶給我的痛苦震撼，他一定會感同身受。在這種時候，我多想和他商討一下我父母的事情。即使不能有所幫助，至少也可以彼此安慰哦。

可是爲什麼，就連他也沒有消息了呢？

反正睡不著，於是翻出「太太萬歲」來，一夜看了三遍，天也就慢慢地亮了。

窗子開著，懷舊的氣息隨著夜風清涼無休止地湧進來，漸漸充滿了屋子，是一種介於木樨和皂角之間的味道。

這是張愛玲編劇的第一部片子，當時的反響相當大。片中的太太機智活潑，任勞任怨，既有中國勞動婦女特有的委曲求全，又有上海女子特有的精明世故，她幫助丈夫騙父親的錢，又幫他躲過情婦的勒索，爲他做盡了一切可以做的事，但是她最終選擇離開他。

我覺得傷心，我媽媽也爲父親付出了一輩子，如今也終於決定同他分開。爲什麼？

既然決定離開一個人，爲什麼還要堅持再爲他做最後一件事。這樣的瀟灑，究竟是因爲不愛還是太愛？

有人說過，世上無故事，所有的傳奇都不過是略微變化的重複。

我母親重複了張愛玲筆下的太太。我在重複誰？

天快亮的時候，終於有了睡意。

朦朧中，我看到自己變成了一個八九歲的小小女孩，蜷縮身子，雙手抱著自己的肩，因爲擔心失去完整家庭而嚶嚶哭泣。

自己也知道是在做夢，並且覺得唏噓，唉，連夢裏也不能停止傷心。

門推開來，一個年紀相仿的小女孩走進來，拉住我的手：「錦盒，錦盒。」

那女孩子喚我，彷彿是一位極熟稔的小夥伴。「顧錦盒，你爲什麼哭？」

「我爸爸媽媽要離婚了，爸爸將離開我。」

「哦，那沒有什麼。」那女孩也不過八九歲樣子，可是言談神情成熟得多，「我父母也離婚了。媽媽離開我。」

「那更加不幸。」我同情地說，「那你怎麼辦？」

「我決定離家出走，投奔姑姑。」

夢到這裏戛然而止。我驚醒過來，手腳冰涼。不用說，夢裏的女孩子當然是張愛玲，卻又不是真正的張愛玲。無論什麼年齡的張愛玲，都不可能與我那樣說話。

但是她的身分經歷，卻又分明是小小張煐。

我心裏約略有點覺悟，這不僅僅是一個夢，而是一個暗示。有某種意志借著張愛玲的身分在提醒我，如果我繼續使用時間大神一再尋找張愛玲的身世，那麼我自己的生命軌跡必將受到影響，就像月亮影響潮汐，發生某些冥冥中不可預知的重合。

不知不覺間，我在重走張愛玲的路。

外婆的逝世，賀乘龍的再度出現，爸爸提出離婚……這一切，同時間大神，究竟有什麼關係？在我遇到沈曹的晚上，曾經夢見張愛玲對我說，違背天理的人會受天譴。也許，那時便是一個警告了。而我不聽勸誡，一而再再而三地穿越時光，妄圖改變歷史，卻沒想到，已經發生的事再難改變，而我自己的生活，卻完全被打亂了應有的秩序，在發生著翻天覆地的巨大變化。

這一切的悲歡離合，莫非皆是因爲我逆天行事，庸人自擾？

起床後，我逕自去了子俊服務的旅行社。是陰天，一塊鉛樣的沉。我知道旅行社同子俊報名參加的西安自駕車的公司有聯繫，他們一定會知道子俊現在在哪裏。然而，結果卻令我震驚莫名：「對不起，我們和他們失去了聯絡。」

「失去聯絡？這是什麼意思？」

「從昨天起，團友和總部的聯絡訊號突然中斷了，氣象局報告分析裏說，昨天晚上，神山上發生了一起雪崩，目前西安總部正在設法聯絡高山救生組織……」

我忽然聽到一陣奇怪的耳鳴，彷彿缺氧般窒息——那是子俊在雪崩後的汽車裏所感受到的危境嗎？旅行社經理走出來，這以前我陪子俊參加公司慶祝會時見過面的，看到我，他滿臉同情地說：「顧小姐，你放心，我們每天和西安自駕總部都有聯繫，一有消息他們會立刻通知我們的，到時我一定第一時間打電話給你。」

我點點頭，泥塑木偶地站起來，行屍走肉地走出去，彷彿思想和靈魂都已經被抽空了。

天不知道什麼時候下了雨，但我已經顧不得了，逕自走進雨中。子俊，多少年來，不管我們怎麼吵怎麼鬧，可我總是對你篤定的，自從那次你自蘇州追我到上海，我們就再也沒有分開過，不論你走出多遠，我都清楚地知道你在哪兒，不論我走出多遠，我也知道，回頭時，你一定仍然站在那兒。可是現在，現在你在哪兒呢？怎麼突然之間，我對你竟然毫無把握？子俊子俊，給我一點啟示，給我一言半語，告訴我你仍然平安，你仍然健康，告訴我啊！

「顧小姐！」身後有人追上來。

我木然地站住，回頭。

是那位經理：「我差點忘了，裴子俊曾經說過，如果有什麼意外，請我把這封信交給你。」

「意外？」我忽然崩潰下來，「什麼意外？子俊不會出意外的！他爲什麼這樣說？他爲什麼會留下一封信給我？」

「顧小姐，你千萬別擔心，只是以防萬一的。登山運動有一定的冒險性，所以通常團員會在出發前留一封信給親人，只是一種形式。」

「可是，子俊他，他……」

「他不會有事的。」那經理擔心起來，「顧小姐，你要去哪裏？我送你吧。」

「不用了，謝謝。」

雨下得又急又密。我失魂落魄地走在雨中，漫無目的，連那封信也忘了拆，或者說，不敢拆。

子俊說他如果有什麼意外，就把這封信交給我。換言之，在某種意義上，這封信相當於一封遺書。

遺書，我爲什麼要拆看子俊的遺書。他明明沒有死，他不會有事的！我要等他回來，等他回來和我一起拆看這封信，那時候，我會嘲笑他的語法，說不定還可以找到幾個錯別字來奚落他。

天沒完沒了地哭著，和著我的淚一起流淌，不知不覺，又來到了常德公寓。

原來，我已經走了很久很久了，也已經走得很累很累了。

站在張愛玲的故居——我心中的聖地，站在時間大神下，我軟軟地跪了下來，不由自主，雙手合十，宛如拜謁神祇，悲哀地禱告：「告訴我，告訴我應該怎麼辦？」

依稀彷彿，我聽到張愛玲的聲音：「我們不要再見面了。」

我哭泣失聲：「你要求過我，不要再使用時間大神去見你，可是，我需要你的幫助，你也答應過，願意入夢。現在，請你入我的夢，告訴我，我該怎麼辦？怎麼辦？」

張愛玲在冥冥間凝視著我，悲天憫人，輕輕歎息：「半個世紀以前，你勸我不要見胡蘭成，我沒有聽你，釀成一生的錯；今天，我也請求你一件事，希望你能應承我。」

「什麼事？」

「毀掉時間大神。」

「什麼？」我驚怔，不敢相信自己的耳朵，不敢確定自己的理解，毀掉時間大神？

「毀掉時間大神。」張愛玲肯定地說：「世上的事都有一個本來的發展規律，謂之道。這就像日月星辰自有其運轉軌跡，江河山脈自有其起伏漲落，然而時間大神主張人定勝天，隨意顛倒秩序，斗轉陰陽，這就改變了宇宙的秩序。只要時間大神存在一天，萬事就不由天意，不遵其道。意外將會接二連三地發生，無論是人意，天意，都既不能預知，也不能阻止。現在發生在你一家人身上的悲歡離合還只是微兆，這是因為時間大神的嘗試還處於初級階段，使用它也只還做些怡情任性的小遊戲。但是，改變歷史的意念已經在你們心中產生了，意動則災起。如果再任由它發展下去，後面一定會有更大的災難在等待你們。」

忽然，〈傾城之戀〉裏的句子鮮明地突現在我腦海中，如江河滾過，滔滔不息：「誰知道呢，也許就因爲要成全她，一個大都市傾覆了。成千上萬的人死去，成千上萬的人痛苦著，跟著是驚天動地的大改革……傳奇裏的傾國傾城的人大抵如此。」

〈傾城之戀〉，曾被我視作最旖旎精緻的鴛鴦蝴蝶夢，但是這一刻我忽然意識到，那不僅僅是男歡女愛，不僅僅是調笑言情，輕描淡寫巧笑嫣然的字裏行間，隱藏著的，是一段最可怕的末日預言。

明明是人生最快樂風光的得意之秋，張愛玲卻在自己的成名作裏爲上海的將來做出了鮮明的預示，洩露天機。是以，她未能於她深愛的上海終老，而獨走異鄉，孤苦一生。

狂人在中國五千年歷史裏讀到的只是「吃人」兩個字，我從張愛玲小說裏體會到的卻是「毀滅」。毀掉時間大神，停止逆天行事，我要不要聽她？

她的旨意化作千萬聲唱喝在我腦際鳴響：「毀掉時間大神，毀掉時間大神，毀掉時間大神！」與這聲音交相呼應的，是一行行咒語般的文字：「成千上萬的人死去，成千上萬的人痛苦著，跟著是驚天動地的大改革……」

我捂住耳朵，痛苦地叫起來……

十四　一曲難忘

子俊的信，終於還是拆開了，在時間大神的凝視下，徐徐地，徐徐地，展開。子俊熟悉的筆跡躍然紙上，觸目驚心，那封信，寫於我們分離的前夜：

阿錦：

當你看到這封信時，一定是我出了意外——晚上，當你終於對我說願意留下來陪我的時候，我忽然有了一種不祥的預感，覺得這一夜，便是同你的訣別了，所以，我要寫這封信給你……

只看了這一句，我已經忍不住失聲痛哭了。這又是一個預知未來的噩夢，可是既然他已經有了預感，卻為什麼還要去參加那次冒險？預知而不能逃避，那又何必知道？子俊，你為什麼這麼傻，為什麼?

……錦盒,如果我不能回來,你一定不要等我,也不要太傷心。在你面前,我原本就是一個蠢笨的,可有可無的人。我總是不能明白你的心意,不能帶給你驚喜……

不!不是的!子俊,回來!你不是可有可無,你對我比你自己所知道的更重要。你明知道我在等你回來,送我竹紙傘,送我蠟染的裙子,送我僞古畫,送我許許多多可愛的小東西……你答應過要給我挑選許多精緻的藏飾,你怎麼可以讓我失望?我不需要驚喜,我只要篤定,篤定你的歸來,篤定你的心意。你什麼都不用說,我就知道你在想什麼;你不用猜我在想什麼,在你面前,我願意保留秘密,保留讓我覺得安心,覺得得意,覺得高興,就算有遺憾吧,遺憾也是生活的一部分。我早已經習慣了你,我對你的瞭解,和你對我的不瞭解,我都已經習慣,我不要改變,只要你回來!子俊,我在等你,我不能忍受忽然之間你不再回來了,我不能想像以後的日子都沒有你。子俊……

我痛哭著,呢喃著,語無倫次。如果子俊可以聽得到,一定又會糊裏糊塗了,他會摸著頭髮說:「怎麼你會習慣我的不瞭解你?我是很想瞭解你的。難道你不願意讓我瞭解你?」

想到他的傻相,我哭得更凶了,心撕裂開一樣地疼。子俊,他的簡單,他的憨真,他的執著和牛脾氣,原來是這樣珍貴的品性,早已刻進我的生命,生根長大,不能拔除。

有一種愛情叫心心相印,便有另一種愛情叫相濡以沫。然而我卻沒有足夠的智慧,來珍惜我的相濡以沫。

子俊，我對不起你！許多年來，你一直做錯事一樣地在我面前低著頭，小心地自卑地囁嚅：「錦盒，我配不起你。」原來，配不起的卻是我，是渺小的膚淺的我，配不起你深沉無私的愛。是我配不起你！

我抬起頭，淚眼朦朧中，時間大神在牆上對我靜靜張望，像一個神奇的傳說，像一個巨大的驚歎號，它曾經帶給我多少驚喜，它擁有多麼強大的難以估計的力量，人類發明了它，卻無法準確地估量它駕馭它。

「毀掉時間大神，毀掉時間大神，毀掉時間大神！」那聲音仍在對我命令。

是的，時間大神！一切的孽緣之源皆爲了時間大神！是它洩露天機，是它改變現實，是它使一切事物脫離了應有的軌跡。如果不是時間大神，說不定外婆不會死，賀乘龍不會被我重新從記憶深處挖出來，爸爸媽媽也不會離婚！子俊，更不會突然失蹤！

「毀掉時間大神，毀掉時間大神，毀掉時間大神！」

如果我毀掉時間大神，說不定可以救子俊，可以阻止爸媽離異，會不會？會不會？

忽然間，彷彿有一種力量推動我，不顧一切，舉起椅子奮力砸向牆壁。

我既不是它的發明者，也不是它的駕馭者，但是，此刻，我卻要做它的終結者！

時間大神轟然巨響，從牆上摔落下來，不過是一堆器械而已。

我想像會有爆炸聲，會見血肉橫飛，然而不過是一堆器械，彷彿小時候淘氣拆開的錶蒙子，看到鐘錶的芯，那掌握著宇宙間最奇妙的時間脈搏的神話內殼，不過是幾個齒輪和鏈條。
然而我仍然奮力地瘋狂地砸著，將所有的悲痛和委屈盡情發洩出來。張愛玲說過，預知災難而不能避免，那麼又何必知道呢？
穿著件濕透的衣裳，站在時間大神的殘骸間，我淚如雨下。
「毀掉時間大神，毀掉時間大神，毀掉時間大神！」
我毀掉了時間大神。
我親手毀掉了自己心中的神祇，我所認爲的這世界間最偉大的發明，我毀了它！
從小到大，我最大的奢望便是可以見到張愛玲，爲了這個願望，我從蘇州來到上海，熟讀張愛玲的小說，鬱鬱寡歡，苦思冥想。然後，借助時間大神，我終於達成自己的願望，使夢想成真。
可是現在，我親手毀掉了這圓我美夢的時間大神！
當我毀滅這世上最偉大的發明的時候，我深深地瞭解到自殺者的心態。每一個砸擊就彷彿一道割腕，我毀滅的不是時間大神，而是我自己的青春熱情，我的渴望和天真，還有，我的愛情。
以往是我錯了，苦苦地一再試圖改變既成事實的故事。然而，我能夠確知我現在做的事是對的嗎？沈曹不會原諒我。我知道。但是知道一件事並不等於可以避開這件事。
我到底還是明知故犯了。

沈曹的反應比我想像的更加暴烈。他對我揮舞著手臂，似乎恨不得要將我掐死：「你這個蠢女人！SHIT！我用了多少年的時間來做試驗，好不容易才達到今天的成績。時間大神就好像我的兒子，而你竟然殺了我的兒子！不，你比殺人更加可惡！你這劊子手！」

他的英文混著中文，將全世界各種惡毒的話悉數倒水一樣地衝我傾瀉下來。

然而我的心奇異地平靜。

也許一個人絕望和傷痛到了極點的時候，就是這種平靜了。

兩個相愛的人，在什麼情況下會彼此殺害呢？

現在我明白了。

我毀滅了他最心愛的東西，而現在，他恨不得毀滅我。

明知道將來會叫自己後悔的話何必要說呢？可是忍不住。

我知道沈曹明天一定會爲他自己的這些惡毒的詛咒而羞愧，而且我知道他自己一定也知道，但是知道又怎樣呢？我知道他會因爲我毀掉時間大神而恨我，可我還是要做；他知道我們的關係會在他源源不絕的咒罵間灰飛煙滅，然而他不能停止。

經過這樣的彼此傷害後，再相愛的人也不能再走到一起了。

這是我們共同都知道的，就像我們都知道自己將來會有多麼後悔和惋惜，可是我們都不能不做。

這就是天意，是劫數，是命運。

情深緣淺！

我傷神地看著他，等待他從盛怒中冷靜下來，我已經被他的詛咒傷得千瘡百孔，然而我知道這詛咒是一柄雙刃劍，當他使用這劍對我劈刺的同時，他自己，也一定早已傷痕累累。

「子俊失蹤了。」在他咒罵的間歇，我絕望地插進一句。

他的怒火突然就被壓住了：「子俊？失蹤？」

「他報名參加自駕車越野隊，可是在翻越神山時遇到雪崩，現在沒有人可以聯繫到他們，沒有人知道他們在哪裏，他們找不到他……」我麻木地說著，不知道爲什麼要告訴他這一切。可是如果再不說出來，我會發瘋的。

「別怕，」沈曹安慰我，「我們可以借時間大神去看一看，他們到底發生了什麼事……」

話說了一半，他再次意識到時間大神已經被毀的事實，怒火重新被點燃起來：「看看你這個蠢女人到底做了什麼該死的事情？如果時間大神在，我就可以穿越時空去看看他們在哪裏，即使不能阻止雪崩，但至少可以告訴救援隊現在該做些什麼。可是現在，你把什麼都毀了，真不知道什麼魔鬼驅使了你，讓你做出這樣瘋狂的行爲！」

如果沒有時間大神，也許子俊就不會失蹤；如果沒有毀掉時間大神，也許我現在就可以知道怎樣營救他們。

在這不可理喻的世界裏，到底什麼是因？什麼是果？

我絕望地站起來，走出去，留下喋喋不休的沈曹，不，我不要再聽到他的譴責和斥罵了，一切已經發生，無可挽回。我已經很累了。就像媽媽說的，我的身體，我的靈魂，都已經疲倦了。

愛，竟然可以使相愛的兩個人如此疲憊……

夜晚我翻看沈曹攝影集，看至淚流滿面。

沈曹記錄的都是天地間最瑰麗而奇異的色彩，玫紅，溪綠，咖啡棕，夜空藍，柔和清冷，帶著一種溫軟的傷感，宛如歎息。

他的爲人犀利飛揚，稜角分明，可是他的攝影，卻多喜歡採取中間色。星子和樹枝和諧共處，晝夜只在一線間，含著一種至大至深的包容感。

還清楚地記得那日陪子俊逛超市，經過書架時，一轉身，碰落這本書……

人生的道路就此不同。

另闢蹊徑，還是誤入歧途？

但我終於經歷過了真正的愛，並因愛而分手。當我們因爲愛而彼此謾罵傷害的時候，我的心痛是那樣地深重尖刻，讓我清楚地知道，今生我不會愛另一個人比他更多。

我還沒有來得及告訴他那個關於白衣天使的秘密，那個秘密，將永遠藏在我的心底。

無論如何，我畢竟曾經爲我深愛的人做過一些事，曾經得到他不明真相的衷心感激。他是那樣一個孤苦伶仃然而倔強聰慧的孩子，我曾在心底發誓會一生一世地守著他，塡平他童年的傷口。

但我未能做到。

如今他再也不會願意見到我。

想到可能與沈曹永不再見令我心痛如絞。

然而如果這樣可以換得子俊的歸來，如果讓子俊活著的代價只能是我與沈曹的分手，我願意。

可是子俊，子俊他現在在哪裏呢？

在這個被淚水浸透的夜晚，我對沈曹的愛有多深，對子俊的想念和負疚便有多麼強烈。

想到與子俊的十年相愛，他的不設防的笑容，他一慣的慌張和魯莽，我泣不成聲。

連夢中也在哭泣。

對面的人依稀是張愛玲。

我問她：「我照你說的，毀掉了時間大神，可是我也毀掉了自己的愛情。我愛他，可是爲什麼我會做一些傷害他的事。我明知道自己會激怒他的，明知道我們會因此分手，明知道我自己不捨得離開他，爲什麼還要那麼做？」

我知道自己是在做夢，可是我不管，我太孤獨太悲哀，不能不找一個人與我分享。

有個聲音回答我：「這是命運。」

這是命運。誰？誰的聲音？是張愛玲？是時間大神？還是我自己的心，以及我潛藏在心底的巨大悲哀？

「就像我也明知道愛上胡蘭成是一種災難，明知道我們的婚姻不會長久，但我還是嫁給了他。你曾經問我會不會後悔？現在我告訴你，不會。因爲，愛只是愛本身，愛既是過程，也是結果。只要愛過，就已經足夠了。」

「但是我們還會在一起嗎？」

「你更希望和沈曹在一起，還是更渴望裴子俊回來？」

「我希望子俊回來。」我毫不猶豫地回答，「生命是高於一切的。雖然有人說愛情比生命更重要，但是如果沒有生命爲載體，愛情又是什麼呢？」

「如果不是時間大神，你根本不會認識沈曹，也就不會有今天的選擇。現在你毀掉了時間大神，也許你的生活會回到原先的軌跡裏去，沒有什麼可遺憾的。」

「您可以說得更清楚些嗎？到底裴子俊會不會回到我身邊？」

「你還是這樣……」張愛玲忽然笑了，「又來了，你仍然總是希望預知將來的結局。但是，你會因爲預知結局而改變自己的心意嗎？」

我踟躕，患得患失。哦，我實在是個貪心的小女人。

度日如年。沈曹在太陽落山時打電話給我：「我已經答應房東明天交還公寓鑰匙，今天是最後一晚，你要不要來向張愛玲告別？」

我忍不住閉了閉眼睛，告別？真正要告別的不是夢中的張愛玲，而是現實裏，明明相愛卻不得不分開的我們。

當年張愛玲訣別胡蘭成時，也是這般地椎心裂腑麼？

那時他們事實上已經分開很久了，逃亡前夕，胡蘭成悄悄地回來過一次，他們分屋而眠。晨露未稀，雞鳴未已，胡蘭成俯身向睡中的張愛玲告別，她伸了兩手摟住他的脖子，哽咽：「蘭成。」但他忍心地掰開她的手，就此離去……

然而張愛玲說她不後悔。愛只是愛本身，愛既是過程，也是結果。她遇到他，愛上他，嫁給他，最終分開。即使結局並非白頭偕老，又何嘗不是一次才女與浪子的完美演出？

好高人愈妒，過潔世同嫌。她的境界，是早已達到了高處不勝寒的孤清，然而有他懂得她，使她覺得明亮。即使那一星螢火不能取暖吧，但她終也曾經歷過、得到過了。

我終於再一次走進常德公寓。

沒有了時間大神的公寓房間也不過是一個普通的居家房間了。家俱都已經搬空，連那盆水仙花也搬走了，房間裏空蕩蕩的，只在一個顯眼的位置裏擺著那台老舊的留聲機，唱的，仍然是我第一次見到時間大神時的那支歌：「我等著你回來，我要等你回來，爲什麼還不來，我等著你回來……」

原來早在我第一次啓用時間大神時，就已經注定今天我會充分理會這支歌的精神。

我在等待子俊歸來。

沈曹換了一張唱片，對我伸出手：「跳支舞吧。」

我一愣，看著他。他彎下腰做了個邀請的動作，說：「只是一支舞。」

留聲機裏奏出華爾茲的鼓點，我走上前，將手搭在他的肩上。我們慢慢地舞，慢慢地舞，輕快的華爾茲曲調，被放慢了節奏來跳，讓音樂和舞步隔成兩個時空。

心在音樂中一點點地融化，這是我們之間的最後一支舞吧?告別之舞。

「錦盒，我有裴子俊的消息。」

「什麼？」我愣住，停下了腳步。

沈曹哀傷地看著我，明明在笑，可是眼中滿是絕望和痛惜：「錦盒，你心中最重要的人，仍然是裴子俊，是嗎？」

我低下頭，不能回答。

沈曹繼續說：「我知道你關心他，所以我通過各種關係打聽他們的消息，你放心，他沒有事，只是被雪崩阻在山上了，通訊系統也摔壞了，所以暫時與總部失去了聯絡。直升機救援隊已經找到他們，很快就有消息來了。」

有鈴聲響起，沈曹走到窗台邊，取過一台手提衛星電話，只聽了一句，立刻遞給我：「果然來了，你來聽。」

我一時不能反應過來，只茫然地接過，怎麼也沒有想到，彼端傳來，竟是子俊的聲音：「錦盒，錦盒，是你嗎？」

「子俊！」我大叫起來，淚水奪眶而出：「子俊，你在哪裏？」

「我還在神山上，剛和直升機救援隊接上頭，明天就可以下山了。我已經決定中斷旅行，我下了山就訂機票回上海，錦盒，我想見你！」

「我也想見你……」忽然，無比的委屈湧上心頭，我哽咽起來。

子俊小心翼翼地問：「錦盒，你哭了？別哭，別哭。你放心，我一定會安全回到你身邊的。你不是還答應過我，等我從神山下來，你要告訴我答案嗎？等不到你的答案，我絕對不會放棄的。」

「是的。是的。」我哭泣著，「子俊，我答應過你的事，一定遵守。」

「那麼，你願意了嗎？你願意嫁給我嗎？」

那邊傳來「嗞嗞」聲，是信號受到干擾，依稀聽到有人提醒子俊要中斷通訊，但是子俊不肯，還在大叫：「錦盒，錦盒，回答我！」

我彷彿可以看得到魯莽的子俊躲過救援人員，搶著說電話的樣子，不禁含淚笑了，大聲說：「子俊，我答應你，等你下山，我們就結婚。我答應！」

電話到此中斷了。而我仍拿著已經沒了信號的衛星電話呆若木雞，眼淚汩汩地流下來，不能自抑。

沈曹走過來，輕輕問：「錦盒，你已經決定了？」

我點頭，絕望地點著頭，不能回答。

沈曹，沈曹，我們要分開了。謝謝你替我找回子俊，我即將嫁作他的新娘，我和你，就此緣盡！

沈曹伸出雙臂，輕輕抱住我：「來，我們的舞還沒跳完呢。做事不可以這樣有始無終的。我不想將來回憶的時候，連支完整的舞都沒能與你跳過。」

他笑著，可是比哭更令我心碎。

女人可以幽怨，然而男人必須隱忍。我知道他的心裏一定比我更難過。

我流著淚，看著這個我一生中最愛的男人，音樂仍在空中迴響，我們重新握起手來，堅持跳完這最後一支舞。

最後一支舞。當夜闌人靜，我的愛，也就走到了終點。

明天，子俊將歸來，我將回到自己原先的生活軌跡中，結婚，生子，與沈曹永不再見。

華爾茲在空氣中浮蕩，心是大年夜裏守歲時的最後一根紅燭，歡天喜地地，一寸寸地灰了。

而年終於還是要過去，新的辰光無可阻擋地來了。

我們雙手交握，卻仍然好像隔著什麼，是兩塊石頭碰撞在一起。

我伏在他的懷中，欲哭無淚，不知道是爲了子俊的安全而歡喜，還是爲了我和沈曹的訣別而哀傷。

「沈曹，我談了十幾年戀愛，只有一個男友，也許是我潛意識裏不甘心吧，想多一次選擇。謝謝你給了我這個選擇的機會。」

「我卻是談了十幾次戀愛，從沒有試過專一地對待一個人。我很想主動地堅決地追求一次，我也要謝謝你，給了我這個專一的理由。」

眼淚忍了又忍，卻還是無休無止地流下來。沈曹，他每一句話都能夠這樣深切地打動我的心。

然而我與他，只能分開，永不再見。永不再見。

有什麼比心甘情願地與自己最愛的男人說再見，更讓人悲痛欲絕的呢？

我們到底未能跳完那支舞。

疼痛使我寸步難言，沒了尾巴的人魚公主踩在刀尖上舞蹈的痛楚不過如此。

我緊緊地抱著他，淚水滲進他的外套裏，多少年後，當往事隨風消散，這外套，依然會記住我曾經的傷痛。

沈曹，沈曹，我是真的愛你！

散戲

小說到這裏就完了。

可是故事又好像沒有完。

在草稿裏，本來應該還有一個不短的結尾，寫到顧錦盒母親的死——顧夫人是因爲自己得了絕症，才會痛快地答應離婚的，她此前說過：「我嫁進顧家幾十年，已經累了。我的身體，我的靈魂，都已經疲倦了，現在我什麼都不想，只想安安靜靜地度過餘下的日子，再不想爭什麼了。」

這其實已是臨終遺言。

可想而知當她知道自己不久人世時的悲痛彷徨，那該是她最渴望親人援手的時候，可是同一時間，與她同甘共苦三十年的丈夫並沒有半句安慰溫存，相反，他向她提出離婚，陷她於無助之地。

她的病，未必完全沒有轉機，可是她卻選擇了放棄，放棄婚姻，放棄生命。

可以說，是顧先生間接地殺死了太太。至少，也是促進了她的死亡！

小說的結尾，是顧錦盒與裴子俊在母親的墓前永結同心，相許終生——母親的碑，由女兒顧錦盒敬立，與丈夫無關，與顧家無關。

父親跪在母親的墳前面容呆滯，他的頭髮原已星星，而今更是一夜白頭。早知道亡妻已經命不久長，爲何不堅持到她生命最後一刻，讓她無憾地離去呢？

他太急著扮演小人，白白讓自己辛苦經營了一世的好丈夫、好父親形象功虧一簣，輸得可能比母親更加慘重。

我彷彿看到母親的冷笑。不，也許她會去得很安心，她終於又可以與外婆在一起，自那裏尋得永遠的安慰和保護。

將來有一天，我也會去到那裏與她們會合。

那個地方，人人都會去，包括父親。但是我們祖孫三代女人，將不會理會他。

他是這個世界上最孤獨的情人。

子俊在母親的墳前執子侄之禮，我知道，這三個頭磕下去，我們也便塵埃落定。

世上有很多女人都會懷著一段逝去的愛的記憶，嫁給另一個她愛的男人。

母親說過，愛一個人九十九分，而讓他愛你一百分，這才是真正的美滿婚姻。不可能完全平等，也不可以愛得太盡。

她一直希望我能嫁給子俊。

也許這只是藉口，其實我的心早已允了，在知道他安全走下神山的時候，我已經答應與他永結同心。

「子俊，」我忽然開口問：「你最愛的女人是不是我？」

「當然。」他一刻也不遲疑地回答，「不僅最愛，而且唯一。」

這個問題，我曾提醒自己永遠不可以提問沈曹，因爲他即使回答，我也不會相信。

可是現在我卻問了子俊。

他答是。我相信。他說是，就一定是。

他並且說：「錦盒，我一生一世都會這樣愛你，照顧你，到老，到死。」

我抬起頭，看天上有燕子雙雙飛過，他肯給我最真的答案，而我相信他的真心，也許，這便夠了。

這便是大結局了。

本該有更詳細的備述，但是我一向認爲，文人飛揚自己的一支筆，往往會誤窺天機，枉招天譴。曾不只一次試過自己的生活依照剛剛寫就的故事而發生改變，因此每每提筆，頗覺忌憚。

雖然我的每一部小說裏都幾乎提到死亡，愛情與生命，一向是我小說的兩大主題，可是寫到小說主人公親人的去世，還是會讓我覺得不情願。這本來該是一段煽情的細節，然而我覺得難以落筆。

故事畢竟只是故事，一個虛構的故事，我實不願因爲虛構而給自己的生活帶來陰影。所以，寧可草草收尾，而不肯勉強自己做刻意的逼真形容。

並非我偷懶，想天下爲人兒女者必會體諒我的苦衷。

西嶺雪銘謝知己！

「尋找張愛玲」舞台劇 劇本

整個舞台分為真實和夢幻兩種共存，不一定要平分秋色，可能某個場景只占舞台一角，但始終是兩個場景並存。由燈光控制出場節奏。

設想中，夢舞台色彩冶豔，燈光詭麗；而真舞台則白色平光，樸素無華。大綱中分別由「夢」和「真」代替。如果限於空間或資金調度，亦可把夢舞台與真舞台輪換出現。

這不是一個完整的劇本，沒有分場次，也沒有為人物設計很多動作，台詞也比較平淡。這只是一個詳細大綱，其目的是把故事框架和主要人物立起來，呈現整體思路，具體台詞與細節甚至中心主題，都待大綱確定後再行增刪修改。

《人物提示》

◎顧錦盒：

一個充滿夢想的年輕女孩，二十五歲，小學畢業前夕父母雙亡，由奶奶帶到美國撫養長大，奶奶去逝後獨自回到中國。工作不詳，大企業小白領之類，租房獨居。

她的穿著是現代人的懷舊裝，白襯衫、長裙、長髮。為人有些一根筋，說話時總有一種夢囈的感覺，但不可太誇張。見到陌生人時會有輕微的結巴，面對線仔朋、曹太太時格外厲害。對著謝子玉要好些，只有激動時才會發作。但是面對張愛玲、曹晉時，卻顯然很流利。

她有很強的孤獨感，在幻想世界裏，一直將張愛玲引為知己，平生最大夢想就是可以見張愛玲一面。科學家曹晉發明的時光儀幫她完成了這個夢想。在看到曹晉的第一眼，她就已經愛上了他，但同時明白這是沒有結果的。幻滅使她有了更深的孤獨感。而曹晉告訴她試驗結束了，以後不可以再使用時光儀。曹太太又警告她不可以再見曹晉。這使她同時失去了兩個世界的知己，絕望地孤注一擲，求曹太太幫她最後一次穿越到過去，想將張愛玲帶到現世，或者自己永遠留下來陪她。

由於時光儀的研製尚未完善，也由於顧錦盒頻繁穿越而造成的身體虛弱，和妄想改變歷史的執著，以及曹太太的錯誤操作，幾個原因糾結在一起，造成了時空的混亂。電閃雷鳴中，曹晉與曹太太被迫啟動歸零程式，毀滅了時光儀。一切，又從頭開始了……

◎ **謝子玉：**

《天地通》報社記者。顧錦盒小學同學。精明強幹，對一切都持懷疑態度，聰明，但浮躁。總之，很正常真實的一個人，典型都市白領中那些供房、供車的精英青年。

他從小就很喜歡顧錦盒，久別重逢更使他深深地愛上了她，雖然他無法真正懂得她，並對錦盒暗戀曹晉的事很生氣，但也願意付出時間和誠意來瞭解她，接近她的世界。

時光儀毀滅後，他與顧錦盒重新在曹晉的門前相遇。這是一個暗示，或者說一個從頭開始的可能性，人生的另一種選擇，暗示著他有可能成為顧錦盒現實愛情的承接者。

在表演上，他與顧錦盒成為現實與夢想這兩個概念的代表符號。而對於顧錦盒來說，他又和曹簪組合為另一對現實與夢想的實體形象。

◎線仔朋：

《天地通》聯絡人，謝子玉的死黨。一個喜劇人物。從台灣來內地的狗仔隊。說話有台灣腔。也可以考慮在說話中總是夾雜英文單詞。

◎曹簪：

科學家。時光儀的發明者。大約三十五歲，婚姻生活美滿，有一個完美的太太，一個五歲的女兒。他具有科學家那種特有的偏執氣質，不理柴米油鹽的高華。但絕不是一個老學究，而是親和、悲憫，充滿感性。

在精神上他與顧錦盒是同路人，這使他願意幫助她實現夢想，並對她有著極為真誠的關心。對於錦盒的暗戀，他有所察覺，雖然尊重卻絕不回應。這裏要堅決避免那種「我太太不理解我」的陳腔濫調，曹簪對妻子是有著很深的依賴與瞭解的，但世上沒有完美的情感，要通過兩人的表演呈現恩愛夫妻不等於靈魂伴侶這個理念。

這兩條情感線，顧錦盒對於曹簪的暗戀，與張愛玲同胡蘭成的愛情，是完全不同的兩種選擇，或者說錯位愛情的兩種結局。

◎曹太太：

比曹晉小五六歲的樣子，一個賢慧文雅的女子，完美太太。她應該有很好的家境和教育背景，也頗有些人脈。為與顧錦盒區分，其打扮應該是短髮，服裝大方得體，從外面回來時可考慮香奈兒套裝風格，家居服亦一絲不苟，說話時有上海腔的娃娃音，斯文緩慢，近乎咬文嚼字。

她深愛丈夫，有足夠的尊重和體諒，刻意地不肯在他面前提到「錢」字；當顧錦盒因為穿越試驗而身體受損時，她安排顧錦盒住進療養院，但又讓小女兒甚至護士幫她監視顧與曹的交往；當她意識到婚姻受到干擾時，明言警告顧錦盒不要再見自己的丈夫，甚至以自己操作時光儀做條件來要求顧錦盒遠離自己的生活。但當顧錦盒困在時光隧道裏有危險時，也是她斷然決定毀掉時光儀來救人。

切忌將曹太太表現成一個陰險的醋缸，更不能撒潑，這是一個聰明女子對於自己家庭的保護。她應該是所有男人理想中的那種女人。但是男人即使得到了全世界最完美的女人，即使自己深愛著她，也仍然會有孤獨感。

◎阿寶：

小區物業管理員。四十來歲。一會兒做保安，一會兒收電費，一會兒收物業管理費，不斷提醒人們最瑣碎的生活問題，起一個「破」的作用，將戲劇抽離，給人出畫的感覺。最後才發現，這就是個物業辦跑腿的，但卻有極強的使命感與主人翁意識，對小區居民的生活絕對捍衛。是另一種類型的理想主義者。

可悲的是，無論曹先生還是曹太太，雖然對他很客氣，卻從來沒有記住他是誰。

◎張愛玲：

戲中的核心人物，精神象徵。奇裝異服，特立獨行，高貴、冷漠、淡定、自如，同時又非常感性。顧錦盒的穿越一共有四次，加上兩人的精神對話及寫信的一次，張愛玲的出場共六次。是夢舞台的主要支撐。

第一次是顧錦盒在混亂中碰觸時光儀，誤打誤撞闖入了一九二八年的上海，屆時張愛玲只有八歲，是一個孤獨的小女孩，見到顧錦盒時驚為天人，反稱她為偶像。

第二次是在曹晉的安排下，顧錦盒依照準確的時間提示，見到了一九四四年的張愛玲，並試圖阻止張愛玲與胡蘭成的第一次見面。彼時張愛玲已經成名，還未戀愛，正是人生中最如意最燦爛的歲月。

第三次是曹晉的新試驗，只讓顧錦盒的靈魂回到過去。她見證了張愛玲與胡蘭成的婚禮，雖想阻止卻無法現身，只能夢遊一般地看著，因為絕望而大慟，導致身心受傷。

第四次是曹太太在顧錦盒的懇求下，擅自操作時光儀讓她最後一次穿越到一九五二年七月。是年張愛玲三十二歲，已經與胡蘭成分手，並因為避亂而決定離開上海去香港。顧錦盒與張愛玲在船上相遇，異想天開要帶她去到二〇一〇年，被張愛玲拒絕後又想要留下來陪她一起去香港、去美國，遂導致了時光儀的失靈與最終毀滅。

對所有張迷來說，張愛玲都是一個偶像，完美的大女人。但在這個戲裏，要展示的是她一生的孤苦，沒有出路的情感與個性。她的表演應該是內斂、含蓄的，永遠有一種冷清的悲劇感，即使在她的婚禮上，也通過燈光與顧錦盒默片一樣的表演，帶出淒豔的悲劇意味。

要特別注明的是：關於四次穿越可以有第二種次序選擇，就是將第一次和第四次對調，顧錦盒最早見到的就是張愛玲在船上，將要離開中國，這引發了要改變她人生軌跡的想法；最後一次才是張愛玲的小時候，顧錦盒打算帶這個小女孩回到二〇一〇年，開始不一樣的人生。

兩種選擇請導演定奪。

◎**胡蘭成：**

雖然他是這個故事的重要構成，也是張愛玲生命中最重要的人，顧錦盒與張愛玲談論話題的核心人物，但他在整部劇中卻只出場兩次，一次是與張愛玲結婚；另一次是在顧錦盒的夢裏。與其說這是一個具體的人，不如說更像是一個符號。其形象應該是穿長衫，戴眼鏡，個子不高，溫文爾雅，倜儻風流。

要注意的是：雖然胡蘭成不忠，但切不可將其演成一個委瑣男，更不可輕浮妄動，這是一個有真才實學的人，他有他的深度與魅力，必須配得上張愛玲。

◎**女傭：**

張愛玲的女傭。穿青衫褂子的小腳女人。雖然只有一次出場，又沒什麼對白，但希望通過服裝表現出一個很漫畫的人物，以強調時代感。

第一幕

真：

地點：曹晉試驗室後門

人物：顧錦盒、謝子玉、線仔朋、曹太太、阿寶

背景聲裏人聲嘈吵，阿寶的聲音在問：「你們幹什麼的？這是誰的車？這阻塞交通哪！你，還有你，吃完雪糕別亂丟紙啊，注意環保，知道嗎？你們到底找誰的？哎，你幹什麼扒窗扒門的，再這樣我報警了啊。」

七嘴八舌的聲音裏有男有女：「我們是報社的，來採訪曹先生。」「你是保安吧？曹先生是住這裏吧？你知道他在不在家嗎？什麼時候回家？請問曹先生在生活中有些什麼怪癖或者特殊愛好嗎？」「哎，別推呀，我就是拍張照片。隔著窗子拍照總行吧？」諸如此類。

阿寶恐嚇的聲音：「採訪？什麼採訪？有預約嗎？你們這是非法集會知不知道？影響小區居民的休息。都走，都走，要採訪，電話預約了再來。」

以上都是背景聲。幕啟時，場景是曹晉家後門。聲音弱下去，線仔朋東張西望地溜上來，探頭往屋裏望，在地上撿了一根鐵絲，彎了兩彎，開始試探著撬門。

謝子玉拿著相機緊跟著跑上來。

謝：人可真多。我還以為能搶個頭條呢，誰知道十幾家報社的都來了，比我占位還早。幸虧發現了這個後門，哎，你在幹嘛呢？

朋：撬門。

謝：這，合適嗎？

朋：你不是要獨家資料嗎？咱們從後門進去，拍幾張照片就走。不就有料交差了嗎？

謝：行啊，好，快撬，能撬得開嗎？

線仔朋撬門，謝子玉站在一邊歪著頭看。

顧錦盒抱著一大摞書上，不明所以地也站在一邊歪著頭看。

錦：哎，你、你們幹嘛呢？

謝、朋（不假思索地回答）：撬門！（一回頭，吃了一驚）啊？你是誰？

錦（有些結巴）：你們……要、要偷東西？

謝：別，別喊，我們不是賊，我們是記者，來採訪曹先生的，拍兩張照片就走……（忽然認出來了）哎，顧錦盒！

錦：你是……

謝：我是謝子玉啊，你的小學同學，咱們三年級的時候還是同桌呢。四年級時調座位，你長個了，我不長，給分開坐了；我使勁兒練身體，又是跳高又是跳遠的，每天要做十幾個槓上動作呢，好容易五年級時我長高了，偏偏你爸媽出了車禍，你跟奶奶去美國了……啊，對不起啊。

錦：沒關係，都那麼多年的事了。

謝：你是什麼時候回來的？你奶奶好嗎？

錦：我奶奶去年在洛杉磯去逝，我就一個人回來了……

謝：啊，對不起對不起。

線仔朋左撬右撬撬不開門，走過來看著錦盒頭上的髮夾。

朋：哎，這位小姐，熟人哈，能把你的髮夾借給我用一下嗎？

錦盒取下髮夾遞給朋。

錦：你要做什麼？

朋：撬門哪。你也是來找曹先生的吧？哪家報社的？

錦：我沒有在報社啊。我是來請求曹先生幫我見張愛玲的。

朋：張愛玲？這個人很有名嗎？

謝（這才想起要給彼此介紹）：給你們介紹一下，這是我的小學同學顧錦盒；這是線仔朋，我的同事，《天地通》報社的聯絡人。

錦：謝子玉，謝子朋，你們是親兄弟？長得可不像。

朋：當然不像。我是謝哥的助手，他是感謝的謝，孔子的子，美玉的玉，謝子玉；我是線人的線，狗仔隊的仔，朋友的朋，線仔朋，專管打聽消息，聯繫大腕明星的。你想見張愛玲啊，這容易，等我幫你安排。我們《天地通》的關係網那是四通八達，只要打出我們報社的旗號來，誰都得賣幾分面子。越是名人，就越不敢得罪媒體。對了，這張愛玲演過什麼片子？

謝（尷尬地咳了一聲，捅捅朋，低聲說）：張愛玲是作家……

朋：是作家啊……這還挺不好辦的，我跟作家不熟，編劇還差不多。不過，她有作品改編成電影或電視嗎？只要跟影視圈發生過關係，我就一定能打聽到地址電話，安排採訪。

錦：張愛玲還真是做過編劇的，電影「太太萬歲」，還有「不了情」，你聽說過嗎？還有「傾城之戀」，是舞台劇，都是她編輯的。根據她的作品改編的影視劇就更多了，有「紅玫瑰與白玫瑰」，「怨女」，「半生緣」，「色戒」……

朋：「色戒」啊，知道知道。李安拍的，大片嘛，很有看頭的耶！（色色地笑）原來是根據張愛玲小說改編的呀。那就好辦了，我跟你說，越是有名，就越容易找。我跟你說，見張愛玲的事兒，包我身上了。

謝：嘿！（向朋耳語）

朋：死了？早說嘛！

朋轉身接著撬門。

錦：哎，我、我還是覺得，你們這樣做不好。曹先生回來發現了，會生氣的。

謝：我也是為工作。這曹晉自稱發明了什麼時光儀，可以穿越過去未來，牛皮吹破天了！我今天來，就是要設法拆穿他的騙術！

錦：可是，報上明明說……

謝：報上登的你就信？我們就是辦報紙的，可我連自己也不相信。

錦：連自己也不信？那不是很可悲？那你又怎麼知道曹先生不是位真正傑出的科學家，而是個騙子呢？

謝（有些錯愕）：怎麼知道？這很明顯嘛，你看看前門擠了多少人，都是來採訪或者求情的，有的人想看看自己將來的媳婦到底長什麼樣，有的人想回到過去找死了的老伴，都把曹晉當靈媒了。可是說到底，誰也沒見過、也沒試過那個什麼時光儀，那又怎麼能證明是真的呢？

錦：在沒有證明前，為什麼不能先相信，而要先懷疑呢？我倒希望是真的，那樣，我就會見到張愛玲了。

謝：對於沒有證明的事，為什麼要先懷疑，而不是相信……我沒想過這個問題。不過我跟你說，那個曹晉是不可能讓你試用什麼時光儀，去見什麼張愛玲的。

錦：你又不是他，怎麼知道他一定不會同意呢？

謝：很簡單，這對他沒好處嘛……算了，跟你說你也不會信。但我跟你說，並不是什麼事都非要見到了才能證實。比方有人告訴你地球是方的，你會相信嗎？

錦：如果在這之前我不知道地球是方還是圓，有人這樣跟我說，我大概是會先相信的。

謝：你這麼容易相信人，不是會很吃虧嗎？

錦：我不知道，我沒覺得自己吃過什麼虧，也沒有什麼人騙過我。

謝：是不是你被騙了也不知道？說不定你早就吃了很大的虧，可是你不知道就是了。

錦：如果我被騙了也不知道，那是不是被騙又有什麼關係呢？如果我不覺得自己吃虧，那不就和沒吃虧一樣了嗎？

謝（凝視錦盒，若有所思）：不知道上當就等於沒上當，不知道吃虧就等於沒吃虧，我從沒這樣想過……

曹妻挽菜籃上，看到三個人的情形，便也站住了歪著頭看。

太（溫聲細氣地）：你們在幹嘛？

朋：撬門！（一回頭，又驚一大跳）啊？你又是誰？

太（還是甜蜜安靜的語調，略帶上海腔）：這是我的家啊，你們要找誰？

謝：啊，對不起對不起，您是曹太太吧？我是《天地通》記者謝子玉，這是我的名片。我們是來採訪曹先生的，可是保安攔著不讓進，所以就……

太：是呀，前門記者太多了，連我們也只能走後門了。（走過去開門，甜甜地邀請）你們要進來嗎？

（曹妻開門。也可以用幕簾代替，幕簾拉開，後面是第二層舞台佈景，是曹的工作間，有巨大的鐘錶門，有電腦、掃描器等。曹妻進門，謝、朋、錦也跟著進來。）

朋（訕訕然地）：你們家的鎖真難撬，要不是曹太太回來了，我們到這會兒都進不來呢。哦，顧小姐，還你的髮夾。

謝：這就是曹先生的試驗室？我可以拍幾張照片嗎？

太（遲疑地）：這個……我先生不太喜歡跟媒體接觸，他說試驗還沒有成功，現在就公佈於世為時過早。前些天不知怎麼把消息洩露出去，報紙一登出來，社會上說什麼的都有，對他的研究很不利。他的心情也很受影響，我想，拍照採訪的事還是過段時間再說吧。

謝：我只是想拜訪一下曹先生，隨便聊聊，他不願意曝光的事情，我是不會輕易見報的。

太：他送女兒去外婆家了，很快就會回來的。囡囡總是黏著他，我說我送，就是不讓，說要和爸爸多待會兒。看時間也快回來了。你們先請坐，我去倒茶。

曹妻下。謝取出相機開始拍照。

錦：曹太太不是不讓拍照嗎？

謝：所以說人不可以太輕信。你看，我剛才說如果曹先生不願意，我就不會寫出來。這就是騙人的。我是個記者，記者的任務就是要挖掘一般人看不到的真相。這包括偷拍到的真相，還有騙取的消息。所以說，輕信是行不通的。

錦：怎麼可以這樣呢？（轉向正到處尋摸的朋）你、你又在做什麼？

朋：找催眠藥水啊，我們謝哥說了，這種騙術說穿了就是一種催眠術，他肯定會有些迷藥啊之類的輔助品。不過我猜一定放在什麼特隱秘的地方。

錦（生氣地）：你們，你們真是……難怪張愛玲說：沾著人就沾著髒。（生氣地走向巨鐘，仰望時光儀）這就是時光機嗎？好像一座聖誕鐘啊。

謝（玩笑地）：你可以對著它許願了。

錦（認真地）：那麼，我希望可以見到張愛玲。你知道的，我從小學三年級開始，就很喜歡張愛玲了，我常常想：如果能親眼見到她一面，就好了！我跟奶奶去美國的那一年，是一九九五年。後來才知道，張愛玲就住在洛杉磯，離我不遠的地方，我還曾在她門前經過呢。可是，直到她死了，我才知道這件事。我真是後悔啊。我在報上看到曹先生發明了一台時光儀，就想……

（她把書隨手放在掃描器上，機器忽然開始轉動了）

謝：咦，這個掃描器通著電，正在工作狀態。機器啟動了。

阿寶手提電棍上。

寶：你們是什麼人？

謝：你是什麼人？（上下打量，不信地）你就是曹……先生？不會吧？

寶（很有職業自豪感地）：我是小區保安阿寶。接到舉報說有小偷撬門，就是你們幾個吧？手腳還挺快，已經進來啦？走，跟我到辦公室說清楚去。

謝：你說誰是小偷？我們是《天地通》記者。

寶：管你是誰，非請勿入懂不懂？你們擅闖民居，就是小偷，跟我走，不然我電你了啊。

電話鈴響，謝子玉走到一旁打電話，阿寶上前拉他，線仔朋擋住，同阿寶拉扯起來，曹太太端茶上。以下的對話不是按順序說的，幾乎在同時發聲——

謝：我先接個電話再同你說……喂，喂，主編啊，我們已經來到曹先生家了，嗯，嗯，已經進來了……就是，別的記者根本都被擋架了……嘿，我們是誰啊！您放心好了，保證有鮮料……

寶：跟我出來，有電話到辦公室打去！

太：哎，有話好好說嘛。這位先生是……

寶：曹太太，你不認識我啦？我是阿寶啊，來過你家很多次啊。

太：是阿寶先生啊？哦，當然認識，我是說，大家都認識的，有話好好說，不要吵架嘛。

朋：你聽見啦，認識的，放手啦！叫你放手，聽見沒有啊？

爭執中，時光儀忽然發出刺眼光芒，將舞台照成盲點，只聽到台上亂成一片的聲音同時在喊——

謝：錦盒！錦盒哪裏去了？

寶：怎麼回事？是不是停電了？

朋：好像在打雷，你們有聽見打雷嗎？

夢：

地點：船上，一九五二年七月

人物：張愛玲、顧錦盒、謝子玉、船客

在船的甲板上，有欄杆，背景裏會有很多穿西裝、長衫、旗袍的人，或者用投影機來表現亦可。

在船舷或者什麼地方，會有一個無處不在的鐘，但是鐘上顯示的可能不是時分，而是日子：一九五二年七月。

張愛玲站在欄杆旁看海。顧錦盒出現在人群中，有點一時辨不清方向。是張愛玲先向她招呼。

張：錦盒，你來了。

錦：你是……張愛玲？我真的……我真的見到你了！可是，你，你怎麼會認識我？

張：我知道我還會再看見你的，你仍然一點都沒有變。

錦：沒有變？你以前見過我？

張：你是來送我的嗎？

錦：送你？哦，這是哪裏？我是說，這是什麼時候？你要去哪兒？（抬頭看到船上的時間）一九五二年七月。我明白了，你要離開上海去香港，對不對？這之後，你還會去日本，去美國，會嫁給一個美國編劇賴雅，還在蜜月期間，他就中風發作，後來還癱瘓了，你一直照顧他到過世，再也沒有結過婚，直至孤獨地客死異鄉，再也沒有回來過……不，不，不要離開中國！請你留下吧！留在中國，留在上海，這裏是你的根哪！

張：你還是這麼先知先覺。錦盒，不要再給我預示了。以前，我每次見到你，你都是一樣的年紀，會給我很多建議，我還以為，你是我在孤獨中幻想出來的人物；雖然到現在我也不明白這是怎麼一回事，但也大約知道，這不是一件正常的事。但是不管怎麼樣，謝謝你一次次來看我。在我最孤獨的時候，曾經給過我陪伴。

錦（激動地）：不，是你一直陪伴了我。從小到大，每當我無助的時候，就會看你的文字，然後，就會覺得溫暖，彷彿在暗夜裏看到遙遠星光。我給你寫過很多信，明知道寄不出去，明知道沒有人會讀它們，可我還是在寫，一直寫。能夠見你一面，是我平生最大的心願。

張：知道多年以後還有人讀我的文章，我很欣慰。

錦：不要走，這裏才是屬於你的地方，不論現在還是將來，都有那麼多的讀者喜愛你，仰慕你，等待著你新的作品。洋鬼子怎麼會真正懂得欣賞你呢？

張：留下來？時局這麼動蕩，我怕留下來，是不會有好結果的。

錦：也是的，我多麼不想你離開中國，可是，你又不能留在上海，因為那樣，說不定你會被批鬥、抄家、關牛棚、貼大字報、安上一大堆罪名……

忽然一聲炸雷。舞台忽然黑了。

真：

地點：曹晉試驗室

人物：曹晉、曹太太、顧錦盒、謝子玉、線仔朋、阿寶

隨著夢舞台燈光熄滅，嘈嚷聲越來越響亮，真舞台燈光亮起，原來曹晉已經回來了，正在操作機

器，曹太太站在旁邊解釋。阿寶與謝子玉、線仔朋的爭執在持續。以下對話不是順序進行的，可以互插。

曹：你怎麼可以讓他們隨便啟動機器？我說過幾次了，程式還不完善，不能輕易使用。要是出了意外怎麼辦？

太：不是我讓他們動的。是不小心，我也不知道怎麼的機器就啟動了。

謝：能有什麼意外？我朋友不見了才是意外呢。你說，你把錦盒弄到哪裏去了？

曹：錦盒？什麼錦盒？

太：這兩位記者先生剛才是和一位小姐一起來的，我走開去倒茶，不知怎麼，那位顧小姐就不見了。

朋：都是這個人，這個……什麼保安還是阿寶的，進來又吵又鬧，眼瞅不見就把顧小姐……弄到不知哪裏去了。

寶：怎麼是我又吵又鬧？明明是你們幾個要偷東西，現在還畏罪想跑？跟我回辦公室去說清楚。

謝：怎麼是我們要說清楚，明明是你要說清楚。拿出個電棍來就耀武揚威，我們是記者，有採訪自由的。

曹（惱怒，低沉地）：出去！

太（溫和地）：我先生很怕吵，請你們先出去吧！

寶：就是，曹先生讓你們出去，聽見了嗎？出去！出去說！

曹（微微抬高聲音）：都出去！

寶：出去，都出去！

謝：在我朋友回來之前，我們哪裏都不會去！

太：真是不好意思，請你們先出去吧，出去喝杯茶慢慢說，好嗎？我先生真的很怕吵的。

朋（到處摸索）：你這裏肯定有個暗門。不然怎麼好端端一個人站在這裏就會不見了？是不是像武俠小說那樣，有個什麼機關，一碰就會出現一個秘室什麼的？

曹（先是惱怒地）：什麼機關？什麼暗室？你在胡說什麼？（忽然反應過來，很感興趣地）你是說，你們的朋友是站在這裏不見了的？是怎麼不見的？她都動了什麼東西？

朋（比劃著）：就那麼『嗖』的一下子……她還說了好些話，好像是什麼『想見張愛玲』之類的，然後就聽到這個掃描器『嘎嘎』一響，那個大鐘『噹』一下子，然後顧小姐就『嗖』一下子……就這樣，一道白光一閃，就像……咦，就像這樣的白光，又來了又來了……咦，出來了出來了！

一道能把人照盲的白光一閃，舞台瞬間一黑又一亮，時光門打開，顧錦盒走出來，有些虛弱，腳下打晃。

屋裏瞬間安靜下來，所有人都愣住了，定格般一動不動。唯有曹晉走上前，扶住顧錦盒。兩人對視，時間像靜止了一樣。音樂響起。

音樂只持續了幾秒鐘，又忽然停止。所有人忽然一起活動起來。屋裏重新恢復了嘈吵。

謝：錦盒，你回來了。可把我嚇壞了！你跑到哪裏去了？

寶：神，太神了！

曹：你就是顧小姐？你剛才是走進時光隧道了？快跟我說說，是怎麼樣的情形？

錦：您就是曹先生？謝謝您，終於讓我見到張愛玲了。

曹：不，是我要感謝你，你是第一個體驗時光機的人，這是難得的經驗。你說，你剛才見到了張愛玲？

朋：你真見著張愛玲了？可謝哥剛才明明跟我說，她已經……咦，謝哥，你別是騙我吧？難道張愛玲還活著？

寶：既然沒事了，你們聊，我先走了啊。曹先生，我走了啊，曹太太，我走了啊，各位，我走了啊。

朋：走吧走吧，缺你一個，地球照樣轉，天不會塌下來的。

太：阿寶先生，謝謝您費心了。

寶：應該的，應該的。

阿寶下。

錦（依然難禁興奮）：我見到張愛玲了，我真的見到張愛玲了。（情緒忽轉低沉）可是，她就要離開上海了，從此再也不會回來，我多想勸她留下來，留在中國……

謝：你確定你見到的是張愛玲嗎？你怎麼知道你見的不是一個臨時演員？

錦：你又來了，怎麼不管什麼事都先懷疑了再說呢。我確信我見到的是一九五二年的張愛玲，可惜，我還來不及和她深談，就被你們拉回來了。曹先生，您能再把我送回去嗎？

曹：一九五二年的張愛玲？（看看手上的書）難怪，原來是你把這本《對照記》放在掃描器上，這翻開的一頁，正是張愛玲去香港前照的派司照。機器自動解讀了時間密碼，就把你送到了一九五二年。

謝（不屑又酸溜溜）：越說越神了，跟真的一樣。

錦：曹先生，那我把這張照片再重新掃描一次，是不是就可以再回去了？

曹：不行，剛才的時間是機器隨機選擇的。你不知道那具體是一九五二年的哪一天，再次回去，沒有準確資料，很容易發生無法預控的錯誤。而且，這部機器還不完善，雖然我曾經用小貓小狗做過試驗，可是，牠們都不能跟我詳細說說穿越時光的體驗。

朋：廢話，牠們要是開口說話，還不得嚇死你。

謝（調侃地）：曹先生，你這麼能發明，不如發明個讓貓貓狗狗說人話的機器，至少，發明個翻譯機也行啊。這樣，牠們不就可以向你彙報穿越體驗了嗎？

朋（跟風地）：這真是個好主意，曹先生，你想想，想想。

曹（聽而不聞，只對著顧錦盒一個人）：我給那些小貓小狗做過體檢，都或多或少有些變化，有的掉毛，還有的情緒暴躁，但還不能確定是不是穿越時光造成的副作用。所以，請你跟我好好說說穿越的情形，還要做一個詳細體檢……

朋：顧小姐，你可得想清楚了，那貓貓狗狗掉個毛沒什麼。顧小姐一頭秀髮，要是掉光了，那可有多難看！

錦（聽不見朋的話，只對著曹一個人）：我不怕，只要能再見到張愛玲，讓我做什麼都願意。為了追隨她的足跡，我去過美國的洛杉磯公寓，舊金山布希街六四五號，去過香港淺水灣，還有她讀書的港大舊址，現在，我又來了上海。在我心裏，她一直離我這麼近，時刻都同我在一起；可是她又離我那麼遠，隔著時空，隔著生死，隔著那麼多動蕩的年代與烽火。我到處都找不到她。

朋：當然找不到啦。謝哥剛才同我說，她明明已經死了嘛，死了的人，你怎麼找？去地獄找啊？你以為是孫悟空，一會兒上天，一會兒下海，一會兒跟閻羅王聊天喝茶的。

曹（只對著錦盒）：這不能操之過急。我要再做一些調試，還需要定一個準確的時間。

錦：那我選定了日子，您可以再送我過去嗎？

太（察言觀色地走上來，換茶）：我看顧小姐臉色不太好，要不，還是先回家休息吧。有什麼事，改天再談。

曹（接茶，還在興奮狀態，向妻子指點著）：你來看，這個資料很特別，還有這裏。我想，如果我們下次可以輸入一個準確的時間再做試驗，得到的資料會更準確些。

曹晉與曹太看電腦，謝子玉將顧錦盒拉到一邊私語。

謝：你臉色這麼蒼白，是不是哪裏不舒服？

錦（掩飾的）：沒什麼，就是有點頭暈。

謝：是吧？是不是就跟吃搖頭丸一樣？我跟你說，這就是催眠，是幻術，這個什麼試驗室裏，肯定藏著什麼詭怪。人家隨便說兩句話你就相信真是穿越時光了？

朋：就是，顧小姐，要我說，屋裏肯定有暗門，你不知道碰了什麼機關，被送到秘室裏去了。那裏面提前藏了一個女人，跟你說自己是張愛玲。反正你那麼容易輕信，分不出真假來。這麼著，就製造出爆炸性新聞了。

錦：你們總是這麼喜歡懷疑別人。曹太太明明說過曹先生不喜歡曝光的，人家也沒要你們報導啊。

謝：這叫欲擒故縱，在做戲呢。這一套，我看得多了。曹太太就是個托兒，說什麼曹先生不在家，說不定就躲在暗室裏操作機關呢。他偷聽到咱們的談話，知道你想見張愛玲，知道我們是記者，就故意安排了這麼一齣戲，好讓你幫他說話，再借我的筆把事情報導出去。要不，他怎麼不敢把我倆送到什麼時光機裏去呀？就知道騙不了我們！

錦（**生氣地**）：什麼騙啊騙的。你們這麼不願意相信人，跟你們說什麼也都是白費口舌。

曹晉離開電腦，走過來。

曹：好了，資料入檔……顧小姐，這是我的電話，等你體檢報告出來了，打電話給我好嗎？

錦：好的。下次，等我選定了一個準確的時間，您可以再讓我見到張愛玲嗎？

線仔朋與謝子玉在一旁說話。

朋：謝哥，我說你這位老同學看姓曹的眼神，有點不大對啊。這別就是傳說中的一見鍾情吧？

謝：這個騙子。不但是個科學騙子，還是個感情騙子。我一定要拆穿他！

第一幕完。

第二幕

夢：

地點：上海常德公寓張愛玲家中。追光燈打在日曆上，可以清楚地看到日期是一九四四年二月四日

人物：張愛玲、顧錦盒、女傭

燈光一點點移下，茶几旁坐著兩個年輕女子，一個是顧錦盒，一個是張愛玲。隨著兩人的談話，燈影慢慢擴大，照亮整個夢舞台。

佈置簡單、大方、洋氣。西式沙發，書桌、書架，茶几上擺著牛酪紅茶和西式點心。張愛玲穿收腰的小雞心領半袖滾邊民初小鳳仙式改良夾襖，配西洋灑花寬幅裙子，腳上登一雙桃紅龍鳳繡花鞋子，燙髮，淡妝，神采飛揚。兩個人對坐傾談，就彷彿閨中密友見面。

張：錦盒，真高興又見到你了，這麼多年過去，你好像一點都沒有變，永遠都不會老似的。

錦（試探地）：愛玲，你還能記得，第一次見我是什麼樣子嗎？

張：就跟你現在差不多啊。

錦：現在？哦，那你還記得，那時候你是什麼樣子嗎？

張（有些不好意思）：別再提了，讓你見笑。那情形，可真混亂啊。現在想起來，還像是做夢一樣。真沒想到還會再見到您。

錦（仍然不得其法地，抬頭看一眼日曆）：現在是一九四四年二月四日，你有二十四歲了吧？……你還記得，我們第一次見面的時候，你幾歲嗎？

張：二十四？不，按照中國人習慣，應該算虛歲，二十五了。你呢？

錦：我，我比你大一歲……哦不，其實是，我比你小……六十五歲才對。台灣人管你叫祖師奶奶呢。

張：你在自言自語地說什麼？

錦：哦，沒有什麼。（掩飾地起身，走到旁邊去翻看桌上的雜誌）《天地》，這就是蘇青辦的《天地》雜誌？咦，這期有你兩篇文章呢。說是年紀差不多，可實際上我比你差遠了，一事無成的，哪像你，年紀輕輕就已經才華橫溢，寫出〈金鎖記〉和〈傾城之戀〉這樣的傳世佳作了。

張：你也看我的文章？

錦：豈止看過，每一篇都看了不止一遍呢。我最喜歡的是〈金鎖記〉，看得都快會背了。『三十年前的上海，一個有月亮的晚上……』小時候，爸爸媽媽突然去世，我的世界忽然就傾倒了。我沒有想到，兩個活生生的人，那麼親近的人，會忽然就消失了，就不見了，說沒就沒了。在我還沒有想清楚什麼是死的時候，死亡竟然已經離我這樣近。我心裏充滿了惶恐、不安，可我不知道該怎麼表達那種感覺，我說不清楚。於是，每天晚上，我就坐在窗邊看月亮，跟月亮說，也跟月亮裏的你說。

張：月亮裏的我？

錦：是的，我相信你能聽得見。在那些孤獨的晚上，我一遍遍地看你的書，看那些悲歡離合的故事，也看那些嘻笑怒罵的文章，讓我確信世上有這樣的一個你，一個生動的、親切的你，於是，我就會感覺不那麼孤單了。全世界的書加起來，我最喜歡的就是《紅樓夢》，和你的作品。

張：我怎麼能跟《紅樓夢》相提並論？我覺得人生最遺憾的三件事就是：海棠不香，鰣魚有刺，還有就是……

張、錦（異口同聲）：《紅樓夢》未完！

兩人一起笑了。這時候門鈴響了一下，女傭走進來說：有位胡蘭成先生求見。

錦（脫口而出）：推掉他！

張：什麼？

錦（微微鎮定，但還是很急切）：愛玲，請你，推掉他。拜託了。

張（遷就地）：好吧，我們難得見面，不要讓人打擾。（向傭人擺擺手）你去回了他吧，就說我不在。

女傭下。

錦（還是很不安）：愛玲，我可不可以請求你一件事？可不可以答應我，不要見這個人？

張：我不是已經把他推了嗎？

錦：我不是說今天，是說以後。以後，也永遠不要見這個人。

張：永遠？你說得這樣嚴重。為什麼會提這麼奇怪的要求？這個胡蘭成，我看過他的文章，記得有一篇的開頭說：『桃花難畫，因要畫得它靜。』寫得很好啊。

錦：可是，可是，他，他是有太太的。

張：有太太的人，就不可以見麼？

錦：可是他不僅有太太，還很花心，見一個愛一個，又不負責任。還有，他是給日本人做事情的。是一個有害的人，是一個災難。你跟他扯上關係，會一輩子糾纏不清，追悔莫及的。所以，你最好離他遠遠的，越遠越好。一輩子都不要見到他。

張：都不知道你在說什麼。好像只要我見到他，就會發生什麼事似的。哎，他的文章真的寫得很好的，我去拿給你看啊。

張愛玲走去拿雜誌。女傭拿著一張字條上，

傭：小姐，那位胡先生走了，留了張字條。還有，剛才郵遞員來過了，這是今天的信。

錦：都交給我好了。

顧錦盒將信放在桌上，卻想把紙條藏起來，剛好張愛玲拿著雜誌走回來，她只好藏在身後。

張：你在看什麼？

錦：哦，在看這些信。（假裝翻信）這些，都是崇拜者的來信？

張：是呀，都來不及看。

錦：不看？（忙把胡蘭成的信塞到那堆信底下）不看也好。

張：每天都有很多人寫信來說喜歡我的文章，但是你也這樣說，我很開心。

錦：崇拜你的人，比你自己想像的還要多。因為你對讀者的影響，不僅在今世，要深遠半個多世紀，甚至更遠。

張：為什麼你說每句話，都像預言似的。好像你知道很多事，都是我們不知道的。就像個全知全能的神仙一樣。

錦：愛玲，你寫了那麼多愛情小說，但是，你戀愛過嗎？

張：戀愛？（避重就輕的）我們對於生活的理解往往是第二輪的，總是先看到海的圖畫，後看到海；先看到愛情小說，後知道愛情。你呢？你戀愛過嗎？

錦：我不知道……我遇見了一個人……可是……在我還不知道什麼是戀愛的時候，我已經……失戀了……

（燈光暗）

真：

地點：曹晉試驗室

人物：曹晉、曹太太、顧錦盒、謝子玉、線仔朋曹先生坐在電腦桌前緊張地操作，曹太太走進來換茶。

太：顧小姐還沒回來？她好像已經回去很久了。

曹：就快回來了。我真希望自己沒有做錯。你說，我讓她參加試驗，是不是有點輕率？

太：以前我幾次要求你讓我試用時光機，看看囡囡的將來，你都說不行，說機器還沒有投入使用，用真人試驗怕有危險。現在怎麼倒答應讓顧小姐做試驗呢？坐飛機還要倒個時差呢，她這樣兒一會兒五二年，一會兒四四年的，要是有什麼意外，我們怎麼對外界交代？

曹：她和你不一樣。她有那種強烈的要求，思想單純，但人很聰明。而且，她身上有那種懷舊的氣質。我有種感覺，她是最適合參加試驗的人。讓她回到三四十年代，不會讓人覺得詫異，不會引起混亂。但是你……

太（嗔怒地）：我怎麼了？你是不是想說我俗，不配使用時光儀？只有這位冰清玉潔的顧小姐，才是不食人間煙火的仙女，可以自由穿越過去將來？

曹：不食人間煙火？哎，你別說，你這形容還真挺到位的。

太：你……

曹（握住太太的手，拉她坐下來）：好了，別開玩笑了。我知道，你很擔心囡囡，她從生下來就有心臟病，你總怕她……可是，她是我們的女兒，不論怎樣我們都會很愛她的，會盡我們的全力撫養她健康長大。相信吧，她一定會活到白髮蒼蒼天荒地老的，等到我們兩個都老了，死了，化了灰，她還健健康康地活著，我們怎麼擔心得完呢？又何必擔心？而如果真有什麼不幸，她活不到那麼長遠的歲月……

就算你提前知道了，不是只有更加傷心？所以，還是不要預知的好。生命的過程，不就在於期盼與尋找嗎？要是什麼都知道了，那還有什麼意義？

（注意，這裏不是爭吵，而是一種耍花槍的口吻。曹先生夫妻兩個中間應該有那種介於親人與同伴之間的默契，一種真實的「關係」。）

時光門打開，顧錦盒出現了。有些神色恍惚，腳步踉蹌。

太（站起迎上）：顧小姐回來了。

曹：錦盒，你怎麼樣？

錦（夢遊般走過來）：這是哪裏？我在哪兒？

曹：錦盒，醒醒，你已經回到二〇一〇年了。

錦（定一定神，但仍然很虛弱）：曹先生，是你，原來，我回來了。

太：顧小姐，你有沒有哪裏不舒服？來，喝杯茶，歇一會兒。

錦：師母，謝、謝謝您。

太：顧小姐，你太客氣了，我們年齡差不多，別師母師母的，叫得我怪不好意思的。

錦：那您、您也別再叫我顧小姐了，叫我錦盒吧。

太：我得去接囡囡了。你們聊，錦盒，今晚在這兒吃晚飯啊。

曹太下。屋裏只剩下曹與顧時，氣氛忽然就有些異樣，可以用音樂表現兩人間的那種張力，微妙的情愫。

曹（略帶掩飾的，不知在掩飾什麼）：我太太剛才還說，我答應讓你做試驗，是太輕率了。看你臉色這麼蒼白，我……

錦：是我心甘情願的。您圓了我的夢……不，比夢境要更真實，更歡喜。

曹：可是，為什麼你的眼神裏卻全是憂傷？

錦：我見到了張愛玲，阻止了她與胡蘭成見面。可我擔心，胡蘭成還會再去的。

曹：一九四四年二月四日。難怪你選了這個日子，原來，是為了阻止張愛玲和胡蘭成的第一次見面。這日子，是在胡蘭成的《今生今世》裏查到的吧？我知道所有喜歡張愛玲的人都很討厭胡蘭成，但我看過他的書，倒覺得，他是真的很有才氣，也是真愛張愛玲的，雖然有虛榮的成分在裏面，但是，他真的欣賞她，也懂得她。他對她的讚美，比所有人說的加起來都更有誠意，更有份量。不然，以張愛玲那樣聰慧的女子，也不會愛上他。

錦：也許您說的是對的。我看到張愛玲讚美他文章的樣子，那眼神，那種激賞的語氣，我真的很擔心。他們的相識是一場災難，張愛玲的災難。如果不是胡蘭成，張愛玲的人生一定會少一些苦澀，多一點幸福。她嫁給胡蘭成，連婚禮都不敢舉行，沒有蜜月，也沒有新房。後來更帶來一生的漂泊，至死都沒有過一個自己的家。如果不是胡蘭成，她的人生，怎麼都會有一些不同。或者，她就不會離開上海，會一直留在中國，寫出更多更好更偉大的作品。我相信，不論怎樣，都比現在要好。所以，我怎麼都要阻止他們見面。（說著說著激動起來，忽然自己察覺了，有點不好意思）曹先生，我是不是有點失態了？

曹：不，沒關係。看到你，我就會忍不住想，在這個信仰缺失的年代，擁有偶像崇拜，是一件很幸福的事，至少，心裏沒有那麼虛空。

錦：是的，當我看到她的作品時，就覺得接近了她並且得到了回應。於是，冬天也就沒有那麼寒冷，夜晚也沒有那麼漫長，一個人面對困境的時候，也沒有那麼孤獨。

曹：這就像是獨自走在沙漠上的人，總是喜歡抬頭看星星，雖然無法觸及，但是看到它在那裏，就覺得有了陪伴。

錦（震動地）：你怎麼會知道那樣的感覺？我是說，你的生活這樣豐富、完美，怎麼會懂得什麼是孤獨？

兩人對視，彷彿定格了。然後忽然醒過來。

曹（掩飾地看錶）：已經這麼晚了……

錦：哦，是的，很晚了，我該走了。

曹：不，我不是這個意思……

顧錦盒轉身便走，曹晉忙回身拉住，錦腳下不穩，一個踉蹌，曹忙扶住，兩人相擁。

謝子玉和線仔朋恰巧在這個時候上場了。線仔朋連聲怪叫，拿起相機就拍，錦與曹連忙分開。

朋：呀，呀，呀……

謝：我就說他居心不良嘛。（急急上前將錦拉在自己身後）錦盒，他有沒有欺負你？

錦：謝子玉，你胡說什麼？

謝：我都看見了。

朋：我都拍下來了。

曹：二位不請自來，怎麼連門也不懂得敲？

朋：我們想敲門來著，不過門沒關，我們又剛好看見你們兩個……你們兩個……

錦：是我差點摔倒，曹先生扶了我一下……（越口吃越著急）算了，我幹嘛要跟你們解釋？

曹：我說過不接受採訪，二位可以告辭了。

朋：急什麼呀？我們剛來，椅子沒坐，茶也沒喝，哪有這麼待客的？來，謝哥，您這裏坐，我給您倒茶。嘿，這茶還是熱的呢。

線仔朋自說自話地當起主人來，端茶倒水拉椅子；謝子玉先拉錦盒坐下，自己坐在她旁邊，故意隔開了錦盒與曹先生。然後大大咧咧地招呼。

謝：錦盒，你坐這兒……曹先生，您也坐啊，別客氣。

曹（坐下，不再理睬謝與朋）：錦盒，我剛才說很晚了，是因為我約了醫生來給你做體檢，應該就快來了。我們必須要確定，這樣頻繁地穿越時間，到底對身體會有怎麼樣的影響。在確定這個之前，我不能再讓你參加試驗了。（忽然一回頭看見線仔朋）哎，誰叫你亂動機器的？

在他們說話的時候，線仔朋又在東摸西摸。曹先生話音未落，時光儀忽然被觸動機關，又發出刺眼白光。這回，是線仔朋被送走了。

再亮燈時，線仔朋不見了。而夢舞台和真舞台同時亮起來，下邊一段，兩個舞台的戲在同時進行。

謝（撲到時光儀前）：阿朋，朋，線仔朋……

曹：告訴你們別亂動別亂動，就是這麼強盜行為。出事了吧？走開！

曹在操作。各定各位，燈漸暗。

夢舞台燈光亮起。

夢：

地點：張愛玲的家。就是剛才顧錦盒與張愛玲聊天的地方，場景不變

張愛玲在翻看《天地》雜誌，忽然線仔朋昏頭脹腦地闖進來，兩人一照面，同時嚇得「呀」了一下。

張：你是誰？怎麼進來的？

朋：你又是誰？啊，我知道了，你就是那個扮演張愛玲的人吧？原來我也被送進暗室來了。哎，你還別說，你演得還挺像的，不過，我可沒有顧小姐那麼好騙。

女傭拿掃帚上，本來準備打掃的，看到線仔朋，也嚇得「啊」了一聲。

傭：你是誰？怎麼進來的？

朋（東張西望）：咦，你這身打扮好奇怪耶，做戲做全套哈。我說這些道具挺貴的吧？曹先生還真捨得花本錢。還有你這件衣裳，什麼牌子的？看起來料子不錯。你挺有表演天賦的，做臨時演員太可惜了。不如我幫你介紹個經紀人，簽個好公司，怎麼樣？我先給你拍張照片啊。

張：你胡說些什麼？你到底是誰？

傭（揮掃帚）：你是什麼人啊？在這裏胡說八道！我要叫警察了啊！

女傭揮舞著掃帚，線仔朋躲閃中，把桌子上的信件都撞到了地上。張愛玲隨手拾起紙條。

張：胡蘭成，原來他的字寫得這樣好。古人說『字畫同源』，他的字裏，真是有畫意的。倒不知道人長得什麼樣子？

線仔朋不管二十一，拿起相機就拍，一道白光閃過，夢舞台不見了。

真：

地點：曹晉試驗室

人物：曹晉、謝子玉、顧錦盒、線仔朋

真舞台燈光漸亮，曹仍在操作，謝與錦站在身後望著，隨著燈光亮起開始對話。

錦：謝子玉，我跟你說過，這個時光儀是真的可以穿越時間，你不相信就算了，幹嘛總是搗亂？

謝：我不是來搗亂的，我是不放心你。要不是線仔朋給我消息，我還不知道你今天要來呢。

錦：你們跟蹤我？

謝：沒有，沒有，怎麼會呢？

曹：他不是跟蹤你，是在監視我。

白光閃過，時光門推開，線仔朋出現了。

謝：線仔朋，你可算出來了。

朋（暈暈乎乎地，原地連轉了幾圈兒）：好暈啊，好多星星，好多金子！

謝（拉著他站穩）：阿朋，你跑到哪裏去了？

朋（定定神）：我剛才去了一個屋子，屋裏有個女人，燙頭，穿著奇裝異服，我猜八成就是那個扮張愛玲的臨時演員。我還給她拍了張照片呢……咦，怎麼什麼都沒有？什麼都沒拍到耶！

曹：什麼？你在四十年代使用數位相機？在不合適的年代使用不合適的儀器，是會造成時空混亂的，真是亂彈琴！

朋（還是不信）：越說越正經了。我看你也夠會演戲的。哎，謝哥，我跟你說，那個女演員演得還挺像的，手裏拿個字條，還念叨呢，說什麼這個胡蘭成的字寫得真好，還說想見個面。

錦：什麼？她還是要去見胡蘭成？

曹：我記得書裏說，胡蘭成第一次拜訪張愛玲時，的確是沒有見到。但是張愛玲看到胡蘭成的字條後，隔了一天，親自到胡蘭成住的美麗園回訪。那才是他們的第一次見面。

錦：我應該再回去一次，去美麗園等著張愛玲，再次阻止他們見面才行。曹先生，你趕緊再把我送回去吧。

曹：不行。我必須要對你的健康負責任。錦盒，你的願望只是見到張愛玲，這一點你已經做到了。至於想阻止她和胡蘭成的見面，甚至阻止他們相愛，改寫張愛玲的命運。我想，這是不可能的。歷史，就是已經發生了的事情，如果可以被你輕易改寫，那麼歷史，還能稱之為歷史嗎？

謝子玉的手機又響了，走到一旁接電話。

謝：喂？主編啊，是的，是的，我們正採訪呢。有料，絕對有料，線仔朋實地採訪了的，我回去再詳細跟您彙報。（拉阿朋到一邊竊竊私語）哎，你剛才到底看到什麼了？是不是像電影片場似的？那個演張愛玲的人長得什麼樣子？跟照片上的張愛玲像嗎？

朋：這個，我也說不來。那女人很神氣，個子高高的，衣裳很洋氣，那股勁兒可特別了，我一看見她，就不大會說話了似的，腦子也不靈了。

謝：你那腦子，從來也沒靈過。唉，可惜你沒有拍好，不然，我們把照片一發……啪，大新聞！我連標題都想好了——〈時光儀真假難辨，張愛玲重現人間〉！

朋：你不是說時光儀是假的嗎？怎麼又成真假難辨了？

謝：笨。上次寫文章已經說是假的了。這次要還是說假的，有什麼料？當然換個說法了。就寫你真見到張愛玲了！

朋：那我是不是很威風啊？

謝：你當然威風啦，都穿越時光了。哎，你剛才穿越的時候感覺怎樣？

朋：就跟坐過山車似的，有點暈，不過還挺刺激的。就是時間短了點兒，我還沒回過神兒來呢，就給弄回來了。哎，謝哥，現在想起來，好像又有點真耶，說不定真是穿越呢。

謝：你還真容易上當。我跟你說，這些什麼穿越，什麼前世今生，什麼第六感，透視眼，氣功治病……都是騙人的。哪有人可以預知過去未來呀。就像電視上那些股評專家，每天坐在那裏指點江山，瞎三話四，吹得神神乎乎的，好像真會點什麼似的。你以為他們真可以預測股市啊？狗屁！讓我坐在那裏，我也會說。問他：（模仿股民問話）請問專家，股市未來發展會怎麼樣啊？（跑到另一邊咬文嚼字做專家腔）橫向整理、上下震盪；（再跑回來模仿股民問）那專家我們該怎麼做呀？（再跑到另一邊一字一句回答）高拋低吸、保證收益。廢話嘛！

門鈴響。曹先生走過來，一邊打算開門一邊說話。與此同時，燈光漸暗。

曹：大概是醫生來了。線仔朋先生，希望您能同顧小姐一起接受檢查，好嗎？還有，我想請您再詳細跟我說說剛才的所見所感。

朋：沒問題。我剛才啊，去了一個地方，那地方，可大，可亮，可神氣……

第二幕完。

第三幕

背景聲裏蟬嘶如雷。真舞台和夢舞台的燈光同時亮起，但都是半明半暗

真舞台是平光，為曹晉試驗室；夢舞台燈光溫暖柔媚，佈置成喜堂的樣子，胡蘭成和張愛玲在寫字，顧錦盒穿梭其間，做阻攔之勢，但沒有身體接觸。

蟬聲漸低，真舞台燈光漸亮，夢舞台燈光漸暗。

真：

地點：曹晉試驗室。

地點：曹晉、謝子玉、線仔朋、曹太太、顧錦盒（**替身**）

曹晉在操作機器。顧錦盒躺在旁邊的床上或是坐在椅上，可以用替身。謝子玉與線仔朋站在曹晉身後。

謝：曹先生，用這種方法穿越就安全嗎？為什麼不讓我陪錦盒一起參加試驗？

曹：這次的穿越試驗同前幾次不同，只是一部分的神經細胞，也就是思想回到了過去，而她的人、

她的身體還停留在原地，這就像做夢一樣，哪怕是個噩夢，也不會有什麼危險。這樣做，是安全係數最高，對身體的傷害是最小的。

謝（旁白）：也是更容易做假的。我早說過了，這根本就是催眠術嘛！

朋：那如果這個人回到過去，回不來了，是不是就失蹤了？

謝（一驚，有些為錦盒擔心）：會失蹤？

朋：我是說哈，有很多人失蹤，有人說是外星人擄走了……

謝（匪夷所思）：外星人？

朋：……但也可能是他忽然穿越了，對不對？要是思想回不來了，一直這麼睡下去，那不就變成植物人了嗎？

謝（更驚）：植物人？

朋：說不定啊，那些植物人都是些穿越過去未來、回不來了的人呢。

曹（一本正經的）：人腦是最艱深的課題。關於思想，關於夢境，還有預感、心靈感應，甚至是一見鍾情、心有靈犀，這都是非常深奧的科學，已知的只怕不到未知領域的萬分之一。從某種意義上來說，所謂思想，就是人腦對時間的一種重新排列組合方式；當我們回憶，時間便回到了過去；而預感，就是思想走到了未來。所以線仔朋先生的說法不無可能，那些植物人，或者也是有思想的，只是他們的思想不受身體控制，也沒有停留在這一時這一地……

謝：那你既然發明了時光儀，可以穿越過去未來，不如去一趟科學先進的未來，然後把科學發明啦、醫學成果啦，都給帶回來，那不就可以早些知道答案，少走好多彎路了嗎？您再把這些成就一公開，哇塞，那不就發了！

朋：對呀對呀，也不用去到那麼遠啦，只要能去到幾天後，弄到下期彩票號碼，就可以發大財啦！至少，可以看看明年有什麼牛股，可以翻幾番的那種也行啊！

曹（嚴肅地）：所有的科學發明，都不可以心懷貪念，用來投機取巧，圖謀暴利。不然，一定不會有好的成績的。

曹太太端茶上。

太：他就是這樣，整天說不能用時光儀謀私利。連我想到未來去看看囡囡長大後什麼樣子他都不肯呢。我本來想，如果早一些知道女兒將來會遇到些什麼災難坎坷，不就可以未雨綢繆，提前避免了嗎？可他硬是不同意，說已經發生的不可以任意改變，將要發生的也不可以硬行阻止。

朋：那我就不明白了，又不能改寫歷史，又不能預防後患，連拿來發財都不行，那發明個時光機還有個鳥用啊？

有敲門聲。曹太開門，阿寶上。

太（聲音明顯猶疑）：您好。您……

寶：曹太太，您又不認得我啦？我是阿寶啊。

太：認得，我當然認得。

朋：嘿，又是你！這回我們可是從前門進來的哈！

寶：我是來收水電費的。

太：噓！（請阿寶到一邊來）請不要在我先生面前提錢。水錶在廚房裏，您跟我來好嗎？

寶：對了，曹太太，上次你說廚房有點漏水，天花板也有些破損，我替你問過裝修公司了，那個價錢……

太：噓……

寶：對，對，不要在曹先生面前提錢。

曹太太與阿寶齊下。

真舞台燈光漸暗，幾個人如定格一般保持原態；夢舞台燈光漸亮，人物開始活動，有對白。

夢：

地點：張愛玲的家，窗紗上貼對喜字，一對紅燭插在饅頭上，就算喜堂了

人物：胡蘭成、張愛玲、顧錦盒

胡蘭成提筆寫字，然後將筆交給張愛玲，張愛玲接著寫下去，顧錦盒穿梭其間，卻無力阻攔。

胡、張拾起喜帖，相視而笑。錦盒想奪帖，只是伸手，卻拿不到。

錦：愛玲，不要，不要！

張（若有所聞，望向空中）：錦盒！

胡：你說什麼？

張：我好像聽見有人叫我，就是我跟你說過的那位顧小姐。

錦：是我，是我啊，愛玲！我在這裏！你聽得到嗎？

胡：那個像預言家一樣的女子？我倒是很想見見的。

張：凡是女人，你都是有興趣見的。

胡：生氣了？你不是說過，倒是願意天下女人都歡喜我的。

錦：你無恥！

張：我願不願意，你這個人，都是不會改的。我也只是看著罷了。

胡：讓我們來念結婚誓詞吧。

錦：不要！不要結婚，不要嫁給他！

胡：胡蘭成、張愛玲簽訂終身，結為夫婦——

錦：你沒有誠意！你結了一次又一次婚，哪一次是長久的？

張：願使歲月靜好，現世安穩。

兩人對燭而拜。

錦（情急地從兩人中間穿過）：愛玲，不要相信他！他不會給你現世安穩的！

胡、張對拜畢。

胡：歲月靜好，現世安穩。愛玲，這便是你的願望？

張：如果能夠靜好安穩地生活，我已經於願足矣。

胡：我答應你，一定給你安穩，快樂。你看，今晚的月亮多美，多圓，這是個好兆頭，意味著人長久，月長圓！我真希望，每一個月圓的晚上，都可以陪你在這裏一起看月亮。

錦：胡說！你騙人！你辜負了愛玲，何時給過她安穩、快樂？你娶了她，連家用都不必付給，連新房都不用準備，連一個像樣的婚禮都不能給她！你更沒有給過她一個家！才剛剛新婚，你就去了武漢，認識了小周，那個小護士；後來，你又搭上了范秀美，那個本來是你長輩的寡婦！一個又一個，你前前後後有過多少女人？可是愛玲不怨你，不恨你，明知道你不忠，你對不起她，還是一天天一夜夜地為你擔心，為你擔驚受怕，為你枉耽罪名，一個人山長水遠地去看你，看著你當著她的面跟別的女人調情，卻還把所有的稿費拿出來資助你！可是，可是你是怎麼做的？你連一句承諾也不給她，讓她一個人孤單單來，一個人孤單單去。你用著她的錢，跟那個范秀美躲在山村裏卿卿我我，還讓那個范秀美懷了孕，你甚至讓那個女人拿著你的信來上海找愛玲，讓她出錢幫你的情婦打胎，你，你根本不是人……

胡（聽不見）：愛玲，我們結婚了，從此就是夫妻了。

胡、張相擁。

錦盒失聲痛哭。哭聲中，燈光暗下去。

第三幕落。

第四幕

真：

地點：療養院後花園長椅，旁有柳樹

人物：曹晉、謝子玉、顧錦盒

有清脆鳥鳴，真舞台燈光隨之亮起。

療養院長椅上，謝子玉陪著顧錦盒在說話。曹晉帶著女兒在遠處放風箏，但只聽到聲音，沒看到人。小女孩可以一直不出現。但可以有穿白衣的護士扶著病人走個過場。

女（幕後）：爸爸，放高些，再高些，風箏飛起來了！

曹（幕後）：囡囡，跑慢些，小心點。

謝：真看不出來，曹先生平時那麼嚴肅的一個人，嬌慣起女兒來，還真是一個好父親。

錦（神往地看著）：一個完美的父親。人們總說『掌上明珠』，我一直想像不出來，但是看到曹先生的女兒就知道了，這就叫掌上明珠吧？

謝：錦盒，你是不是又想起你爸爸媽媽了？對不起，我又提起你的傷心事了。自從你去了美國以後，我常常想起你，想起你替我寫作業，想起你一著急說話就結巴的樣子，想起你想見張愛玲的口頭禪，想起你總是會迷路的壞習慣，每天上下學走一樣的路回家，可你還是常常走著走著就走岔了。我就想，美國那麼大，你一個人在那裏，怎麼回家呢？會不會走著走著就不見了？我真的好擔心。那天在曹先生家門口遇見你，我就想，這就是緣份……

錦（不安地打斷）：子玉，說說你的夢想吧。你最大的夢想是什麼呢？

謝（躊躇滿志地）：嗯，我希望，在我四十歲之前，可以坐到主編的位置。

錦：我不是說這個，我是說，更大的、更發自內心的、夢想。

謝：要是能做到總編，就更好了。

錦：子玉，發揮一點想像力，如果人類不去想像月球，就不會有阿波羅登月；你可以想像得更大膽一些。如果，如果隨便你天馬行空地想像，你會做什麼？

謝：隨便想像？

錦：是啊，如果任你想像，那你最想實現的夢是什麼？

謝：那就……開一個報業集團！

錦：子玉！我們，我們說的根本不是一回事。

謝：不是一回事？那還有什麼？啊，是不是小時候寫作文〈我的理想〉那種？我記得有一次老師讓寫作文，『最想做的事』，同學們都是說想當科學家，想當作家什麼的，只有你，居然說『想見張愛玲』。你真是一點都沒有改變，從小到大都是這樣，老是說些莫名其妙的話，讓人聽不懂。

錦：我在美國的時候，同學們也總說聽不懂我的話。

謝（玩笑地）：那是不是因為你跟美國人說中國話，跟中國人說美國話的緣故？（看看錦盒的臉色，吞吞吐吐又很甜蜜地）不開玩笑了。錦盒，我跟你說，其實我有很多計劃。我雖然只工作了三年，但已經小有積蓄了，還首付買了一套兩室一廳，當然，有一部分錢是家裏贊助的啦。不過，我會還的。我還想著，再過兩年，等組建了自己的家，就買輛車，當然，可以先買輛二手車……

錦（不耐煩地打斷）：子玉，我想明天出院。

謝：出院？幹嘛這麼急？我不是替你向公司請了一個月的假麼？還不趁機多休息幾天？你是不是擔心住院費的事？放心好了，曹太太說，這家療養院的院長是她朋友，所有的費用都由她負擔。

錦：可我不想用她的錢。再說，我知道曹先生也不寬裕……

謝（學曹太太的樣子）：噓……別在曹先生面前提錢！哈哈哈，這曹晉真是有福氣，那麼書呆子的一個人，居然會娶到這麼漂亮的老婆。我聽說曹太太的娘家是很有一些錢的，曹先生的專案就是岳丈投資的。又有錢，又溫柔，對老公又體貼周到，真是全世界男人理想中的完美太太！

錦（情緒忽然低落下來）：是啊，是個完美的家庭。

謝：那天在曹家門前遇到你，真是沒想到啊。

錦：是啊，真是沒想到。

謝：感情的事，是很難說的。一個人喜歡上另外一個人，真是沒道理好講，（深情地望著錦盒）就像命中注定一樣，遇見了，喜歡了，就再也忘不掉。

錦（望著曹先生的方向，感喟地）：是啊，一個人喜歡另一個人，是沒道理好講的。遇見了，心動了，再也放不下，就好像命中注定……

謝：錦盒，你也贊同我，是不是？那就太好了，我一直都想告訴你，我想跟你說……咦，錦盒，你好像沒有在聽我說話，你在想什麼？

錦（自言自語地一般）：如果有一個人，他很懂得你，就好像你的另一半，他做的每件事、說的每句話，都一直深入到你的心裏去。他可以幫你完成最渴望的夢想，甚至比你所希望的更令你滿意，只要和他在一起，每一分鐘都充滿驚喜，又有一點辛酸……

謝：錦盒，你在說什麼？你的意思是……（電話鈴響）你等等，我接個電話啊。（走到一邊去）喂？喂？阿朋啊？你在哪呢？……已經有線索了？太好了！你確定嗎？這可是頭條新聞！……

謝子玉一邊打電話一邊走遠，而同時曹identifying的聲音則由遠而近，走進畫面，坐在長椅上。

曹：囡囡，爸爸累了，跑不動了，你自己玩一會兒啊。慢點跑，小心點……（向錦盒）不行了，真是老了，跑一會兒，就喘得厲害。這孩子，就是喜歡跑。還沒學會走的時候，就已經很想跑了。等到會跑的時候，簡直就一步都不肯走，只是跑。

曹先生看著女兒的方向，笑著。錦盒遞給曹identifying一方手帕。

錦：曹先生，擦擦汗吧。

曹（接過來看了看，又折起放下，自己從口袋裏掏出紙巾來）：還是用這個吧，雖然不環保，不過習慣了。現在用手帕的女孩子可不多了。

錦（有些挫敗地收起手帕）：是啊，我是個落伍的人。

曹：這好像是〈傾城之戀〉裏白流蘇的對白。你不是落伍，是傳統。所以我才說，你有一種懷舊的氣質，難怪你會念念不忘要見張愛玲。

錦：可是我看得見她，她看不見我，又有什麼用呢？這樣的見面，就跟看她的小說一樣，無法交流。

曹：我記得你以前說過，看到她的文字，就感覺已經接近了她並得到了回應。

錦：是我太得隴望蜀了。我想我這樣一個平庸的人，居然可以同張愛玲成為朋友，只是因為我是從現在回到過去的，所以先知先覺，才顯得有些不同吧？說不定所有的智者都是穿越時光的人吧？因為預知預覺，再平凡的未來人，也比最不平凡的舊時人高明，因為，他已經「知道」了。知道，就顯得聰明，高深。如果我本來就生活在那個年代，即使有機會見到張愛玲，她也未必會理睬我的。

曹：何必妄自菲薄呢？你知道你是很與眾不同的。但是人的緣份有深有淺，不該強求。你想見張愛玲，已經見到了，就該適可而止，不然，對她，對你，都是不好的。

錦：（夢囈一般）可是人怎麼能管住自己的心呢？喜歡一個人，最初只是遠遠地看著已經心滿意足，後來又希望能接近他，再近一些，然後就希望永遠地擁有。剛會走，就想跑，一旦學會了跑，就再也不肯好好地走路了……

謝子玉匆匆跑回來，交代了一句話又匆匆下。

謝：錦盒，報社有緊急情況，我改天再來看你啊。曹先生，我先走了，回見啊！

曹（看著謝子玉的方向，顧左右而言他地）：小謝這個小夥子不錯，雖然浮誇了點，但他工作很奮力，也很關心你，他跟我說，從你見到張愛玲後，就多了很多心事，經常憂心忡忡的。這真讓我內疚，我還記得，第一次見你的時候，是個那麼單純的孩子。

錦：您這樣說話，好像把我和囡囡當成一般大似的，我怎麼會是孩子呢。我跟您也差不了幾歲呢。

曹：可你和囡囡一樣天真，一樣富於幻想。你知道嗎？有一次我帶囡囡去動物園，那是她第一次看見長頸鹿，從此就著了迷，睡著醒著都說自己看見長頸鹿了。在家的時候，她說長頸鹿就站在床邊，看著她睡覺；去幼稚園，又說長頸鹿跟著她呢，還跟著交通車一塊兒跑；她去她姥姥家，住在十七樓那麼高，那長頸鹿也跟著長到十七樓那麼高了，一推窗就能看見，說在窗外跟她打招呼呢。也許我們每個人小時候，都像囡囡一樣，會看見別人看不見的，屬於自己的長頸鹿。可是隨著日漸成熟、世故，我們失去了這種能力，沒有了夢想，沒有了渴望，再也看不見那隻如影相隨的長頸鹿了。但是你不一樣，你有一顆赤子之心，充滿夢想與溫柔的愛，就像長不大的孩子，你說想見張愛玲的樣子，就跟囡囡說起長頸鹿一樣天真、執著。所以第一次看見你，我就很想幫你完成心願。

錦：可您現在後悔了。

曹：沒有。每個人都在追問我發明時光儀的意義，他們總是說：如果不能謀取利益，不能帶來盛名，那要時光儀有什麼用？我不知道該怎麼回答。但是幫助你見到張愛玲，看到你那樣欣喜，我就想，這便是最重要的意義了：為了成全白流蘇，整個香港都淪陷了；或許我發明這個時光儀，就只是為了圓你的夢吧？

錦：那您能答應我，讓我再見一次張愛玲嗎？就一次，最後一次，行嗎？

曹：錦盒，不要太任性，你的身體，真的不適合再做試驗了。

錦：可是我沒事了，真的沒事。

曹：錦盒，聽話，好好休息，健康，比什麼都重要。

錦（落寞地）：您又把我當孩子了。

燈光暗，第四幕完。

第五幕

真舞台與夢舞台同時存在

兩邊的燈光各照著一個秋千架，顧錦盒和張愛玲分別在兩個舞台上打秋千，一個起來，一個便落下。兩人有問有答，但感覺上像是顧錦盒在自問自答。

這是顧錦盒的夢境，也可以理解作她與自己心靈的對話。

錦：我愛上了一個有家的男人。

張：我也愛上了一個有家的男人。後來，他為我離了婚，我嫁給了他。

錦：可是，再後來，他又有了別的女人，你還是離開了他。

張：誰？你說的是你的男人，還是我的男人？

錦：是你的。我愛的那個人，大概永遠也不會成為我的男人。

張：那樣也好，那樣就永遠也不會犯錯了。

錦：我不知道，沒有機會同他一起犯個錯誤，是好事還是壞事。也許，只要他願意，我是很想錯一回的。同他在一起時，感覺時間就好像停止了一樣，又好像白駒過隙，轉眼千年。心裏無端地就會覺得淒苦，想流淚……

張：女人戀愛的時候，是會有這種委屈的。可是，既然沒有開始，你怎麼知道結局一定是錯的呢？

錦：因為，我看到了你的故事。這樣的感情注定是沒有出路的。我得不到他，所以會這麼痛苦；你得到了，卻只會更加痛苦。如果你沒有嫁給她，眼淚就不會那麼多，以後的生命也都會不一樣。所以，我知道是錯的。

張：如果明知道是錯的，那就不要明知故犯了。人生不怕賭，但是如果明知道會輸，卻還是要下注，就不是勇敢，是愚蠢。

錦低下了頭。

胡蘭成從真舞台上場，輕咳一聲。錦盒抬頭，一驚，從秋千上走下來。

錦：你是……胡蘭成？你怎麼、怎麼會來到這裏？

胡：每個年代裏都會有一個我。不需要有什麼時光儀，只要我願意，哪裏都可以去得。

錦：你這樣的人，你這樣的人……

胡：我這樣的人怎麼了？你一再勸愛玲離開我，可你自己，不也是愛上了一個有家的男人嗎？

錦：不是這樣的。我從沒有想過要破壞曹晉的家庭，我只是想做他的朋友。

胡：愛玲從前也是這樣說，我不過每天去探訪她，喝杯茶，聊聊天。可是後來，她變得委屈，多愁善感，於是，我只好離了婚，娶她做太太。我這樣做，也是為了她著想。可她還是很難過，多愁善感。我們分手，也是她自己提出來的，我也很受傷，為什麼你卻要責怪我呢？

錦：愛玲對你那樣好，可是你卻見一個愛一個，對她不忠……

胡：世上可愛的女子那麼多，我怎麼可能見到美好的事物而不心動呢？曹晉，不也是很喜歡你麼？

錦：不，沒有……

胡：沒有什麼？你想說曹晉不喜歡你麼？如果曹晉不喜歡你，你反而會高興麼？

錦：我……

胡：如果曹晉不喜歡你，你一定會很失望，很傷心；可是如果曹晉喜歡你，你又會覺得他花心，不專一。或者，你只是希望曹晉對你一個人動心，只為了你一個人對太太不忠，是不是這樣你才會開心呢？

錦：不，不是的！

胡：你這樣糾結的個性，是怎麼都不會高興的了。你想找愛玲，想找曹晉，可是曹晉對你不好，你會難過；對你好，你也還是要難過的。因為他可以對你好，就可以對所有可愛的女孩子好。就像我這樣，我不過是一個多情的男人，我對愛玲不忠，可我也深愛了她一輩子，比她愛我更長久……

錦：你在狡辯！我不要聽，不要聽！

錦盒在夢幻中有些崩潰，抱著頭蹲了下來。胡蘭成下場，曹晉挽著曹太太上。錦盒抬頭看見，更加震驚。

錦：你們……

曹：錦盒，我特地來告訴你，以後不能再幫你做試驗了。所以，你以後不會再見到張愛玲了！

錦：不能再見張愛玲？

太：還有，你以後也不要再來見我先生了！

錦：不能再見曹先生？

太：是的，我們不歡迎你。以後，希望你不要再來了。

背景聲越來越大，在「不能再見張愛玲」和「不能再見曹先生」的交錯重複中，錦盒崩潰地倒了下去。幕落。

第五幕完。

第六幕

這一幕的真舞台要更美，雖然是平光，但佈景浪漫；而夢舞台要冷清得多，只用追光燈照著簡單的桌椅。

兩幕不是同時開始，夢舞台的燈光後啟，用漸明入，用漸暗出。

真：

地點：可以是桃花林，也可以是江邊林蔭路

人物：謝子玉、線仔朋、顧錦盒

謝子玉拿著本書在背誦，線仔朋在擺弄相機。

謝（念書）：也許每一個男子全都有過這樣的兩個女人，至少兩個。娶了紅玫瑰，久而久之，紅的變了牆上的一抹蚊子血，白的還是『床前明月光』；娶了白玫瑰，白的便是衣服上的一粒飯黏子，紅的卻是心口上的一顆朱砂痣。

朋：白月光？蚊子血？這話說得還挺有道理的。我就是這樣，你還記得咱報社接電話的那個小周不？我以前追她的時候啊，覺得她怎麼看怎麼漂亮，連啃雞爪的饞樣都特別可愛；可後來談上了，怎麼看怎麼煩，一看她啃雞爪子就抓狂，恨不得把她的手剁下來讓她自己啃。

謝：哈哈，現在呢？現在看習慣了嗎？

朋：什麼呀，早分手了。有一天晚上我做噩夢，夢見她把我的手啃了。第二天一早就跟她分了。不過現在想起來，又挺想她的。人啊，就是這點賤。

謝（繼續念書）：於千萬人之中遇見你所遇見的人，於千萬年之中，時間的無涯的荒野裏，沒有早一步，也沒有晚一步，剛巧趕上了，那也沒有別的話可說，唯有輕輕地問一聲：『噢，你也在這裏嗎？』

朋：誰？誰在這裏？謝哥，你是在跟我說話嗎？

謝（繼續背誦）：個人即使等得及，時代是倉促的，已經在破壞中，還有更大的破壞要來。有一天我們的文明，不論是昇華還是浮華，都要成為過去。

朋：謝哥，你今天好奇怪耶，無緣無故約我來這裏散什麼步，可是又不說話，自己一個人看書。（看看封面）啊，我明白了，你在背張愛玲的書，是為了那位顧小姐吧？（指指自己腦袋）我覺得那個顧小姐除了這裏有點問題，脾氣也蠻好的，人也不是很難搞啊。你怎麼追了這麼久還是沒有進展啊，也太遜了吧？

顧錦盒上。

朋：咦，那不是顧小姐嗎？顧小姐，真巧啊！

謝（假模假樣地走過去，一甩圍巾，做個五四青年的模樣，拿著腔調問）：你、也、在、這、裏、嗎？

錦：我剛下班，每天回家都要經過這條路的。你們怎麼會走到這裏來的？

謝：我們剛去做採訪……

朋：（莫名奇妙）我們要去做採訪嗎？

謝：做完採訪回來。

朋：又回來了？（忽然省悟過來）啊對，『沒有早一步，也沒有晚一步，剛巧趕上了』，很巧。真的很巧。

錦：你在說什麼？

朋：我是說，我們剛做完一個採訪，這不，拍了好多照片，還沒來得洗呢。我這就洗照片去。你們聊，你們聊啊。『於千萬人之中遇見你所遇見的人，於千萬年之中，時間的無涯的荒野裏，沒有早一步，也沒有晚一步』……

聲音漸遠，線仔朋下。

錦（一直看著朋走遠）：你這朋友今天好奇怪。他也喜歡張愛玲嗎？

謝：他就是這麼奇奇怪怪的。錦盒，你的臉色還是這麼蒼白，我就說不該這麼早出院的。上次體檢報告說你的血小板一直在降低，又是貧血、又是心律不整的，最近好些了嗎？

錦：還是經常頭暈，有時還幻聽。還有，我昨晚又夢見張愛玲了……不過，我跟你說，你可不要告訴曹先生。

謝：為什麼？

錦：那樣，他就更不會答應讓我再見張愛玲了。可是，我還有好多的話要同她說。

謝：你有什麼話，同我說也是一樣啊。心理學家說過，如果一個人過分迷戀虛幻人物，是因為太孤獨，覺得身邊沒有人能理解自己，所以才會寄希望於想像……

錦：張愛玲不是虛構的。她是一個真人！

謝：可也是一個過去的人啊。是你夢中的人。這世上，難道真就沒有能夠理解你的人嗎？

錦：有一個，可是，他離我太遠了。如果我總是去見他，找他，跟他談心事，會做錯事的。

謝：你是在說曹先生？你是不是喜歡上他了？（忽然就暴躁起來）我就知道！真不明白你喜歡他什麼？

錦：他圓了我的夢。

謝：夢？我看你現在才是在做夢呢！就是浪漫嘛，對不對？你就是要人陪你說風花雪月嘛。我懂，我會呀，『三十年前的月亮落下去了，三十年後的月亮正在升起』。你是要說這些嗎？我可以說給你聽呀。

錦：我，我，你，你，不是，是……

謝：錦盒，你別急，別急啊。你還是跟小時候一樣，見到陌生人，或者一著急，就口吃起來……

（忽然想起來）可是你跟曹晉在一起的時候，說話倒是很流利的。我真蠢，早就該想到的！

錦（壓抑太久，忽然豁出去地表白）：好吧，子玉，既然你已經知道了，我也不瞞你。是的，我愛曹先生。從我看到他第一眼的時候，我就已經愛上了他。可是，也是在那一分鐘，我便知道，我們相遇得太晚、太晚了，他不屬於我，我們永遠都不可能在一起。我真的很絕望，很痛苦，我想忘了他，可是我沒有辦法假裝他不存在。我一直都在尋找，尋找那個和我一樣、能聽懂我的話的人，這尋找雖然孤獨，但我抱著那樣一個希望，就總還在努力著。我相信這世上必定有一個人，他就好像我的另一半，跟我呼吸著一樣的孤單，但當我們遇見，就可以在寒夜裏彼此取暖。現在，我終於找到了，可是，我卻注定要失去，從此，只有更冷，更孤單……

謝：我的確不明白你在說什麼。你一會兒說要找張愛玲，一會兒又說找的是曹晉，你到底在找什麼？我就站在這裏，你一回頭就看得見，可是為什麼你就是看不見我？你說你孤獨，我懂，我懂啊。可是這個浮躁擁擠的年代，誰不是孤獨的？我跟你說，我們報社裏有幾十個記者，常常為搶一條新聞打破了頭。大家每天見面你好我好他好，可是誰跟誰都不說真心話，難道我不孤獨嗎？還有線仔朋，他一個人大老遠地從台灣過來，做狗仔隊，狗仔耶！你以為他心裏好過嗎？有時為了拍一張照片，他一蹲就是大半夜，那才孤獨呢！可是你卻只看到曹晉的孤獨。他有什麼可孤獨的？一個久富盛名的發明家，有個恩愛的太太，完美的婚姻，還有個很有錢的岳丈呢！我不明白你從哪裏看出他孤獨的？我更不明白，為什麼現在的女孩子總是愛上結了婚的男人。是不是因為他們有經驗，有手段，更懂得怎麼欺騙感情？

錦：你又在說欺騙！你總是說他在騙我，在騙我。可是他從來沒有騙過我，他從沒有跟我說過他喜歡我，他根本不想同我談感情。他同我談他的孩子，他的妻子，他的研究發明，可就是不談他自己，更不會談他跟我。你想知道我為什麼會喜歡他嗎？就是因為他懂得信任，有夢想，也尊重每個人的夢想，不論是他女兒的，還是我的。你總是在懷疑一切，可是他卻相信他女兒見到了長頸鹿。

謝：長頸鹿？什麼長頸鹿？他相信女兒看到了長頸鹿，那就相信好了。喏，就在你住過的那個療養院裏，你隔壁病房有個人，整天跟人說他見到了UFO。你信嗎？啊，就因為他弄了個傻得要命的時光機，弄了個假模假樣的張愛玲，你就真相信穿越時光了？相信他讓你夢想成真了？醒醒吧，他是個騙子！騙子！

錦：你總是這樣。你以前懷疑他造假，現在又懷疑他在騙我的感情。可是你根本不確定，更不能證實。如果你同我說的話，都是不能被證實的，也就是假話，那麼說謊的人就是你，騙我的也是你。你又怎麼能說別人在騙人呢？

謝：我？我在騙你？錦盒，你又把我繞糊塗了。你的話，我都快聽不懂了。

錦：你聽不懂我的話，張愛玲也說聽不懂。她聽不懂，是因為我一直在說些預言，說一些對於她來說還未經證實的話；可是我同你說的話，都是正在發生的，你卻也說聽不懂。

張：難道曹晉就可以聽懂你的話？

錦（低下頭）：事實上，很多時候，根本不需要我把話說出來，他就懂了，就已經回答了我的問題。可是，我為什麼要遇見他那麼晚？如果我能早五年、十年遇見他，生活會不會有一些不同？

謝：從前，你一直嚷著要退回六十年，去見張愛玲；現在又說要退回十年，去重新遇見曹晉。可是，如果生活能夠這樣隨心所欲地改寫，不滿意了就塗掉重來一次，那會變成什麼樣子？你才認識曹晉多久？能有多喜歡他？我認識了你十幾年，我對你怎麼樣，難道你不明白嗎？

錦：這和時間沒有關係。如果那個人真正懂得你，哪怕只相處幾分鐘，或者只是擦肩而過的一個眼神，甚至從來沒有見過，隔著千山萬水，或者隔著三五十年，也仍然可以感覺得到。

謝：感覺？什麼是感覺？我這樣握著你的手，這樣想你，這樣關心你，難道你就沒有感覺嗎？

錦（痛哭起來）：子玉，我知道你是好人，你對我好。可是，我想找的那個人不是你，不是你……

顧錦盒坐在長椅上哭泣，謝子玉坐到她身邊，音樂響起。

（要注意的是，顧錦盒出場時本是一個清麗嫺靜的女孩，但隨著她的一次次穿越，心智深受影響，越來越恍惚，情緒不受控制，有些神經質起來。直到時光儀毀掉，她最後一次出場時，才又恢復了開場時的清麗單純。）

夢：

地點：張愛玲的家。但只有一桌一椅，一盞燈

人物：張愛玲

音樂聲中，夢舞台的燈光漸漸亮起來。

張愛玲一直在寫信，背影孤淒。幕後響起：

張：我已經不喜歡你了。你是早已不喜歡我了的，這次的決心，我是經過一年半的長時間考慮的。彼時唯以『小吉』故，不欲增加你的困難。你不要來尋我，即或寫信來，我亦是不看的了。我想過，我

倘使不得不離開你，亦不致尋短見，亦不能再愛別人，我將只是萎謝了。

隨著念信的聲音，有花瓣從舞台上空飄灑落下。

真：

與此同時，在真舞台上，隨著音樂和花瓣飄落，顧錦盒站起身，在漫天落花中輕輕旋轉，抬手接住一瓣落花。

謝：張愛玲說過：『每個男子一生中都有過至少兩個女人，一個紅玫瑰，一個白玫瑰。娶了紅的，還想要白的；娶了白的，又想著紅的。』說得真是太對了。就拿曹晉來說吧，已經有了紅玫瑰了，還想要一朵白月光！

錦：子玉，我不求你懂得我，但我請求你，不要再懷疑曹先生。我很清楚我和他是不可能的。我也衷心希望他永遠快樂、幸福，我絕不會打擾他的家庭的。我只要知道這世上還有他這樣一個人，知道他在那裏，就心滿意足了。

謝：可是曹太太會怎麼想？你沒看出來嗎？你住在療養院的時候，那些醫生、護士，到處都是曹太太的眼線，都在替她看著你們兩個呢。

錦：難道……難道夢裏的是真的？不，我不相信。子玉，你太多疑了。

謝：我多疑？是你太單純！錦盒，我奉勸你，以後還是不要再去見曹先生了。

錦：我，我，我……只是想再見一次張愛玲。

謝：可讓你見到又怎麼樣呢？就算曹晉答應你，再給你做最後一次試驗，讓你再見一面，或者兩面，甚至三面、四面，可你最終還是要回來的，張愛玲已經死了，她不屬於這個時代，你不可能天天和她在一起！那多見一面，又有什麼意義呢？我從頭到尾就不明白，你天天說想見張愛玲，想見張愛玲，可你到底為什麼要見呢？見了又能怎麼樣？這有什麼意義嗎？

錦：曹先生說，每個人都在問他發明時光儀的意義。可是，為什麼要問呢？一個天才的發明家，就應該去發明，發明的意義就在於發明本身。就好像一個作家，寫作的意義就是寫作的本身。還需要別的什麼意義呢？

謝：沒有意義？（苦想，還是想不通）可這說不通嘛。做一件事，當然要有意義啦。比如我採訪曹晉，是為了拿頭條；線仔朋友去蹲點，是為了拍張好照片，拍張好照片的目的是為了拿獎金，拿獎金的目的是為了吃好的，穿好的，買車，買房，買地，買下整個冰島做國王……你說過讓我天馬行空地想像，那我就想像跟歐巴馬競選，做美國總統，領導世界和平，做全世界的元首……這理想夠遠大、夠有意義了吧？可是你，你想見張愛玲，那到底是為了什麼呢？總要有個目的吧？

錦：為了……有一個人跟我對話。

謝：又來了！錦盒，你的要求可不可以簡單點？正常點？就好像……哪，我們報社那個小張，她想要一個LV的包包；還有收發室的胡大爺，他想要退休金高個百分之十就好；還有我，我就想我的兩室一廳裏有個女主人……（忽然害羞起來，看著顧錦盒，投其所好地）哎，你要對話，我就陪你說話好啦。其實，張愛玲的作品我也看了很多啦，像〈金鎖記〉啊，〈傾城之戀〉啊，不過，她去美國後寫過什麼，我就不大知道了。好像〈色戒〉，就是她出國之後的作品吧？

錦：是的。她的一生都那麼孤單，嫁給胡蘭成之前是孤獨的，嫁給他之後也是聚少離多，分手之後，她一個人去了香港、美國，孤單地一個人漂泊海外，一個人掙扎生存。她在美國有過一段婚姻，但仍然不幸福，也不長久。丈夫死後，她就沒有再嫁了，一直孤獨到老，寫過幾個長短篇，還寫了很多劇本，然後用最後的十年，寫了《紅樓夢魘》。她，至死都是那麼孤獨，那麼可憐。一生中總共也沒有多少開心的日子……你說，如果我能讓曹先生把我送回清朝去，找到曹雪芹，問清楚《紅樓夢》真正的結局，然後再回到四十年代去，告訴張愛玲，不是給她最好的禮物嗎？

謝：錦盒，你真好，別人聽說時光儀可以穿越過去未來，都是想到將來去看看，或者能得到些利益，或者能避免些禍難。可是你，卻只想回到過去，去看《紅樓夢》，去找張愛玲……好，我決定了，我要陪你一起去。

錦：什麼？

謝：就相信真有時光儀這件事好了。那就讓我陪你一起去，一起去求曹先生，一起做試驗，一起見張愛玲！也許，我見到了張愛玲，就會更懂得你一些，也總有一天，能讓你接受我。

第六幕完。

第七幕

真：

地點：曹先生試驗室

人物：顧錦盒、謝子玉、曹太太、阿寶

曹太太迎進顧錦盒與謝子玉。此時的顧錦盒與其說是一個人，不如說更像是一個影子，白衣長髮，飄搖單薄。

太（有點冷淡）：顧小姐，你『又』來了。

錦：曹太太好，曹先生在家嗎？

太：真不巧，我先生帶囡囡去外婆家了。結了婚的人，就是這點麻煩，又是婆家又是娘家的，本來只是兩個人的事，可是一結婚，就扯出三四家子來，哪邊有事都要忙上好半天呢。

錦：那，曹先生什麼時候回來？我可以在這裏等他嗎？

太：沒這個必要吧，也許他很晚回來，說不定，今晚不回來了也有可能。

謝：錦盒，你還不明白嗎？人家不歡迎我們。

太：我也是為了顧小姐的健康著想。我先生說了，時光儀的程式還不完善，真人試驗是有危險的，決定暫時關閉儀器，停止試驗。所以，顧小姐以後再也見不到張愛玲了，也請你不要再見曹先生了。

背景聲裏「再也見不到張愛玲」「不要再見曹先生」的聲音在迴盪。顧錦盒越來越恍惚。

錦（迷惑地）：我，我有沒有聽錯？子玉，我是不是在做夢？怎麼會這樣？怎麼會這樣！

謝：你現在相信我的話了吧？錦盒，放棄吧！

錦：不！如果我再也見不到張愛玲，再也見不到曹晉，那我還能尋找什麼？還可以期待什麼？還有什麼夢想？好！我可以永遠不見曹先生，但是請求你，答應我最後見一面張愛玲。只此一次，就一次！

門鈴再次響起，曹太太開門，線仔朋上。

朋：曹太太好。哎，謝哥，你們來這裏怎麼也不跟我說一聲？我在外邊蹲得累死了。是不是又有什麼新點子？

謝：你還在蹲點？主編不是讓你改跟某某跟小明星的那個案子嗎？

朋：那個呀，破了，我蹲了三天就全搞定了。回頭給你看照片，火爆！正點！車震！爽！

太：我不理你們什麼車震，什麼狗仔隊，我先生已經說過了，不做試驗，也不接受採訪，請你們離開，好嗎？

門鈴再次響起，曹太太開門，阿寶上。

太（不耐煩地）：您又是哪位呀？

寶：曹太太，我是阿寶啊。來收物業費的。

朋：又是你！你到底幹什麼的，陰魂不散的，一會兒保安，一會兒收水電費，這又收物業費了。怎麼每次來都見到你啊？

寶：你認識我？太好了。

朋：奇怪耶，我來了幾次，就見了你幾次，當然認得你了。

寶（激動地與朋握手，一改從前的敵對）：謝謝，謝謝你！

朋（莫名其妙地）：認得你有什麼好謝的？你很想我記得你啊，好好，你化成灰我都認得你，好吧？

寶：這社區裏住著三百多戶人家，每一家的每一個人我都認識，都當成我自己的家人一樣來關心，來保護。可是，他們卻都不記得我，每次都問我貴姓？我是阿寶，多容易記的名字啊，阿寶……

太（拿皮夾出來，數出錢遞給阿寶，略略不耐煩）：阿寶先生，這是本季的物業管理費，麻煩你了。

寶（情緒一旦激發，就一發不可收拾）：我知道，我就是一個跑腿的，我對任何人都不重要。可是我也有自己的位置啊，我兢兢業業，對每件事都做到最好。可是卻沒有人看見，沒有人注意到，甚至沒有人記得我。就好像曹太太您，我來了你們家多少次了，連你家哪一塊地板舊了要換都知道，可是，你卻從來不記得我……

太：我當然記得了，您是物業辦的阿寶先生嘛，我記得的。

寶：曹太太，您每次都這麼客氣，您啊您的，還稱我作阿寶先生。可是我知道你不記得我，每次都不記得，阿寶，這名字很好記啊，怎麼就不記得呢……

阿寶碎碎念地下。曹太太走回來，明顯地不勝其煩。

朋：我跟你打賭，如果這社區裏有個女人記得阿寶的名字，他會立馬愛上她。你信不信？

太：你們還有什麼事嗎？

朋：哎，曹太太，你是不是不歡迎我們啊？你這就不對啦。怎麼說，進門也是客嘛，你怎麼好趕人呢？

謝：你不想我們煩你也成，讓曹先生幫顧小姐做最後一次試驗，滿足她再見一面張愛玲的願望，我們就走。怎麼樣？

太（轉向錦）：你真的可以保證是最後一次？是不是我幫你做完試驗後，就再也不會來找曹先生了？

謝（同時）：你？你來操作機器？你會嗎？

太：我看過我先生不止一次操作這機器。顧小姐，你要不要試呢？

顧：要！（站到時光儀前）

太：我再說一次哦，做完這個試驗……

錦（含淚地）：我再也不會來了。

太：好！（開始操作儀器）

謝（衝上去將她拉至一邊）：錦盒，別相信她。誰知道她安著什麼心？要是胡亂把你送到什麼地方去，再也回不來了，可怎麼辦？

錦：子玉，你還是這樣不相信人，胡亂懷疑。

謝：你還不明白？她明明就是不想讓你有藉口見曹晉！她知道你和曹晉……

錦（厲聲打斷）：子玉！（緩和一下口吻）不管怎麼樣，我一定要再見張愛玲一面！我已經決定了。（又回到時光儀前）

白光一閃。同時聽到謝子玉的聲音──

謝：等等，我陪你一起去！

夢：

地點：一九二八年的上海，張愛玲的家

人物：張愛玲（是年張愛玲八歲）、顧錦盒

一束追光照著顧錦盒的身影出現在夢舞台上，隨著她的左顧右盼，場景慢慢清晰。是一幢小院，雖然也有花木點綴，卻仍然有種空曠、冷清的感覺。院角有個秋千架，無風自動，花叢邊有個七八歲的小女孩在哭，哀切地，無助地，低聲地哭泣著。

謝子玉緊跟著闖進來，東張西望。

謝：我真的穿越了！原來是真的！這太神奇了！爆料！絕對是爆料！

錦（走到愛玲身邊，蹲下去）：你怎麼了，是誰欺負了你？（女孩抬起頭，吃驚地望著顧錦盒，停止了哭泣。）你叫什麼名字？幾歲了？

張：我叫張煐。八歲。

謝：張煐？她不是張愛玲。那我們跑到哪裏來了？

張：在一九二八年時，張愛玲還叫作張煐。張愛玲是後來改的名字。

謝：原來是這樣。我們竟然見到了八歲的張愛玲？太神了。可惜我的相機沒帶，不然，啪！大頭條！

張：你們是誰？是我媽媽的朋友嗎？

錦（語無倫次的）：你媽媽的朋友？啊……是的，就算是吧。小煐，我是來帶你走的。跟我一起走，好不好？

謝：什麼？你想帶她走？帶到哪裏去？

錦：回上海啊！二〇一〇年的上海。

謝：這太異想天開了！難怪你堅持要再來最後一次，原來打的這個主意！可是曹先生說過，在舊時代使用不適當的設備尚且會引起混亂，何況是一個過去的人跑到未來去？

錦：為什麼不可以？既然我可以穿越時光來到這裏，那愛玲為什麼不能穿越時光跟我一同離開呢？去到二〇一〇年，避開所有的動蕩，在和平時代裏寫出新的作品，那有多好！

張：二〇一〇年，那是好遠、好遠的將來啊。

錦：在那個年代裏，你會很快樂的。會躲過所有的戰亂、政治風雲，過上寧靜幸福的日子。你會成為舉世矚目的大作家，會寫出傳世的作品，擁有無數的崇拜者，尊敬你、仰慕你……

一聲炸雷響起。顧錦盒和張愛玲擁抱在一起。

謝：要下雨了！錦盒，我們回去吧。

錦：不，我要帶愛玲走，不久的將來，她的爸爸媽媽會離婚，她的父親會再娶，繼母會對愛玲很苛刻，還挑唆她的父親打她，把她關在黑屋子裏，害得她差點病死……哦，可憐的愛玲。我不能把她丟在這裏。

謝：可那就是歷史啊！歷史就是已經發生了的事，怎麼能改寫呢？就像張愛玲說的：在這個不可理喻的時代裏，誰知道什麼是因？什麼是果？

又是一聲炸雷，接著一道閃電。在每一次燈光亮起時，三個人都可以有不同的組合姿勢。總之顧錦盒想拉張愛玲走，謝子玉想拉顧錦盒走。

隨著舞台一暗一亮，真舞台的人終於動作起來，也很紛亂。

真：

地點：曹晉試驗室

人物：曹晉、曹太太、線仔朋

曹先生背對觀眾在操作儀器，線仔朋一會兒走一會兒坐。曹太太緊張地走來走去。

朋：曹先生，怎麼回事？

曹：不知道，資料都亂了，好像電流受到故障。（對曹太）說過多少次，不許動我的儀器，怎麼你這麼大意？

太：我本來不答應的。可他們兩個一直求我，我也是一時不忍心……看你做過那麼多次都沒事，我以為不會有事的。

曹：你以為？這種事能以為怎樣就怎樣嗎？接連幾次穿越，錦盒的情緒和身體都深受影響，已經到了承受極限，你這樣擅自操作，會惹大亂子的。

朋：超越極限會怎麼樣？是不是謝哥和顧小姐就再也回不來了？

太：曹晉，我想起來了，不是有歸零程式嗎？歸了零，他們就都回來了。

曹：要是歸零了，所有的資料就都丟失了，時光儀就會被毀掉。那樣一切都會不存在了。

太（反常地瘋狂）：我寧可一切不存在，一切都從頭開始，我巴不得你從沒見過這位顧小姐，巴不得你們沒有認識過！

曹：你在胡說什麼？

真舞台和夢舞台完全混亂了，一閃一亮間，兩邊的人開始發生錯位。
錦盒會把張愛玲拉到真舞台來，曹晉或者線仔朋也會跑到夢舞台去。
每一次亮起時，台上的人都是一種新的組合。
所有的人都在台上跑來跑去，打破了夢與真的界線。
下邊的台詞是混亂怕，可以重新排列組合。

謝：錦盒，跟我回去！

錦：我要帶愛玲一起走！

謝：錦盒，不要再固執了。張愛玲死於一九九五年，快放開她，她活不到二〇一〇的。

錦：那麼我也不走，我要留在這裏陪著她！

謝：這裏不屬於你。我們必須馬上回去！來不及了！

錦：我不回去，二〇一〇年沒有我要找的人，我寧可留在這裏陪愛玲，你自己回去吧！

謝：不行，我不能把你丟在這裏，跟我回去！

錦：我不能丟下張愛玲，愛玲……

朋：曹先生，快想辦法啊！把這個關掉，關掉這個有沒有用？

曹：你別亂動，越動就越麻煩了！小心！

朋：咦，這是哪裏？謝哥，你們也在這兒？太好了！跟我回去吧！（謝子玉和顧錦盒不見了）

咦，謝哥呢？謝哥……

太：快歸零吧，是這個嗎？是不是這個鍵。都是我的錯，歸零吧，我求求你，歸零！

張：這是哪裏？是什麼地方？

曹：你是？咦，你們回來了？這個小女孩是誰？

太：她是張愛玲……天哪，時空混亂了，必須歸零！曹晉，曹晉，你在哪裏？

曹：這是什麼地方？什麼時間？錦盒，你也在這裏？我終於也穿越了！

錦：曹先生，我不想再回去了，請你幫助我，我要和愛玲在一起……

朋：曹太太，快救救謝哥他們吧！咦，謝哥，你回來啦？

曹：錦盒，你怎麼樣？

太：歸零吧！讓一切從頭開始，讓一切回到當初！

曹：好，歸零！

一聲炸雷，舞台徹底黑暗了。

第七幕完。

第八幕

現在只有真舞台了，平光，一切回到顧錦盒與謝子玉相遇之初。

真：

地點：曹晉家門前

人物：顧錦盒、謝子玉、線仔朋

顧錦盒手裏抱著大疊書按門鈴，一轉身撞到謝子玉和線仔朋。

錦：對不起對不起。

謝：是我對不起。

朋（從地上撿起書來，讀封面）：張愛玲傳。張愛玲文集。張愛玲對照記……咦，這個人很眼熟，我好像在哪裏見過？

謝：你見過張愛玲？你可真能吹牛！

朋：真的見過，是在哪兒呢？哎，這位小姐，我好像也見過你的。

謝：不好意思，我朋友就是這樣……哎，顧錦盒！

錦：你是？

謝：我是你的小學同學謝子玉啊！你忘了，我們三年級的時候還做過同桌，四年級時，你長個了，我不長，就給調座位了，再後來，五年級的時候……

朋（在翻書，照念，聲音與謝的話同時）：在時間的無垠的曠野中，沒有早一步，也沒有晚一步……

（全劇終）

#「再見海上花」舞台劇 劇本

《劇本闡述》

這是一部話劇和越劇同台演出的舞台劇。整部劇只有四個人，現代的部分，也就是顧錦盒與沈曹的表演，全用話劇，白話即可，表演上追求自然；而民國的部分，也就是張愛玲與胡蘭成的演出，則為越劇，以唱段或道白表演。

《人物大綱》

◎顧錦盒：

上海女白領，約二十五歲，生性浪漫，熱愛張愛玲，平生至大心願就是若能見到張愛玲該有多好。她在遇到沈曹前，原有一個青梅竹馬的男朋友裴子俊。雖然相戀十年，但她始終覺得子俊不瞭解自己，沒有共同愛好，心中若有所失。而沈曹恰恰填補了她所有的缺憾，給了她理想的生活，最重要的是，沈曹的神奇放映機可以幫助她穿越時光，見到心中偶像張愛玲。

在一次又一次的穿越同時，錦盒自己的愛情也面臨著艱難的抉擇。她一方面不自覺地用張愛玲的方式和原則格式化著自己的生活，另一方面又堅信自己會有不一樣的選擇，不一樣的人生，並且努力嘗試改變張愛玲的命運軌跡。雖然面對「歷史是無法改變的」這一真理而終告放棄，但卻從中得到感悟，清醒地做出了自己的選擇，回到了初戀男友裴子俊的身邊。

◎沈曹：

上海老克勒的後代。約三十四歲。舉手投足間有種遺老遺少的韻味，迷戀舊時代的生活方式與氣息。因為家族企業每年有一筆紅利撥給他，故不愁衣食，所有的心思都用來追求品位生活。悉心搜集了許多三四十年代的老家俱、舊擺設，開了一家不求盈利的老電影咖啡館，一邊用古董放映機放映老膠片，一邊賣咖啡。

人物倜儻風流，品味優雅，談吐機智，故而有無數的女朋友。他請她們吃紅房子，逛百樂門，甚至坐馬車遊外灘，刻意地追求三四十年代的生活節奏。但這些形式化的生活只會使他更強烈地感到疏離，感覺那些女子彷彿只有一層皮，是個影子。

在沈曹心目中，放映機裏的影子才是真實的生活。他渴望深入其中。然而因緣巧合，借助那有靈性的老機器穿越了時光的人卻偏偏是顧錦盒。沈曹因此深深愛上了錦盒，他相信這是上帝的選擇。是上蒼替他找到了顧錦盒，也是上蒼為錦盒指派了自己。也因此，他會為了顧錦盒一直不能在自己和前男友之間做出選擇而煩惱、暴躁。

但是另一面，沈曹自己卻痼習難改，無論他有多麼喜歡顧錦盒，仍然改不了博愛多情，習慣性地跟每個經過的美女打情罵俏，時常帶著不同的女人去吃飯、跳舞、逛外灘，雖然他會用各種花言巧語來解釋自己的動機，也會用各種令人心動的小花招來討好錦盒，但始終不能給她安全感。他的動蕩、驕傲、頹廢、致命的孤獨感、自命不凡與不肯妥協，使錦盒漸漸意識到這永遠不可能成為一個真實的人，不能踏踏實實地生活，帶給她現世的幸福。

於是，錦盒最終選擇了舊男友裴子俊。而沈曹繼續在他的留聲機音樂裏醉生夢死，尋找下一個影子。

◎張愛玲：

越劇部分的核心人物，精神象徵。對所有張迷來說，張愛玲都是一個偶像，完美的大女人。但在這個戲裏，要展示的是她一生的孤苦，沒有出路的情感與個性。她的表演應該是內斂、含蓄的，永遠有一種冷清的悲劇感，即使在她的婚禮上，也通過燈光與顧錦盒默片一樣的表演，帶出淒豔的悲劇意味。

顧錦盒的穿越一共有三次，加上張愛玲的分手獨白，共用四幕劇來展示張愛玲愛情生活的四個片段。

第一次是在沈曹安排下，讓顧錦盒穿越回一九四四年二月四日的常德公寓，試圖阻止張愛玲與胡蘭成的第一次見面。彼時張愛玲已經成名，還未戀愛，正是人生中最如意最燦爛的歲月。

第二次是錦盒在與沈曹爭吵後，獨自使用放映機，結果只有自己的靈魂回到過去。她見證了張愛玲與胡蘭成的婚禮，雖想阻止卻無法現身，只能夢遊一般地看著，因為絕望而大慟，暈倒在地。

第三次是錦盒在常德公寓獨自沉思，而沈曹在咖啡館裏使用放映機，無意中使錦盒穿越到了一九四六年二月，彼時張愛玲正欲往溫州尋找胡蘭成，卻因為與錦盒拿錯了箱子而互換了身分。

第四次是張愛玲獨自訴說與胡蘭成斷絕關係的決心。放映機在播放著她死於一九九五年的老新聞，她走到咖啡館，看完了自己的生平故事，在漫天花雨中獨自離去。

◎胡蘭成：

越劇人物。雖然他是這個故事的重要構成，也是張愛玲生命中最重要的人，但他在四幕劇中卻只出現過三次，一次是拜訪張愛玲不遇，第二次是與張愛玲結婚，第三次則是與代替張愛玲去溫州的顧錦盒演出對手戲。他多情而不專，口才極好而擅於狡辯。在這部戲裏，忽略掉胡蘭成本身的政治與歷史背景，只是一個男人與一個女人的情感糾葛。本劇只討論愛情，不涉及政治。

序幕：女人花

這一幕是默劇，追求意象與形式。背景音樂可以是梅豔芳的「女人花」，也可以是周璇的「夜上海」。

舞台上放著兩個衣架，一個上面掛著件民國時代繡花鑲雲邊外套，繡花大披肩，一柄羽毛扇子；另一個上面是件寬大的白襯衫，民族風的裹裙，竹紙傘。

張愛玲與顧錦盒從舞台兩邊分頭上場，無聲地各自換上外套、披肩、襯衫、裹裙後，交換位置走到對方的衣架前，拿起對方的扇子和紙傘，姍姍各自下。

第一幕：遇見

PART 1

老電影咖啡館。二〇一一年二月四日。

時間是這個劇中的一個重要標誌。在任何一幕場景中，都要出現有鮮明時間象徵的道具。比如這裏可以是當下最紅的明星掛曆。沈曹是一個既時尚又懷舊的老克勒後代，所以他佈置的咖啡館也有點新舊雜陳的味道。

沈曹（獨白）：今天是二月四日。這個日子跟我真是有緣。這一天是我的生日，也是張愛玲第一次遇見胡蘭成的日子。只不過，張愛玲遇見胡蘭成是在一九四四年；我出生是在一九八四年，晚了足足四十年；而今天，是二〇一一年，哈哈，你算出來了嗎？今天是我的廿七歲生日。所以，我特地選在今天約了錦盒來，要給她一個驚喜，也給我們的愛情一個明確的表白。在今天，她會正式答應做我的女朋友，那將是我最好的生日禮物。我認識錦盒已經很久了，久得就像是，從前生到今世。記得我第一次見到她的時候，那是在……嗯，真的很久了，在整整三十天前，也就是上個月的今天。那天，她就坐在那個位置——

一束燈光照亮桌椅，椅上搭著錦盒的牛仔繡花外套，千鳥格圍巾；桌上是一杯冒著熱氣的咖啡。

沈曹（對著咖啡座講話）：小姐，這是您點的咖啡和奶油蛋糕，這是伴咖啡的奶油。

錦盒：是奶油！真難得，別家的咖啡館都是給奶精或者鮮奶。請問，可以多加一份奶油嗎？

沈曹：兩份奶油？現在的小姐們不是都喜歡減肥，拒絕奶油的嗎？

錦盒：可是，我還是想要多一份奶油。

沈曹：當然，您不需要減肥。一份咖啡，兩份奶油，再加一盤奶油蛋糕，這是張愛玲最喜歡的下午茶。

錦盒：你知道？哦，你這裏充滿了三四十年代的情調，又貼著張愛玲的照片，放著張愛玲編劇的老電影——你是不是也很喜歡她？

燈暗，沈曹繼續獨白。

沈曹：從那一天開始，不，是從那一分鐘開始，我就愛上了她。所謂一見鍾情，就是當兩個人對望的時候，連空氣都在顫動。我望著她，感受到的就是這樣一種震撼。我們都喜歡三四十年代的情調，喜歡看老電影，喜歡張愛玲的小說。不，我是喜歡，而她是迷戀，狂熱地迷戀。她一直同我說，要是能見到張愛玲就好了。別人都覺得她是異想天開，癡人說夢。但是，我卻願意幫助她試一試。最神奇的是，她真的做到了！

燈光再度亮起，但照的是放映機的位置，錦盒仍是一把聲音。

錦盒：真的？你真的，可以幫我見到張愛玲？

沈曹：我父親去逝的時候，留給我這部放映機，他跟我說：這是一部有著神奇功力的放映機，只要做足準備功課，比如照片啊，錄相啊，總之只要有那個時代的影像，就可以幫人穿越到她想去的時間。但一定要遇到那個對的人。我不知道父親有沒有成功過，在我看來這就像一個傳說，一個好玩的令人好奇的傳說。
錦盒：也許這會是真的呢？你不想辦法試一試怎麼知道這不是真的呢？
沈曹：我也很希望這是真的，我不知道多想回到三四十年代的上海去觀光，準備了多少資料，我甚至把這個咖啡館佈置成當年張愛玲最喜歡去的那家起士林咖啡館，都還是沒辦法做到。不過……也許，你就是那個對的人。我願意幫助你再試一次。
錦盒：我？我真的可以嗎？我可以見到張愛玲？從小我就有個心願：要是能見到張愛玲就好了！每個聽到我這樣說的人，都笑話我，說我異想天開，癡人說夢。你，真的可以幫我見到她嗎？
沈曹：一定可以。但我有一個要求：如果我做到了，你可不可以答應，做我的女朋友？
錦盒：我已經有男朋友了，他叫裴子俊。
沈曹：他能幫你見到張愛玲嗎？我能。我再問一遍，如果我做到了，你可不可以做我女朋友？
錦盒：嗯……說實話雖然我那麼希望見到張愛玲，但是我也不相信真的會有這樣一部神奇放映機。好吧，我答應你。如果你真能讓我見到張愛玲，我就……不過，如果你做不到呢？
沈曹：如果我做不到，那麼，願賭服輸，我就做你男朋友！
錦盒：啊，你賴皮！
燈暗，沈曹繼續獨白。
沈曹：「你賴皮！」她說得多麼嬌俏！經驗告訴我，當一個女人跟你說「你賴皮」的時候，就代表她喜歡上你了。與此相似的對白還有：你討厭！我不理你！……但是，她一定會理我的，因為，我做到了。我真的讓她見到了張愛玲。她真的見到了張愛玲。這多麼神奇！原來，她果然就是那個對的人。可惜，上次穿越的時候我們都沒有掌握訣竅，來去匆匆。所以，我們約在今天，再幫她穿越一次。錦盒說，她要去到一九四四年二月四日的那一天，要去阻止張愛玲與胡蘭成的相遇，相識，相愛。我一定要幫她達成這個願望。當然，她要先達成一個我的願望，她會在今天告訴我，已經同那個叫裴子俊的導遊分手了，正式做我的女朋友。她一定會答應我的！

錦盒上場。

沈曹：錦盒，你來了？你和裴子俊攤牌了嗎？你知道嗎，我等得有多心急，我還對著張愛玲的照片許願，把她當成耶穌那樣祈禱了很多很多次。從今天開始，你就正式成為我的女朋友了，我為了這個特別的日子，準備了香檳慶祝。不過，我知道你寧可要咖啡，還要加一份奶油；還要一塊奶油蛋糕，也加一份奶油。我為你準備了好多好多的奶油，只要你不怕胖，想吃多少就吃多少。當然當然，最重要的是，我還準備好了一九四四年的報紙，好確保你可以穿越到一九四四年二月四日，總之，我為今天做足了所有的準備。這一定會是我們生命中最有意義的一天。不，不，我說錯了，以後，我們還會有許許多多個值得紀念的日子，還會一起做許許多多有意義的事。（說了半天，才發現錦盒一直沉默不語。）錦盒，你……你是不是沒有跟他說？

錦盒（難過地解釋）：沈曹，你知道，我和子俊，已經認識十年了，不是說分就能分開的。我，我一直沒有找到合適的時機開口。你再給我一點時間好不好？

沈曹：時間？我們認識了一個月，你就推拖了我一個月。到底什麼時候，你才覺得是合適的時候？

（忽然看到錦盒手上的玉鐲，更加生氣。）你還戴著這鐲子。你還在想著他！

錦盒：我已經戴了十年了，取下來很不習慣。

沈曹質問：可是你覺得這種東西適合你嗎？我送給你的項鏈，香水，你說過很有品味，很喜歡的。可是為什麼你卻沒有戴呢？

錦盒：我戴過的。

沈曹：一次！你只帶過一次！而這只鐲子，你卻戴了十年！

錦盒：你也會說十年了。你既然知道我已經戴了十年，就應該知道，我已經習慣了。

沈曹：可是，愛不應該是一種習慣，而是激情，是物以類聚，人以群分，是相知相近，心心相吸。是一隻蝴蝶遇到另一隻蝴蝶，一隻雪狼回應另一隻雪狼。而不是同一屋簷下的兩隻小貓小狗，牠們明明不同類，可是就只因為被同一個主人豢養，就習慣了彼此。

錦盒：不過是一隻鐲子，你何必說得這麼嚴重？

沈曹：不只是一隻鐲子，還有十年的感情。我知道你和裴子俊青梅竹馬，也知道你們感情很好，可是你們不合適。不合適就是不合適。

錦盒：你不要這樣說他。

沈曹：我說錯了嗎？他會比我更懂得你嗎？他知道你喝咖啡要加兩份奶油嗎？知道張愛玲和胡蘭成的第一次相見是在一九四四年二月四日嗎？知道你最大的心願就是想回到那個日子裏，去阻止張愛玲的悲劇，改變她的命運嗎？可是我知道，我瞭解，而且，也只有我能幫助你，滿足你。只有當我開啟這台神奇放映機的時候，你才可以如願穿越到你想去的時代；我不明白，為什麼我是這放映機的主人，可以使用它，卻無法讓自己穿越。如果我能夠，我真想跟你去到另一個世界，永遠不再回來。你看，這是一九四四年的影片，這是一九四四年的報紙，這是一九四四年常德公寓的照片，那時候，還叫作愛丁頓公寓呢，你看，我什麼都準備好了。

沈曹一邊說，一邊打開了放映機。隨著一束光線打在螢幕上，錦盒不見了。

沈曹：錦盒，錦盒呢？

喊著錦盒的名字下場，幕後仍傳來他呼喚錦盒的聲音。

PART 2

一九四四年二月四日。舊上海月份牌。

常德公寓。背景裏要有只鐘。

燈光再亮起來的時候，張愛玲出現在舞台上喝茶，用越劇唱段表現自己遺世獨立的情懷。

張愛玲（唱）：

孤標傲世偕誰隱，一樣開花為底遲？
雖然是文名動天下，冷月素心有誰知？
蕭然風雨黃昏後，寂寞芳華晚春時。
只因孤獨才成趣，縱使無言也是詩。

顧錦盒上場。

張愛玲：錦盒，你來了。

錦盒：你還記得我？

張愛玲：當然了，你那麼特別，穿戴特別，說話特別，來去更特別。一下子出現，一下子又不見了，我就知道，你一定會再來的。

錦盒：我今天來，是想告訴你一件事：今天會有一個人來拜訪你，你一定不要開門，不要見他。

張愛玲：為什麼？

錦盒：不要見這個人，他會帶給你一世傷心。你見到他，就會愛上他，還會嫁給他。但他不是個好人，他花心，還有政治背景，等到抗日結束後，他會到處流亡。你會受他牽連，不但為他傷了一世的心，還會連累到名聲，最後遠走海外，漂泊了一輩子，直到，直到……

張愛玲（唱）：

這個姑娘有意思，好像知道我的前生與來世。
說話聽似沒頭腦，卻一板一眼講故事。

我倒要看看真同假，什麼人值得我心癡。
若有個知音能解意，漂泊天涯又何辭？
張愛玲的唱與錦盒的說，是互相穿插著來的。
胡蘭成上場。敲門。
胡蘭成（唱）：
平生自負有才名，筆走龍蛇天地驚。
忽聞說上海有個張愛玲，文章更比我高明。
字字珠璣，篇篇錦繡，不由得蘭成不鍾情。
今日登門求一見，願與她共論楚辭與詩經。
再敲門。
張愛玲：真的有人來了？（向外走）
錦盒：不要開門！
張愛玲：好，不論是誰，你替我回了他吧。
錦盒開門。
胡蘭成：本人胡蘭成，特來拜訪張小姐。
錦盒：張小姐不見客。
胡蘭成：這位小大姐芳名？

錦盒：要麼就大姐，要麼就小姐，什麼叫小大姐啊？
胡蘭成：你不是小大姐，難不成還是大小姐麼？
錦盒：有事說事，誰同你胡攪蠻纏的？我說了，張小姐不在家。
胡蘭成：張小姐是不在家呢，還是不見客？
錦盒：說不在家也行，不見客也行，總之，你可以走了。
胡蘭成：這位小大姐好個相貌，卻恁大脾氣哩！張愛玲文名傾城，連傭人也這樣有性格！
（唱）
自從聽聞張愛玲，寫出文章可傾城。
朝思暮想求一見，願結知己慰平生。
原以為，憑我滿腹經綸好學問，定求得才女肯垂青。
誰知道，小大姐拒人千里外，冷心冷面太無情。
看她面若嬌花開正好，卻偏偏語似尖刀眼似冰。
莫不是前世得罪了俏冤家，怨氣報在我今生。
（白）
求小大姐將這字條呈於張先生。
錦盒：知道了。（關門）
胡蘭成長歎一聲，下。

張愛玲：他走了？

錦盒：走了。

張愛玲（接字條）：呀，是胡蘭成？

錦盒：你知道他？

張愛玲：胡先生好大名聲哩。

（唱）

久聞得文壇才俊胡蘭成，巨筆如椽掃千軍。
今日得他親登門，亦算得紅塵中遇知音。
不曾想當面錯過太可惜，不知他何等相貌哪樣人。

錦盒：哪樣人？壞人！有文采，沒德行，再好也無用。你還是不要看了。（接過字條，隨手撕掉）

張愛玲：我已經記下來呢。

（唱）

原來他家住美麗園，花香鳥語掩朱門。

鐘聲敲響。錦盒回去的時間到了。

PART 3

燈光一明一暗間，顧錦盒回到了老電影咖啡館。

沈曹：錦盒，你可回來了。

錦盒：我終於做到了。我沒有讓她見胡蘭成。他們的第一次見面，終於被我阻止了。不過，他留了一張字條。

沈曹：字條？寫著什麼？

錦盒：是他的地址，美麗園……天啊！

沈曹：怎麼了？

錦盒：我想起來了，胡蘭成在他的自傳《今生今世》裏面說，他第一次去愛丁頓公寓拜訪張愛玲時，沒能見到，只留下了一張字條。原來是這樣，原來是我阻止的，原來是我把字條傳給了張愛玲……

沈曹：書裏說，後來張愛玲按了那字條的地址，去美麗園回訪。那才是他們真正的第一次見面。

錦盒：不行！我要去美麗園！我要再回去一次，再一次阻止他們的見面！我不可以讓張愛玲去美麗園見他。她同胡蘭成在一起，聚少離多，沒有幾天開心過。如果不是胡蘭成，她不會遠走美國，最後孤獨地死在洛杉磯公寓裏。如果不是胡蘭成，她一定會遇見另一個人，更好的人，哪怕不夠優秀，不夠出色，哪怕只是一個平凡的人，但是至少，她也會有平凡的幸福，會留在中國……

沈曹：平凡的幸福。你覺得，她會愛上一個平凡的人嗎？如果她嫁給一個平凡的人，會得到幸福嗎？

錦盒：我不知道。我不管，我要阻止她，我一定要阻止她見到胡蘭成。沈曹，你要幫我。你這裏有沒有美麗園的資料？有照片嗎？我記得地址的。

沈曹：我會準備的，我當然會幫你。但是錦盒，我請求你，拜託你，你能不能也幫幫我，幫幫忙，早點和裴子俊說清楚，不要讓我七上八下的。

錦盒：沈曹，說張愛玲的事，怎麼又說到我們身上了呢？你給我十天，就十天時間，我一定跟他說，好不好？

沈曹：十天，十天，從我們認識到現在，你已經推了我三個十天了。我不明白你有什麼可想的，你應該懂得選擇的。我是個世家子，有良好的背景，良好的品味，有父親留下來的大把家產，還有間企業等我每年分紅，哪怕我什麼都不做，袖起手來也可以舒舒服服地過一輩子。你說過你不喜歡寫字樓裏朝九晚五的枯燥生活，希望可以辭職回家學習寫作，還想寫一本關於張愛玲的書。我可以幫助你啊。我完全可以給你所有你想要的生活。

錦盒：你太傲慢了。難道，我同你在一起，就是為了這些？

沈曹：我不是這個意思，我是說，你跟我有著完全相同的興趣，愛好，品位。錦盒，承認吧，我才最適合你。你應該同我在一起，永遠在一起。

錦盒：那請你給我一點耐心吧。我是很喜歡同你在一起的感覺，可是我跟子俊相識十年，拍拖五年，幾乎所有認識我們的人都認定了我會嫁給他。就算對兩家老人交代，也需要一段時間吧？你卻連十天也不給我？

沈曹：我等不及！你知道嗎？上次你穿越，只是一下子，可是這一回，你卻整整消失了一小時。多麼漫長的一小時，我的心都要停跳了，多害怕你回不來。我覺得自己就像一個垂危的病人等待施救，簡直挺不過下一分鐘。錦盒，我不能失去你。

錦盒（下定決心的）：我明白，我明白的。這一個月裏，我天天想著你，你說等我回來的那一個小時，你感覺自己就像個垂危的病人。那你知不知道，如果愛是一種病，我對你，也是一樣地病入膏肓……

（兩人執手相望良久）

錦盒：我和子俊青梅竹馬，整整相識了十年。而我們不過才認識一個月。我卻改變了我的心。我都不認識我自己了。

沈曹：你不認識你自己，我卻知道，你只有跟我在一起，才是真正的你自己。

錦盒：可是為什麼，我的心卻不是這樣告訴我。我總覺得，自己好像做錯了什麼……

沈曹：錦盒，你不能總是這樣三心二意的。你必須做個決定了。我答應你。十天！但你也要答應我，一定要同他說清楚。十天裏，我不打擾你。但十天後，我希望你答應我，永遠跟我在一起。不然的話，我不會再找你。

顧錦盒默默走掉。沈曹發現下雨了，拿把傘追過去，突然有個女人走來，擎著的正是序幕裏錦盒衣架上的那柄油畫紙傘。

張愛玲：先生，美麗園怎麼走？

沈曹：好像往那邊吧。小姐，要不要喝杯咖啡？

張愛玲顧自下。沈曹再回頭，已經不見了錦盒的身影。回到咖啡館，看到螢幕上定格的張愛玲畫像，穿著和剛才的女子一模一樣的服飾，不禁呆住了。

第二幕：十天後。婚禮

PART 1

二〇一一年二月十四日。

老電影咖啡館。背景裏有玫瑰花，佈置成情人節的感覺。

沈曹（獨白）：我不是第一次送女人玫瑰，也不是第一次表白，可是今天，為什麼心跳得這樣厲害？我有過很多很多女朋友，很多很多次約會，因為我總是感覺到生命的孤獨與空虛，我不知道除了愛情，還有什麼是值得我追求的。而女人，很多的女人，很多美麗的女人，是她們安慰了我的孤獨，卻不能使我感到充實。我總是會為可愛的女人心動，可是很快，又會重新感受空虛。但是，錦盒是不一樣的，她敏感，靈性，柔弱，又倔強。我一直說女人如衣裳，如裝飾，可是如果沒有錦盒，生命會變得黯啞蒼白。就像一棵聖誕樹，哪怕裝飾得再華美，然而沒有了根，就只是一個裝飾品，已經不能再算作一棵真正的樹……錦盒，你來了。

錦盒上。

錦盒：你答應過要等我十天的，可是為什麼不守信用，擅作主張去見子俊，把他逼走了，連一句話都沒留下？
沈曹：留下了。
錦盒：你說什麼？
沈曹：他留了一張字條給你。
錦盒：（看字條）什麼，他說跟登山隊去神山，十天後才能回來？他要讓我在這段時間想想清楚，他自己也要想想清楚，這是什麼鬼話？
沈曹：錦盒，這不是很好嗎？裴子俊退出了！
錦盒：這根本不是退出，是逃避！
沈曹：退出也好，逃避也好，總之他放棄了。我們可以大大方方地在一起了。我不明白你有什麼可生氣的。
錦盒：我生氣是因為，是因為，我們有十年的交往，他怎麼能，怎麼能就這樣走了？你到底同他說了些什麼？
沈曹：我只說了一些事實，告訴他，你們兩個不合適，我才應該是你的真命天子。
錦盒：你憑什麼同他說這些？你又不是上帝，憑什麼斷定我們不合適？
沈曹：你們當然不合適。他只是一個窮導遊，而且是境內導遊，眼界狹礙，知識貧乏，每年裏有大半年都帶著團，走著重複的路線，說著重複的講解，開著重複的導遊界通行的濫俗笑話；不管去到什麼地方，給你帶回的禮物永遠都是大同小異，十塊錢一對的鐲子，十五塊錢一條的絲巾，二十塊錢的民族包……不帶團的時候，就到處去爬山，就像個過動症兒童，連坐下來陪你看場電影的耐性都沒有。而我呢，留學歸來，又繼承了大筆遺產，有錢，有閒，有品位……

錦盒：（搶說）還有很多女朋友呢！

沈曹：好吧，我承認我以前是有些花心。

錦盒：不只是以前吧？我聽說，就在前兩天，你還約了一個來你店裏喝咖啡的女生去紅房子吃西餐。不錯，子俊只會送鐲子，絲巾，這是他的步驟，一陳不變，是悶了點；可你何嘗不是有你的一套程序？去紅房子吃西餐，去百樂門跳舞，坐馬車逛外灘，送玫瑰，看電影，那些你約會過的女人加起來早超過一個旅遊團了。你不也像一個導遊一樣在做著重複的約會？還是個多情的導遊！

沈曹：我只是想帶某個我覺得有感覺的女生陪我一起重溫舊時代的空氣，尋找一個對的人，還有，給這部神奇放映機找一個可以穿越的主人。結果，我找到了你！砰！感覺對了！

錦盒：這只是你的一廂情願罷了。

沈曹：怎麼是我的一廂情願呢？錦盒，不是我選擇了你，也不是你選擇了我，是上天替我選擇了你，也替你找到了我。只有我能使用這部機器，也只有你能用它來穿越，這就是天意！你懂嗎？我們在一起，是天意！是天意！

錦盒：天意又怎麼樣呢？張愛玲對胡蘭成放手的時候說過一句話：我不能與半個人類為敵。因為那胡蘭成，是見了女人就要愛的。你又何嘗不是？你的女朋友，數也數不清。但是子俊，他只有我一個。

沈曹：那些都是浮雲而已。錦盒，難道你不相信我對你的心？

錦盒：我相信，我相信你這一刻是真心，可是下一分鐘呢？明天呢？我還能再相信你嗎？

沈曹：你是要我承諾一輩子嗎？既使我承諾，你會信嗎？

錦盒：我不知道。我只知道，如果子俊說他一輩子只愛我一個人，我就會信，我知道他會做得到。可是你，沈曹，我對你，真的沒有信心。你在一分鐘裏愛上我，也可以在下一分鐘愛上別人，我……沈曹，你自己信得過你自己嗎？

沈曹：是的，我信不過我自己。所以我要相信你，我相信你一定會使我改正的，我會因為你而成為一個更好的、更專情的人。錦盒，請為了我相信你自己，這樣，你才能相信我，而我，也才能相信你。我願意信任你勝過我自己。

錦盒：這好像是〈傾城之戀〉裏范柳原對白流蘇說的話。

沈曹：不是的，我沈曹怎麼會抄襲別人的情語？范柳原說的可是：「我自己也不懂得我自己，可是我要你懂得我！」——嗯，不錯，他說得也不錯，也可以代表我的心意。錦盒，我要你懂得我！

錦盒：沈曹……

沈曹：錦盒，我得了相思病了。而你，「你是醫我的藥」——這句才是范柳原說的。（兩人牽手對視。稍頃。）裴子俊會同你說這些話嗎？

錦盒：沈曹，你又來了。

沈曹：他只知道爬山、旅遊，他會同你談張愛玲嗎？他能像我這樣懂得你，遷就你嗎？

錦盒：我和他，是不同的。我和他的事是我跟他的事，我跟你的事是我跟你的事，請你不要再插在我們中間好不好？

沈曹：你的事就是我的事，我怎麼能不管？

錦盒：如果你要求我別介意你從前的那些女朋友，那麼請你也尊重我的過去，不要再糾纏了好不好？

沈曹：這根本就不一樣！

錦盒：怎麼就不一樣呢？

沈曹：我以前的那些女朋友……不，她們根本不能算是我的女朋友。我請她們吃紅房子，逛百樂門，坐馬車遊外灘，只是想找個人同我一起體會三四十年代的生活節奏。但是和她們在一起做這些事，卻只會讓我覺得更疏離，感覺她們彷彿只有一層皮，而我是跟許許多多的一層皮在一起。就像這間咖啡館裏，來來往往許多很浪漫、很矯情的小資，可她們坐在這裏的還是一層皮，是個影子。我一直覺得，放映機裏的影子才是真實的生活。我渴望深入其中。但是神奇放映機卻選擇了你。我知道這是一個暗示，是老天爺在告訴我：你才是我要找的人！錦盒，上蒼已經替我們做出了抉擇，為什麼你卻不能決斷一些呢？

錦盒：沈曹，你讓我想一想。我們能不能不要每次一見面就吵？你給我點時間好不好？

沈曹：時間！又是時間！好，我給你，你就自己想個夠吧！

沈曹怒沖沖下。錦盒獨自打開了放映機。但由於她不是那個冥冥中被指定的播映人，以至於只有靈魂穿越到了過去。

PART 2

一九四四年八月。常德公寓裏，張愛玲與胡蘭成正在舉行婚禮。

很簡單的婚禮，兩隻紅燭插在饅頭上，兩人各自在喜帖上簽了字，就算禮成了。張愛玲和胡蘭成唱詞的過程中，插著顧錦盒念帖的聲音。

張愛玲：**（唱）**漂零身世若浮萍，聚散終無定。

胡蘭成：**（唱）**今朝有酒今朝醉，紅燭照銀燈。

張愛玲：**（唱）**歎今生，遇見他，胡蘭成；

胡蘭成：**（唱）**幸今生，遇見她，張愛玲。

張、胡：**（合唱）**願歲月靜好，現世安穩，白首訂同盟。

錦盒**（念著喜帖上的字）**：胡蘭成張愛玲簽訂終身，結為夫婦，願使歲月靜好，現世安穩。

張與胡同歌共舞，對錦盒視而不見聽而不聞。然而錦盒仍然拚力阻擋著，不斷試圖吹滅蠟燭，撕掉喜帖，從他們兩個的中間穿來穿去，可是他們看不見她也聽不到她，這使錦盒心力憔悴，昏倒在台上。

PART 3

持續不斷的悠揚樂曲中，燈光重新亮起。場景轉至老電影咖啡館。

錦盒仍暈倒在地上。沈曹上，十分驚訝與內疚。

沈曹：錦盒，錦盒。

錦盒：（醒來）沈曹，我剛才動了放映機……我看見張愛玲結婚，可是，我卻阻止不了她。

沈曹：我該守在放映機旁邊的。錦盒，你是那個被放映機選擇穿越的人，我卻是被選擇來放映的人。剛才，你只有靈魂穿越了，卻無法顯像。所以他們才看不見你。

錦盒：原來是這樣……沈曹，對不起。

沈曹：是我對不起才對。錦盒，我答應你，不再逼你了。我再給你十天，等十天後子俊回來，我們三個人再當面把話說清楚。

錦盒：沈曹，幫幫我，張愛玲結婚了，我必須再去找她，勸阻她。

沈曹：不行，你剛剛回來，這麼虛弱，我不能再讓你做這種危險的穿越了。這一次是你的靈魂過去了，肉體留在這裏；要是下一次是你肉體過去了，靈魂卻留下來怎麼辦？或者，你穿越到了過去，再也回不來了怎麼辦？錦盒，這放映機太神奇，太複雜，我們不要再冒險了。

錦盒：記得外婆說過，人死後會將生前的路重走一遍，一一撿拾起前世的腳印，這樣才可以重生，轉世投胎。你說，上海留下了張愛玲那麼多回憶，她的靈魂會不會回來？會不會看見我們？看見我的時候，會不會覺得似曾相識？

沈曹：我覺得，我好像見過她了……就在上次我們分手後，她擎著一把傘從店前經過，還問我：美麗園怎麼走？

錦盒：她說過：對於上海，是不等離開就要想家的。可是後來，她卻離開上海，去了那麼遠的地方，而且至死沒有回來。她怎麼會不想念呢？（想了一會兒）沈曹，你什麼時候肯幫我再見張愛玲？

沈曹：等我覺得準備夠充分的時候吧。錦盒，穿越這件事，你我都不清楚會有什麼樣的後果，還是慎重一點的好。

錦盒，好吧，那麼，在子俊回來之前，在你答應我再見張愛玲之前，我們不要見面了。

沈曹：這又是何苦？

錦盒：我剛才看著胡蘭成，忽然想，其實你同他很像，有品位，有學問，卻花心……沈曹，我想我們要想想清楚。

沈曹：你還要想？你反悔了？

錦盒：我不是反悔，我知道我愛的人是你，但是……但是子俊不在這裏，我沒有同他當面說清楚，怎麼都不安心。你讓我等子俊回來，同他說清楚，然後我們再見面好不好？

沈曹：你真的能說清楚嗎？你不會再找別的理由來推託我嗎？我給你十天又十天，但我知道，這樣拖下去，就是給你一年時間，你也不會說的。所以我才替你對他說了。可是你現在又說要等他回來……好吧，你走吧，在你想清楚之前，我們不要見面了。（錦盒欲下，沈曹重新叫住）等等！這是我送你的玫瑰。情人節快樂！

錦盒捧著玫瑰花哀傷地下。有一朵落在門外的地上。

沈曹坐在咖啡館裏沉思。張愛玲上，從店前經過，撿起那朵花在嗅，看了一眼咖啡店，向裏走進。

幕落。

第三幕：五天後。尋夫

PART 1

二〇一一年二月十九日。一九四六年正月初。

這一幕裏有兩個時空在同時進行。

沈曹和顧錦盒在同一時間裏，卻在不同空間，一個在老電影咖啡館，一個在常德公寓，各懷煩惱。

而張愛玲也正坐在常德公寓裏思念著胡蘭成，她與錦盒同一空間卻不同時間。

沈曹（獨白）：我知道顧錦盒今天會去常德公寓。也許她現在已經在那裏了。我知道，因為是我幫她安排的。是我找好了資料，租下了張愛玲住過的房間，甚至提前幫她備好了日用品。但我卻不能去陪她。我就像一個酒店的服務生，要在客人來到之前做好一切準備，卻不能讓客人見到我。但是……但是我打一個電話總是可以的吧？服務生也是可以打電話的，問一下客人對酒店的服務滿不滿意，還需要些什麼？對，我是一個盡責細心的服務生。而且，我好不容易尋來了這個老留聲機，還沒有給錦盒看過呢，她一定會很喜歡的。

撥電話。

電話鈴響，錦盒在常德公寓接起電話。

錦盒：沈曹？這裏很好，謝謝你，我很喜歡。不不，你不要來，我們不是說好了，在子俊回來之前不要再見面嗎？留聲機？太好了！不過，下次再聽吧。要不，你現在放首歌，讓我在電話裏聽一曲，好不好？

聲音漸低，張愛玲起唱。

張愛玲：（唱）

每到月缺盼月圓，情人分別盼重見。
只恨月圓時少缺時多，那人遠別隔千山。

錦盒（放下電話，若有所思，念）：那人遠別隔千山。

張愛玲（唱）：我日也思，夜也念，不見他音訊心難安。

錦盒（念）：不見他音訊心難安。

張愛玲（唱）：生逢亂世難自已，別時容易見時難。

錦盒（念）：別時容易見時難。

電視新聞聲：昨天凌晨時分，神山發生雪崩，登山基地信號中斷了十二小時，重新取得聯繫後，仍有包含領隊裴子俊在內的八名登山隊員失蹤，目前搜救隊正在搜救……

電話鈴再度響起，錦盒接電話。

錦盒：沈曹？是的，我看到新聞了。子俊失蹤了。我很不放心。我想，我覺得，我應該，去找他。
張愛玲：我應該，去找他。
（唱）他倉皇漂泊去溫州，不知流亡到幾時。
錦盒（仍在打電話）：我知道，可是到幾時呢？
張愛玲（唱）：雖然說相思相見終有日，卻不敵此時此地難自持。
錦盒：可我不放心啊。
張愛玲（唱）：何不相隨千里去，不論地府與天池。
錦盒：我們保持聯絡啦，拜拜。（開始收拾行李）
張愛玲（一邊收拾行李一邊唱）：從此相伴不分離，蝴蝶雙雙棲花枝。
兩個人同時收拾東西。

沈曹在咖啡館裏，百無聊賴中播起了放映機。隨著一束光打在螢幕上，錦盒與張愛玲的時空忽然統一了。

在常德公寓裏，兩個人互相看見。
錦盒：愛玲？
張愛玲：錦盒？
錦、愛（看到對方手裏的行李箱，同時發問）：你要走？你要去哪裏？

兩人同時放下行李，一左一右，等下會顛倒拿錯。

張愛玲：我要去溫州。

錦：（獨白）溫州？我知道了，現在是一九四六年春天，抗日戰爭結束，胡蘭成逃亡到溫州，張愛玲千里迢迢去尋他，卻發現他又有了別的女人，傷心欲絕……不，不行，我要阻止她，不然，她會傷心的。（向張愛玲）你不能去！

張愛玲：從認識他的那一天起，我就知道他有一天會逃亡，而我，會千里迢迢去尋他，在油燈影裏與他重逢。到那時候，我們或者會永遠在一起。

（唱）

從相識，便知他不是池中物，多事之秋難長聚。

到如今，一種相思兩處愁，廣寒漠漠對清虛。

他如飛蓬隨風轉，我願做風箏形影隨。

銀河盼有鵲橋渡，重逢在紫陌紅塵燈影裏。

路行千里知馬力，人逢患難，才見得誰是真知己。

錦盒：（被蠱惑地）就像白流蘇和范柳原經歷了一場戰火圍城，才成就了他們的傾城之戀……（猛然醒悟）不會的！

張愛玲（微微一驚）：你說什麼？說我不會找到他？

錦盒：你們不會在一起。你就算追到天涯海角，找到他，也仍舊不能在一起。他，他不是個專一的人。你會傷心的。

張愛玲：但是你怎麼知道呢？如果我沒有見到他，我又怎麼會知道？

（忽然注意到錦盒也在收拾行李）你也要走？

錦盒：我要去找裴子俊。他在神山上出了事。

張愛玲：裴子俊？

（唱）

我記得沈曹才是你知己，是他讓你來這裏。
雖然我不知用了何方法，時空穿越真傳奇。
既然你已遇見意中人，何必又自尋煩惱多一舉。

錦盒：我知道，比起沈曹來說，裴子俊是太平凡了，甚至不會出現在你的小說裏——我的意思是說，沈曹有時候會很像范柳原，但是子俊，卻沒辦法用你小說裏任何一個人來形容他，因為他是這樣的普通，普通到……普通到除了普通這個詞之外，我都不知道怎麼形容他。對著他，就好像在看電視，一邊看著，一邊在想：我該做點什麼事呢？因為看電視簡直不算是一件事，讓人覺得在虛度年華。但是生活中，又不能沒有電視機。我是說，現在子俊失蹤了，就好像電視機沒了影像，一定要儘快修好它，不然生活中就缺少了什麼。所以，我一定要找到子俊，不然我會心驚肉跳，一分鐘也待不住。

張愛玲：唉！那倒也難辦了。

（唱）

一個是青梅竹馬十年期，一個是一見傾心有靈犀。
一個是愛你不知你心意，一個雖心心相印卻多疑。
也難怪你三心兩意舉棋不定，欲往東來又朝西。
歎只歎情之為情終難解，情到濃時情自迷。

鐘又敲響了。這時候穿越的時間又要到了。
張愛玲和錦盒互看一眼，同時說：我該走了。然而她們同時拿錯了對方的箱子。
鐘聲停下，電光一暗一明間，她們已經交換了身分與空間。

PART 2 老電影咖啡館

沈曹見到張愛玲，但在他眼中這只是打扮成張愛玲的顧錦盒，見她拿著皮箱一副要遠行的樣子，頗為失落。兩人雞同鴨講，各說各話，卻奇妙地互有問答。

沈曹：錦盒？你來了？你今天的打扮好……奇怪。你拿著箱子做什麼？
張愛玲（看著周圍陌生的環境，有點遲疑）：我好像……迷路了。
沈曹（黯然地）：你還是決定去找他？

張愛玲：我已經決定了。這是我的抉擇，我總要將它走下去，看一個結果。

沈曹：你的抉擇？你，你還是要選他？

張愛玲：人人都說我的選擇是錯的，說他不值得我那麼做。可是，我走了那麼遠的路，一直在尋找一個懂我的人，我只遇見了他。除此之外，我也並不知道另有一條對的路。

沈曹：但是，你明明見到更好、更合適的人，也不想要了嗎？

張愛玲：你不會明白的。

沈曹：我不明白？你說過我是最瞭解你的人，你看，我為了逗你開心，昨天還特地找來了這個。

張愛玲：留聲機？

沈曹：是啊，我好不容易找來的，就知道你一定會喜歡。（打開留聲機，播起一首老歌，白光的「等著你回來」）

歌聲中，舞台情景由燈光控制，轉至第三場溫州。

PART 3 溫州旅館

顧錦盒睡在客榻上，胡蘭成上，在他眼中，只當錦盒是奇裝異服的張愛玲而已。

胡蘭成（唱）：
狼狽流亡到溫州，誰曾想山野亦有好風流。
遇見多情范秀美，對我癡心一片見溫柔。
朝夕服侍形影伴，好比花枝開並頭。
誰想到愛玲來尋我，讓我幾分慚愧幾分羞。
不如勸她回上海，讓我後顧更無憂。
（喚）愛玲，醒醒。
錦盒（醒來）：這是什麼地方？我在哪裏？
胡蘭成：你在溫州旅館啊，是不是做噩夢了？
錦盒：溫州旅館？天啊，我竟然又穿越了！而且，來了溫州。我竟然替張愛玲來了溫州！
胡蘭成：你不該來的。
錦盒：我當然不該來，我根本也沒想來，是放映機搞錯了嘛。
胡蘭成：你好像不高興。
錦盒：很不高興！你連流亡的時候，到了溫州這種地方，也還是要拈花惹草，左擁右抱，我真不明白，你一生中，到底懂不懂得什麼是真愛？懂不懂得專一地對待一個女人？
胡蘭成：哦……
（唱）男人自古愛風流，嬌妻美妾不如偷。

（白）愛玲，你只來這麼短的時間，我不想同你吵架。
錦盒：我才不想同你吵呢。算了，我要回去。我怎麼樣才能回去？
胡蘭成：你這麼快就要回上海了？要我幫你買船票嗎？在這裏，我還是有一點辦法的。
錦盒（諷刺地）：有辦法？那你幫我搞一張諾亞方舟的船票好了。
胡蘭成：為什麼你說話這樣奇怪？
錦盒（團團轉）：我要回去！我到底怎麼樣才能回去！沈曹呢？沈曹在哪裏？
胡蘭成：沈曹？沈曹是誰？
（唱）難怪你性情驕躁脾氣大，原來認識了新朋友。
錦盒：他是一個跟你一樣聰明、也跟你一樣花心的人。但是我相信他會改……或者說，我希望他會改，為我而改。你說，花心是一種病嗎？能夠治癒嗎？
胡蘭成：我不是花心，我只是愛女人。世界上有這麼多可愛的女人，我遇到她們，不能視而不見，也不能不喜愛。
（唱）
女人好比百花羞，梅有標格蘭忘憂。
菊花嬌媚桃花紅，李花粉白杏花柔。
我好比蝴蝶花間過，枝枝葉葉都停留。
誰料你癡心反被癡心誤，卻教我多情總因多情愁。

（白）愛玲，你怎麼忽然小氣了起來？從前你不是願意全天下的女人都愛我麼？

錦盒：全天下的女人？你想得倒美！如果你已經遇見了最好的那個女人，你卻又失去了她，那麼就算你得到全天下的女人，又有什麼意思？

胡蘭成：失去？不，我不想失去你，也不可以失去你。請你等我，等我安全了，就會回來找你的。

（唱）

你是嬌花不奈風和雨，我願護花長伴春共秋。

無奈身如飄絮不由己，江山失翠水難收。

我是樑間燕子來復去，你是明月夜夜照西樓。

等到亂世重安穩，我與你，攜子之手到白頭。

錦盒：到那時，你身邊不知道又多了多少個女人？你是不會為了一個女人專心的。你不會改的了。

胡蘭成：我有時候也會這樣想，或許，多情真的是一種病，是痼疾，是絕症。

錦盒（仍沉浸在自己的思索裏）：花心是一種病，是絕症，你不會改的了，沈曹也不會改。你們這種人，永遠都不可能專注於一個女人的感情。無論愛得多深，多認真，也改不了花心的痼病……

胡蘭成：（唱）

想要你笑如花顏為我開，卻害你淚如春雨為我流。

我不敢承諾今生只愛你一個，卻將你永遠供奉在心頭。

（白）愛玲，請你相信，我永遠都是這麼愛你，到老，到死。

錦盒：不要再說了！不要再說這些肉麻的話，好冷啊。我要離開，我要回去，我要馬上回去。我還要去找子俊呢。

胡蘭成：子俊？子俊又是誰？你最近好像認識了很多新……朋友。你稍安勿躁好不好？我知道你在旅館裏待得很悶，特地給你拿來了這個。（留聲機再次放出白光「等著你回來」的歌聲）

錦盒：留聲機？

錦盒走向留聲機的同時，張愛玲也同時走向老電影咖啡館的留聲機。

張愛玲：這個留聲機我見過的。

歌聲中，顧錦盒與張愛玲的手碰在一起，一道閃電雷響，兩人重新回到了常德公寓。

張、錦：我回來了！

兩人對視一笑，各自拿回了自己的皮箱，分別下場。

在持續的「我等著你回來」的歌聲中，幕落。

第四幕：分手

這一幕同序幕一樣，更注重形式上的東西。舞台上三個人分別坐著，沈曹在咖啡館，張愛玲在常德公寓，而錦盒坐在中間地帶。

三個人各自獨白，沒有對話。

沈曹：我們一生中總會遇到許多人，我們一直在尋找對的那一個。但是就算遇到了，又怎麼會知道他才是那個人呢？怎麼能知道自己沒有認錯呢？我遇到了錦盒，我以為我找到了，因為神奇放映機替我選擇了她。可是，她卻選擇了裴子俊！

錦盒：我到了神山，終於找到了子俊，我找到他的時候，才知道自己有多害怕失去他。也許，他不夠浪漫，不夠優秀，不夠懂我。但是，他是我的另一半，我知道，如果沒有他，我會變得不完整。只有同他在一起，我的心才是安靜的，才會感受到真實的生活，和生活的真實。而沈曹，他是那麼可愛，同他在一起時，就好像做夢。但我知道，他的花心是不會改的，即使會改，也不是因為我。我不是他生命裏的第一個女子，也不會是最後一個。我不打算拿自己的一生去賭博，去等待。畢竟，我不是張愛玲，我不會重走她的路！

沈曹：我沒有想到會是這樣的結局，但是也許人生就是這樣荒誕，我也不打算再做爭取。既然她放棄了我，那麼，她就一定不是我要找的人。我相信，這部神奇放映機，還會替我找到下一個女友，她，才會是我最終的選擇！

再次用留聲機播起「等著你回來」的老歌，孤獨地跳起了一個人的慢舞，這裏要有一種寂寞的空氣。

顧錦盒：我已經做出最終的選擇，就不會再後悔。張愛玲從溫州回到上海，終於決定同胡蘭成分手；而我從神山歸來，也決定了要與沈曹分手。今天，是我們最後一次見面，最後一次，一同懷念張愛玲。（走向沈曹）

張愛玲（邊寫字邊念，也可以放幕外音）：「我已經不喜歡你了。你是早已不喜歡我了的，這次的決心，我是經過一年半的長時間考慮的。彼時惟以『小吉』故，不欲增加你的困難。你不要來尋我，即或寫信來，我亦是不看的了。」（這是她寫給胡蘭成的絕情信）

當張愛玲念信的時候，錦盒已經走到了沈曹的身邊，他拉開椅子請她坐下，打開放映機。上面播出的是張愛玲一九九五年去逝於洛杉磯公寓的舊新聞。兩個人坐在一起，沉默地觀看著。

張愛玲自舞台彼端走過來，站在他們身後靜靜地觀看，而後在漫天花雨中揮手離去……

（全劇終）

西望張愛玲之 尋找張愛玲

作者：西嶺雪
出版者：風雲時代出版股份有限公司
出版所：風雲時代出版股份有限公司
地址：105台北市民生東路五段178號7樓之3
風雲書網：http://www.eastbooks.com.tw
官方部落格：http://eastbooks.pixnet.net/blog
信箱：h7560949@ms15.hinet.net
郵撥帳號：12043291
服務專線：(02)27560949
傳真專線：(02)27653799
執行主編：劉宇青
美術編輯：芷姍

版權授權：劉愷怡
法律顧問：永然法律事務所　李永然律師
　　　　　北辰著作權事務所　蕭雄淋律師

初版日期：2011年2月
ISBN ：978-986-146-741-2

總 經 銷：成信文化事業股份有限公司
地　　址：台北縣新店市中正路四維巷二弄2號4樓
電　　話：(02)2219-2080

行政院新聞局局版台業字第3595號 營利事業統一編號22759935

定價：240元

國家圖書館出版品預行編目資料

西望張愛玲之尋找張愛玲 ／ 西嶺雪著；
臺北市：風雲時代，2011.01　面；公分

ISBN 978-986-146-741-2 （平裝）

857.7　　　　99024185